CŒUR SAUVAGE
Mary Calmes

CŒUR SAUVAGE
Mary Calmes

Dreamspinner Press

Publié par
DREAMSPINNER PRESS

5032 Capital Circle SW, Suite 2, PMB# 279, Tallahassee, FL 32305-7886 USA
http://www.dreamspinnerpress.com/

Cœur sauvage
Copyright de l'édition française © 2015 Dreamspinner Press.
Titre original: Change of Heart
© 2009 Mary Calmes.
Traduit de l'anglais par Guillaume Henry.

Illustration de la couverture :
© 2015 Paul Richmond.
Les éléments de la couverture ne sont utilisés qu'à des fins d'illustration et toute personne qui y est représentée est un modèle

Édition imprimée en français : 978-1-64080-714-3
Première édition française en version papier : mars 2015
Édition ebook en français : 978-1-61372-805-5
Première édition française :janvier 2012
Première édition : novembre 2009

Édité aux Etats-Unis d'Amérique.

À ma sœur, Melissa, qui a toujours gardé foi en moi.

À ma famille, pour leur patience face à un zombie.

À mes amis pour leur générosité.

Et à la formidable équipe de Dreamspinner
Press qui m'a donné ma chance.

Je ne peux remercier tout le monde suffisamment.

I

JE N'AVAIS pas pour habitude de regarder les filles, donc ce ne fut pas une surprise que Crane la vit le premier. Lorsqu'il me la montra du doigt et que je remarquai les hommes qui la suivaient, je fus d'accord avec lui pour convenir qu'il était beaucoup trop tard pour qu'elle soit seule dehors. Nous prîmes rapidement la décision de la suivre, elle et ces quatre hommes le long de cette rue vide, balayée par le vent. Ses regards furtifs, par-dessus son épaule, nous firent savoir qu'elle était consciente d'avoir de la compagnie, d'être suivie. Lorsqu'elle accéléra, ils firent de même. Et de là où nous étions, tapis dans l'ombre, tout semblait se jouer sur un pâté de maisons, distance sur laquelle elle passa d'un rythme de marche à une course soutenue. Peut-être qu'en fait, tout allait bien. Peut-être qu'elle était experte en Tae Kwon Do, ou peut-être connaissait-elle les gars qui marchaient derrière elle, que ce n'était qu'un jeu sexuel scabreux auquel ils s'adonnaient sans que mon meilleur ami et moi ne soyons au courant. Il n'en demeurait pas moins qu'elle était dehors, à priori seule, à deux heures du matin dans l'un des pires quartiers de la ville.

— Je devrais peut-être y aller seul ? demandai-je même si je connaissais déjà la réponse. Ce serait tellement plus rapide.

Crane secoua la tête avant de redoubler de vitesse. Le connaissant depuis l'enfance, je savais bien qu'il était inutile d'essayer de faire preuve de logique face à cette situation. Avec sa grande affinité pour les demoiselles en détresse, il n'y avait aucune chance qu'il me laisse y aller seul. Tout ce que je pouvais faire, c'était de rester à côté de lui, alignant ma foulée à la sienne alors que nous courrions.

— Je me demande ce qu'elle fait là, dit Crane d'un air songeur tout en accélérant son rythme.

Il était clair qu'elle était cinglée. Deux heures du matin, dans un quartier de la ville parmi les plus pourris, cette fille avait manifestement un désir de

1

mort. J'espérais juste qu'elle ne nous entrainerait pas, Crane et moi, avec elle. Mais quoi qu'il arrive, le temps de renoncer s'était enfui à la minute où nous avions vu qu'elle était en danger.

Nous fîmes un petit détour dans une ruelle, le temps de nous défaire de tous nos vêtements, empilant nos blousons, jeans, pulls, chaussures et chaussettes au coin d'une porte. Il nous fallait nous débarrasser de tous nos vêtements afin de pouvoir nous transformer et prendre notre aspect le plus effrayant. Il fallait bien reconnaitre qu'aucun d'entre nous n'aurait fait peur à qui que ce soit. Culminant à peine à un mètre quatre-vingt, je n'étais pas très grand. J'étais bâti comme un nageur, avec des muscles longs et fins sur une ossature assez mince. Mon ami, Crane Adams, avec son mètre quatre-vingt-cinq et pesant quatre-vingt-dix kilos était plus imposant que moi avec son corps très musclé, mais il ne ferait pas peur à grand monde non plus.

Mais tout cela changeait après la métamorphose. Une fois devenus panthères, nous devenions des créatures de cauchemars. Et là, je passais de plus petit et plus faible que mon ami, à plus puissant et plus rapide en quelques secondes. Sous ma forme de panthère, je n'avais jamais rencontré personne de plus effrayant que moi.

Un cri atteignit mes oreilles et j'écoutai une seconde pour m'assurer que je savais où j'allais avant de reprendre ma course. C'était comme si j'étais une balle tirée par une arme à feu ; ma vitesse augmenta, ma vision se modifia et ma concentration s'abaissa. Je passai de quasiment aveugle dans l'obscurité à une parfaite vision nocturne, en un battement de cœur. Ma métamorphose se passait toujours aussi rapidement. Il faudrait à Crane un bon moment pour me rattraper, sa propre transformation prenant plusieurs minutes là où la mienne s'effectuait en quelques secondes. On m'avait souvent dit, à propos de ma transformation, que cela revenait à regarder une vague déferler, puis reculer pour révéler une bête là où se tenait auparavant un homme. Au fils des ans, j'avais demandé à de nombreux autres métamorphes ce qu'ils ressentaient lorsqu'ils se transformaient et j'avais entendu un grand nombre de descriptions. Certains avaient parlé d'une sensation d'ondulation qui glissait sur leur peau, de chaleur dans leurs membres, tandis que d'autres disaient que c'était comme un shoot d'adrénaline ou un état d'euphorie. Je n'avais jamais connu un tel état d'euphorie, parce que mon corps passait trop vite d'un état à un autre pour que mon cerveau puisse l'enregistrer. Un moment j'étais un homme, et la seconde d'après j'étais une panthère. Le changement s'opérait si rapidement qu'il n'était pas visible à l'œil nu. J'aurais certainement eu un grand succès dans un spectacle de magie à Las Vegas.

Déboulant dans une petite ruelle transversale, j'arrivai à temps pour apercevoir la femme traverser un terrain vague, les quatre hommes à sa suite. Je courus vers elle, m'élançant vers les grillages qui entouraient le terrain et sautai aisément par-dessus les deux mètres de haut, de l'autre côté, sans que cela n'affecte ma vitesse. C'était comme si je venais d'arriver sur scène et j'attendis les réactions.

Je m'attendais à des cris, des hurlements d'effroi, de la panique et des visages horrifiés. Mais il n'en fût rien. Tout le monde se figea. Même la fille cessa de courir et resta immobile. Personne ne bougea, mais personne ne s'évanouit non plus. Depuis quand voir une panthère noire se matérialiser au beau milieu de la nuit, en plein centre-ville de Reno, avait-il cessé d'être effrayant ?

— Putain ! C'est quoi ça ? ricana l'un des hommes en me montrant du doigt. Je pensais que nous étions seuls.

Personne n'avait peur, et pire encore, ils savaient ce que j'étais ; aucun d'eux ne me prenaient pour un animal. Cette révélation me pesa aussi lourd sur l'estomac que des rochers. C'était très mauvais d'être découvert sur un territoire sur lequel nous étions entrés sans autorisation. Je baissai la tête face à l'imminence du combat.

— Vous pensiez que j'allais sortir sans chaperon à cette heure de la nuit ? leur dit d'un trait la fille d'un air provocateur, en reculant pour s'éloigner d'eux et se rapprocher de moi. Vous feriez mieux de partir, ce n'est que l'un de mes gardes du corps.

Ce n'est qu'à ce moment-là qu'ils parurent hésiter. Rien ne leur faisait peur à part la possibilité que je ne sois que l'avant-garde de sa tribu. Ils eurent tous un mouvement de recul, scrutant les environs avant de se retourner brusquement et s'enfuir. Je fus euphorique pendant une seconde, juste avant de les entendre appeler du renfort, leurs grognements perçant la nuit.

— Oh mon Dieu, gémit-elle en reculant, sa main agrippant ma fourrure avant de la relâcher brusquement.

Puis elle se mit à déchirer ses vêtements, se mettant nue aussi vite qu'elle le pouvait. Elle m'inspecta de ses grands yeux sauvages pour s'assurer que je n'allais pas l'attaquer et jeta également un coup d'œil sur l'ensemble du terrain. J'aurais volontiers repris forme humaine pour lui dire qu'elle n'avait rien à craindre ; étant gay, je n'avais nulle autre intention que de la protéger, mais je voulais qu'elle change aussi vite qu'elle le pouvait et j'avais besoin qu'elle se concentre, pas de la distraire.

Comme je m'y attendais, sa métamorphose lui prit plusieurs minutes. Ses muscles et ses os se reformèrent tandis que son corps se tordait et convulsait. Je pouvais voir que cela lui faisait mal et je devinai qu'elle détestait ça. Moi aussi, mais pour d'autres raisons. J'entendis des bruits de pattes dans la neige et fus soulagé de voir Crane venir vers moi. Elle se blottit contre moi, mais le contact de mon museau la rassura et l'apaisa. Lorsque Crane s'arrêta, figé en face de moi, elle s'avança légèrement pour le regarder.

Je le vis frémir et si j'avais été humain, je leur aurais crié dessus à tous les deux. Ils échangeaient un moment de tendresse alors que nous aurions dû être en train de nous échapper. Mais entre l'attente de la fin de sa métamorphose et le fait que je ne voulais pas partir sans lui, le temps de s'enfuir était révolu. C'était trop tard ; il y avait des panthères qui étaient passées par-dessus le grillage et qui s'approchaient de nous, prêtes à nous attaquer. Nous allions devoir nous battre au lieu d'être déjà en sécurité. Sentant un effleurement sur mon épaule, je me retournai et vis Crane qui me regardait, attendant de voir ce que j'allais faire. La femelle fit de même, son désir pour ma protection surpassant son envie instinctive de s'enfuir. Ils étaient tous les deux effrayés et lorsque je bondis en avant, ils me suivirent de près.

D'énormes griffes acérées s'élancèrent vers mon visage, mais je les évitai facilement l'attaque. Chaque félin que j'avais rencontré semblait se déplacer au ralenti comparé à moi, je fus donc capable de dévier tous les coups sans même être touché. L'animal qui sauta sur moi, je le frappai sur le côté de ma tête baissée, plus à la façon d'un taureau que d'une panthère. Je vis des crocs étinceler et repoussai la face, piétinant l'animal tombé sous moi. Je fonçai dans la meute, ignorant tout sauf le fait que je devais nous sortir de là. Ils étaient au nombre de six ou sept en tout, d'énormes hommes-panthères, essayant tous de nous empêcher de nous échapper, mais ils venaient à moi un par un, au lieu de travailler ensemble pour nous arrêter. Un à la fois, mes chances étaient meilleures et une lueur d'espoir grandit dans la femme et Crane qui me suivaient toujours, sachant intuitivement que nous ne devions pas nous séparer.

Une autre panthère s'avança et je sautai sur elle, atterrissant brièvement sur son dos avant de la repousser. Elle s'écroula sous moi et la force de mon saut l'envoya valser. Comme je me retournais pour courir, la femelle fut subitement attrapée et tirée. Je me retournai pour faire face à son agresseur qui se tenait figé, sur elle, à me regarder. Ses dents étaient dénudées, ses lèvres retroussées sur de longs crocs pointus, en forme de poignard et des gencives noires. Il pourrait facilement plonger la tête et lui infliger des dommages, alors, dans l'espoir de l'intimider, je me levai, allongeai mon cou et pris une profonde inspiration, laissant un grognement remonter de ma gorge. Je savais à quoi que je ressemblais, c'était comme si j'étais moi-même un fragment de la nuit. En tant que panthère noire, j'étais différent du félin doré qui se tenait en face de moi et il n'avait probablement jamais vu quelqu'un comme moi avant. J'étais rare, bien plus qu'il ne pourrait jamais l'imaginer. Lorsque son odeur changea, je fus soulagé. Je pus sentir sa peur.

Je regardai avec émerveillement à quel point il s'était immobilisé et restait sans bouger, comme seul un animal pouvait le faire. Lorsque je laissai retomber ma tête, mon corps toujours hérissé, il fit un pas en arrière. Profitant de mon avantage, je levai la tête et poussait un profond rugissement. Il frissonna. Le spectacle de ma vitesse et de ma force lui avait fait peur et il attendait, dans l'expectative, ce que j'allais faire ensuite. Lorsqu'il fit un autre pas en arrière, ses crocs désormais hors de portée de la femelle, je bondis, atterrissant directement au-dessus d'elle et restait là, les laissant tous me voir. Ma position disait qu'elle était mienne et que je l'avais réclamée. Si leur chef la voulait, il lui faudrait se battre pour elle et ce serait un combat un contre un. Je savais que les chances étaient en ma faveur dans ce cas-là.

Lorsque le chef de la meute ne fit rien, je fus surpris. Son hésitation m'amena à croire qu'il allait tomber sur le sol devant moi, rouler sur son dos et dénuder sa gorge. D'après le code que nous appliquions tous, c'était nécessaire de faire état de sa soumission, donc je fus stupéfait lorsqu'il se retourna et s'enfuit, suivi des autres.

Resté seul sur le terrain maintenant silencieux avec la femelle, confondu par leur retraite, je restai stupéfait pendant une seconde lorsqu'elle bougea sous moi. Elle se releva avec peine, posant sa tête sous mon menton. Lorsque je refermai doucement mes mâchoires sur sa nuque, j'entendis son profond ronronnement de contentement avant qu'elle se mette à trembler.

La relevant lentement et gentiment, je la remis sur ses pieds et me penchai pour qu'elle puisse s'appuyer sur moi. Lorsque la panthère mâle l'avait attrapée, il l'avait jetée durement au sol, si bien qu'elle s'appuya lourdement sur moi lorsque nous commençâmes à marcher. Crane se tenait près d'elle, de l'autre côté, et nous l'aidâmes à marcher. Quelques secondes plus tard, j'entendis les autres et compris finalement la véritable cause de leur retraite. Le mâle avait su que la cavalerie arrivait, et ne sachant combien de temps il lui restait, avait décidé de s'enfuir. Je n'étais pas aussi effrayant que je le pensais.

La femelle lança un bref grognement, pour appeler les membres de sa tribu et leur faire savoir où elle se trouvait tout en leur confirmant qu'elle était saine et sauve. Je me raidis et sentis ses dents se refermer doucement sur mon épaule, pour me retenir. Me retournant, je frottai mon menton sur le sommet de sa tête avant de la repousser, me mettant hors de sa portée. Je bondis loin avant qu'elle puisse affirmer son emprise. Elle fit un pas en avant, mais j'étais déjà trop loin. Ils étaient proches maintenant, ceux de sa tribu, de sa famille et elle était en sécurité. Je grognai vers Crane, et après quelques secondes d'hésitation, il bondit vers moi. Je me retournai et partit dans la direction d'où nous étions arrivés. J'entendis son appel, un rugissement fort et court, n'indiquant plus la douleur, mais la perte. Je courus droit devant moi, sentant mon ami à côté de moi, passant par-dessus la clôture pour la deuxième fois de la soirée, faisant le chemin inverse à toute vitesse. Nos vêtements étaient là où nous les avions laissés et nous nous fûmes rhabiller quelques minutes plus tard, ayant enfilé nos vêtements maintenant froids et humides.

— Pourquoi courons-nous ? me demanda-t-il, visiblement confus.

— Comment peux-tu même le demander ? lui répondis-je d'un ton sec. Nous ne savons rien du territoire sur lequel nous sommes et nous venons juste de nous battre avec Dieu sait qui. Nous devons déguerpir d'ici au plus vite et rentrer rapidement.

— Nous avons sauvé cette fille.

— Ouais, mais nous, qui va nous sauver ?

— Qu'est-ce que tu veux dire ?

Il n'avait vraiment aucune idée de pourquoi je m'inquiétais. Le fait que nous venions de rencontrer une tribu de panthères et que, tôt ou tard, ils allaient venir à notre recherche ne le préoccupait pas. Cela avait été la bonne chose à faire – sauver la fille – et il était donc certain que tout allait s'arranger. Mais j'étais plus réaliste. J'étais inquiet au sujet des répercussions, comme qui allait venir frapper à notre porte ? La tribu reconnaissante que nous ayons sauvé cette panthère ? Ou la tribu très énervée que nous avions chassée ? De toute façon, ce serait mauvais. Je ne voulais pas être impliqué, et plus important encore, je ne voulais pas être amené devant le *Semel*, le chef de leur tribu.

6

— Que se passe-t-il réellement ?

Il me connaissait, savait que j'étais inquiet pour une raison, il n'avait juste aucune idée de ce que c'était.

— Jin ?

Je fis courir ma main dans mes cheveux.

— Rentrons juste à la maison, d'accord ?

— Tu agis bizarrement, commenta-t-il, mais il me suivit lorsque je commençai à me diriger vers le centre-ville.

J'allai faire un commentaire lorsqu'il fut soudain éclairé par des phares. En fin de compte, la possibilité de s'éclipser dans la nuit n'était plus une option.

II

UNE ÉNORME Lincoln Navigator s'arrêta en face de nous et trois hommes en sortirent. Cela laissait le conducteur derrière le volant et deux autres que je pouvais voir dans le siège arrière. La jeune fille était manifestement absente et je me demandai où elle était. Je me positionnai devant Crane et lorsqu'il essaya de bouger, je lui jetai un regard noir.

— Pour l'amour de Dieu, Jin, c'est moi les muscles, pas toi ! s'écria-t-il.

Je l'ignorai car les trois hommes se rapprochaient de nous.

— Est-ce vous qui venez de sauver une jeune fille ?

Il ne pouvait pas dire si nous étions des panthères ou non, ce qui me redonna instantanément espoir. L'homme était un sous-fifre ; il n'avait pas de rôle primordial. Il était un *khatyu*, un combattant et rien de plus.

— Oui, c'est nous, lui dis-je en lui offrant ma main, paume vers le haut, dans une posture de soumission lors de salutations.

Il hocha la tête, me fit un rapide sourire et je vis une vague de soulagement déferler sur leur groupe. Ils se détendirent tous et je vis le respect sur leurs visages.

— C'est la sœur de notre *Semel* et elle a été ramenée à la maison pour plus de sécurité, dit-il dans un souffle, prenant ma main dans la sienne avant de la recouvrir de l'autre. Nous avons une dette vis-à-vis de vous.

— Alors, nous pardonnez-vous d'être ici sans permission ?

— Bien sûr, dit-il comme si j'étais ridicule d'avoir même demandé.

— Je te l'avais bien dit, murmura Crane, me cognant de son épaule.

— Il n'y a rien à pardonner, m'assura l'homme. Et vous pouvez vous servir de mon nom, Andrian Basargin, comme bouclier à chaque fois que vous serez sur notre territoire à l'avenir.

— Merci.

Je souris largement et je le pensais du fond du cœur.

— Je suis Jin Rayne et voici mon ami, Crane Adams.

— Quel est le nom de votre tribu, ordonna-t-il doucement.

— Pakhet, lui répondis-je.

— Vraiment ?

Ses yeux s'illuminèrent.

— C'est merveilleux. Je pensais que, peut-être vous étiez d'ailleurs, comme en visite, venant de n'importe où.

— Non, nous vivons ici, à Reno.

— Alors, vous serez à la fête d'accouplement dans trois mois ?

— J'y serai, l'assura Crane, mais Jin n'aime pas beaucoup ce genre de trucs.

J'avais mes raisons.

— Je ne peux toujours pas y croire, dit Andrian alors que son sourire s'élargissait. Un lien d'alliance entre nos deux peuples, c'est étonnant, n'est-ce pas ? Je veux dire, nous allons devenir l'une des plus grandes tribus.

La tribu à laquelle Andrian et ses amis appartenaient était Mafdet. Le *Semel* de cette tribu était Logan Church. Dans deux semaines, il allait prendre officiellement Simone Danvers, la sœur de notre *Semel*, Christophe Danvers, comme compagne. En faisant d'elle sa compagne, ou *yareah*, comme les 'épouses' de *semels* étaient appelées, lui et Christophe formeraient une alliance entre les deux tribus. C'était vraiment une grosse affaire ; tout le monde avait été invité à la célébration qui durerait trois jours, comprenant une chasse, des boissons et de la nourriture et qui était en fait une fête géante dont j'étais sûr, les gens allaient parler pendant des années. Il était hors de question que j'y mette les pieds.

— Je suis impatient de découvrir vos territoires de chasse au sommet de votre montagne, dit Cran à Andrian. Les autres panthères de votre tribu que j'ai rencontrées m'ont dit à quel point c'était beau.

— Ça l'est, dit-il en souriant à Crane. À la fête, je vous montrerai.

— Merci.

— Vous savez, il fait quelque chose de bien en unissant nos deux tribus, dis-je sincèrement.

— Ouais.

Il sourit et je vis à quel point il était heureux.

— C'est un homme est brillant et c'est pourquoi nous étions si inquiets.

— Que voulez-vous dire ? demanda Crane.

— Eh bien, nous voulons que Logan ait un fils. Nous voulons savoir que la lignée de notre *Semel* continuera, donc nous étions tous impatients qu'il prenne une compagne. Mais jusqu'à présent, il avait refusé de le faire, et le temps a passé. Il a déjà trente-deux ans et toujours pas d'héritier.

— Trente-deux ans, c'est encore très jeune, lui assura Crane.

— Ouais, mais bon ! La plupart d'entre nous sont déjà accouplés à vingt. Crane haussa les épaules.

— C'est vrai.

— Ouais, alors nous commencions vraiment à nous inquiéter, vous voyez, mais tout à coup, lors de notre dernier rassemblement, il a annoncé qu'il allait prendre une compagne et que c'était la sœur de Christophe. Alors non seulement nous allons avoir un héritier, mais nous allons également gagner une alliance entre tribus. C'est comme si nous avions gagné à la foutue loterie.

Mon ami eut un petit rire.

— Vous voulez venir manger un morceau avec nous ? C'est ce que nous nous apprêtions à faire.

Je l'aurais tué pour avoir suggéré que nous passions plus de temps avec Andrian et ses amis, mais la compagnie d'autres panthères lui manquait et son penchant naturel avait pris le pas sur son cerveau. Il ne remarqua même pas que je le fusillais du regard tellement il était excité. Quand il proposa d'aller dans un très bon restaurant qui faisait d'excellents burgers et qui restait ouvert tard le soir, tout le monde accepta.

Après avoir appelé le conducteur de la voiture et que les présentations furent faites, nous décidâmes de faire le trajet à pieds jusqu'au restaurant. Il devint vite évident que les autres ne détectaient pas ma présence parmi eux. La réalisation que j'étais en sécurité me calma et, comme d'habitude, à la minute où je me détendis, ils le ressentirent, devenant complètement à l'aise en ma présence, chacun jouant du coude pour se placer à côté de moi pendant que nous marchions. Toute ma vie, c'était ce qui arrivait, et peut-être était-ce la même chose avec toutes les *reahs*, mais je n'en avais encore jamais rencontrées pour le leur demander. Lorsque je jetai un coup d'œil à Crane, il leva les yeux au ciel.

— Alors, dit Andrian, glissant un bras autour de mon cou, m'attirant près de lui.

Je doutais qu'il savait même ce qu'il faisait. C'était simplement dû au fait de l'attraction qu'exerçait une *reah* sur un autre félin ordinaire.

— Depuis combien de temps êtes-vous membres de la tribu de Christophe ?

— Six ou sept mois, soupirai-je.

— Christophe a été absent longtemps, dit-il en plissant les yeux et inspirant profondément. Vous a-t-il accepté lui-même tous les deux ou est-ce son *sylvan* ?

— Tant son *sylvan* que son *sheseru* étaient trop occupés pour même nous rencontrer, lui dis-je en souriant. C'est donc la *yareah* de Christophe, Thérèse qui nous a acceptés.

Il en resta bouche bée.

— Vous plaisantez ?

— Non, lui dit Crane en riant doucement alors que les autres se joignaient à lui. Nous n'avons même jamais rencontré Christophe ; nous ne pourrions pas le reconnaître si nous le croisions dans la rue.

— C'est dingue, dit un des amis d'Andrian. Notre *Semel*... il connait chaque membre de notre tribu. Je le jure devant Dieu.

— C'est pourquoi vous le trouvez tellement génial, lui dis-je. Un chef qui se soucie réellement de son peuple est difficile à trouver.

— Je suis d'accord, déclara Andrian, me libérant alors que nous rentrions dans le restaurant.

Crane fit un signe à la serveuse, qui lui dit de prendre sa table habituelle. J'eus également droit à un sourire et à un signe de sa part. À la table, Crane se glissa à côté de moi avant que quelqu'un d'autre puisse le faire et Andrian prit le siège en face.

— Alors, laissez-moi voir si j'ai bien tout compris, dit Andrian en me souriant. Si Logan demande à Christophe de féliciter deux membres de sa tribu pour avoir sauvé sa sœur et lui donne vos noms, il ne saura même pas qui vous êtes.

— Non, lui assura Crane avant d'expliquer que le hamburger aux champignons et l'Amarillo Fire burger étaient les meilleures choses servies ici.

Le consensus fut de lui faire confiance. Personne ne regarda le menu ; ils passèrent juste commande de l'un ou l'autre ainsi que des boissons.

— Où étiez-vous avant d'arriver ici ? demanda Andrian un peu plus tard, entre deux bouchées.

— J'étais à Miami, mentit Crane sans hésitation après l'avoir dit tant de fois. Et Jin a voyagé pendant un certain temps. Nous travaillons au 'Fusion' ; c'est un night-club en centre-ville.

— J'y suis déjà allé, dit l'un des gars. C'est un endroit agréable. Le salon Bossa Nova à l'étage est vraiment cool.

— Ouais, dit Crane en souriant, c'est tout à fait ça.

— Que faites-vous là-bas, les gars ?

— Jin tient le bar du club, et moi je suis au bar à l'étage, dans le salon que vous trouvez si bien.

— Vous devez vous faire de sacrés pourboires.

Andrian ne pouvait s'empêcher de me sourire.

— Je n'ai pas à me plaindre.

— Ce que notre patron aimerait vraiment, dit Crane en haussant un sourcil dans ma direction, c'est que Jin reprenne le poste de gérant de nuit dans son restaurant de King's Beach afin qu'il puisse s'occuper du club. Je pourrais travailler là-bas aussi, et tout le monde serait heureux.

— Qu'est-ce qui vous empêche d'accepter ce travail ? me demanda Andrian.

Je le regardai droit dans les yeux en attendant qu'il comprenne.

— Oh merde, King's Beach est sur notre territoire… vous avez besoin de la permission de Logan pour aller et venir.

— Ouais, nous ne pouvons pas être sur vos terres sans sauf-conduit.

— Eh bien, merde, considérez que c'est réglé, Jin. Je veux dire, vous et Crane êtes des héros en ce qui me concerne, et votre présence ne gênera pas Logan. J'en parlerai à notre *sheseru*, mais je ne pense pas que ce sera un problème. Dites à votre patron que vous et Crane allez prendre le travail.

Je hochai de la tête. C'était une bonne surprise pour la soirée.

— Merci.

— Non, merci à vous les gars. Cela aurait pu être une très mauvaise nuit au contraire, sans votre intervention. S'il y quoi que ce soit que nous puissions faire pour vous rembourser, s'il vous plaît, n'hésitez pas à nous le demander.

— Ça suffira largement, lui dit Crane en souriant.

— Eh bien, tant mieux alors, répondit Andrian en hochant la tête avec une satisfaction sincère alors que ses yeux se verrouillaient sur les miens.

Il était quatre heures du matin lorsqu'ils nous déposèrent en face de notre appartement. Je me sentis euphorique alors que la voiture s'éloignait. J'avais obtenu la promesse d'Andrian de ne rien dire à Delphine à propos de nous ; il pouvait juste lui dire qu'il nous avait vus et uniquement si elle le lui demandait. Ce qu'elle allait faire, avait-il promis avec un sourire, mais il avait accepté ma demande. Seul dans la rue, je souris à Crane, haussant un sourcil vers lui.

— Sale petit veinard ! rouspéta-t-il, traînant derrière moi en montant les trois étages qui menaient à notre appartement.

— Quoi ?

— Tu sais quoi, renifla-t-il, Tu réussis à esquiver plus de balles que n'importe qui d'autre.

— De quoi tu parles ?

— De quoi je… oh, je ne sais pas, tu es là et la *yareah* de Christophe Danvers vient comme par hasard passer une soirée au club avec toutes ces autres femmes pour se faire une soirée entre filles, et tu parviens à la convaincre de nous laisser rejoindre leur tribu sans avoir à comparaître devant son *Semel*.

Je m'arrêtai dans l'escalier et me retournai pour le regarder.

— Elle a bien aimé ça. Elle ne savait même pas qu'elle pouvait admettre des membres dans sa tribu jusqu'à ce que je le lui dise.

— Ouais, je sais, dit-il en me bousculant pour prendre la tête tandis que nous montions l'escalier. Et une fois que tu lui as bien enfoncé l'idée dans le crâne, tu lui as carrément fait du charme et tu l'as séduite si bien qu'elle ne pouvait pas résister. Je ne savais pas que les homosexuels pouvaient se mettre les femmes dans la poche comme ça.

— C'est d'abord une panthère, et seulement après une femme, donc je n'ai…

— C'est une femme d'abord et tu t'es joué d'elle.

— Je l'ai juste un peu poussée.

Il grogna, ce qui me fit sourire alors que nous arrivions à notre porte.

— J'espère seulement que cela ne reviendra pas te mordre le cul.

— En disant ça, tu parles du tien, évidemment, clarifiai-je alors qu'il ouvrait la porte et pénétrait dans l'obscurité de l'appartement de deux chambres.

— Exactement.

Il bâilla, comme j'allumais les lumières et il s'effondra sur le canapé.

— C'est toujours à propos de moi.

— Eh bien, je pense que tout va bien, dis-je en faisant le tour du canapé pour aller dans ma chambre. Demain je dirai à Ray que j'accepte le poste de responsable du restaurant et nous pourrons déménager à King's Beach sans craindre d'y croiser Christophe Danvers.

— Et Logan Church ne nous emmerdera pas non plus puisqu'Andrian lui dira que nous sommes membres de la tribu de Christophe, rappela-t-il d'une voix forte pour être sûr que je l'entende.

J'enlevai ma veste et mon pull et revins ne portant que mon jean, mon tee-shirt et mes chaussettes.

— Donc tu vois, c'est parfait. Je n'ai pas à répondre à tous ces *semels* et tu pourras sortir avec des panthères, puisque cela t'a tant manqué depuis que je me suis fait jeter de notre tribu et que tu m'as suivi.

— Que devais-je faire ? Abandonner mon meilleur ami de toujours et le laisser partir dans laisser d'adresse ?

Je soupirai profondément.

— Tu serais devenu *sheseru* un jour, si tu étais resté.

— De la merde oui ! dit-il en bâillant bruyamment. C'est plus amusant de voir dans quel genre de conneries tu vas te fourrer avec toutes tes manigances.

— Tu es hilarant. Je vais me coucher.

— Attends !

Sa voix m'arrêta avant que je ne puisse refermer la porte.

— Quoi ?

Il se retourna sur le canapé pour me regarder.

— Cela ne te manque jamais ?

— Je ne vois pas de quoi tu veux parler.

— Une tribu, connard. Cela ne te manque jamais de ne plus faire partie d'une véritable tribu ?

— Non, dis-je en mentant effrontément, et même en me connaissant depuis si longtemps, je savais qu'il ne pouvait pas deviner que je mentais.

Bien sûr que je voulais appartenir à une tribu. Je le voulais tout autant que lui, mais puisque cela n'allait jamais arriver, espérer qu'un jour je serais accepté était futile.

Nous gardâmes le silence pendant plusieurs minutes puis Crane se racla soudainement la gorge.

— Tu sais, c'est vraiment dommage de Logan Church accepte de prendre une *yareah* pour compagne.

Il était en train de changer de sujet, en choisissant délibérément un neutre et qui ne signifiait rien pour nous, comme il le faisait toujours.

14

— Si j'étais un *Semel*, je ne ferais jamais ça. J'attendrais éternellement ma *reah*. Qui voudrait d'une fausse compagne ?

— Quelqu'un que tu choisis n'est pas faux, rectifiai-je, appuyé contre le chambranle de ma porte. Des millions de gens le font tous les jours.

— Je suppose, mais quand même ; un *Semel* est censé s'accoupler avec une *reah*. C'est de cette façon que c'est censé être. Se contenter de moins va à l'encontre de la nature d'un *Semel*.

— Mais si un *Semel* ne trouve jamais sa *reah*, alors qu'est-il censé faire ? Vivre sans prendre de compagne et mourir sans avoir fondé de famille ?

— Je dis juste que moi, j'attendrais ma *reah*.

Je hochai la tête.

— Bien sûr que tu le ferais.

— Je le ferais.

— D'accord, dis-je, abandonnant.

— Pourquoi es-tu désagréable comme ça ?

— C'est juste que tout le monde peut dire ce qu'ils feraient s'ils étaient un *Semel*, dis-je en soupirant. Et je te parie que chaque *Semel* a dit la même chose avant de prendre la tête d'une tribu.

— Tu es tellement cynique.

— Je suis réaliste. Lorsqu'on n'est responsable de personne à part soi-même, il est facile de dire ce qu'on aurait ou n'aurait pas fait, mais quand ta tribu te regarde et attend un héritier comme Andrian l'a dit un peu plus tôt à propos de Logan Church… Je veux dire, lorsque ta lignée doit être garantie, il faut être fort pour supporter ce genre de pression.

Il plissa les yeux vers moi.

— Donc, tu dis que pas un *Semel* ne peut se permettre d'attendre sa *reah*.

— En réalité, non ; elles sont trop rares. Les chances d'en trouver une sont beaucoup trop faibles.

— Et pourtant, dit-il en faisant un geste théâtral, tu es là.

Je fis un geste vague de la main.

— Oh, allez, Jin, tous ces discours sur les *reahs*, et pourtant tu es bien là. La panthère la plus rare qui soit. La seule et l'unique *reah* mâle au monde.

— Je ne compte pas.

— Bien sûr que si, crétin ; tu es une *reah*.

— Je ne suis pas une vraie *reah*, je ne suis pas une fille.

— Qui a dit que les *reahs* ne pouvaient qu'être des femmes ?

— Oh, je ne sais pas… tout le monde, dis-je, avec amertume.

— Eh bien, pas de chance pour tout le monde. Tu es un mec et tu es une *reah*, une vraie, enfin, un et ce n'est pas objet à débat. Tu existes, tu es réel.

— Crane…

— Essayons de ne pas avoir un long et ennuyeux débat existentiel, d'accord ? Je sais que tu es une *reah*, tout comme je sais aussi que tu es la seule *reah* mâle au monde, point final.

— Tu n'en sais rien, du moins pas vraiment.

— Oh, je n'en sais rien ? se moqua-t-il. Je pense que je le sais, parce qu'après tous les voyages que nous avons fait depuis ces deux dernières années depuis que nous avons quitté l'université, aucun de nous n'a jamais vu, ni même entendu parler d'une autre *reah*, encore moins d'une *reah* mâle. Il naît une *reah*, peut-être une sur un million, à tout casser… alors une *reah* mâle… tu vois bien. Et toi, tu en es une.

— Peu importe.

— Je me demande juste… Tu ne veux vraiment jamais en parler à personne d'autre à part moi ?

— Mon père le sait, lui rappelai-je. Et notre ancienne tribu, et notre vieux *Semel* qui a essayé de me tuer. Je pense qu'assez de gens le savent déjà.

Il se retourna et s'affala sur le canapé. Je ne pouvais plus voir son visage.

— Mais toi Crane, tu pourrais y retourner. Ils te reprendraient.

— Va te faire foutre. Va au lit. Je ne veux plus parler.

Je respectai sa décision parce que nous avions tous les deux raison jusqu'à un certain point. Nous avions tous deux besoin de sommeil, alors je refermai ma porte et me laissai tomber dans mon lit.

J'étais tellement fatigué que je ne rêvai même pas.

III

D'APRES MON expérience, les gens utilisaient le mot 'froid' beaucoup trop librement. Ainsi, je suis allé dans des cinémas, des restaurants et même des supermarchés bondés et j'ai entendu des gens dire qu'ils avaient froids, qu'ils étaient congelés même. Le fait est que si vous n'avez jamais senti le souffle du vent glacial du Lake Tahoe à la fin de janvier, vous n'avez aucune idée de ce dont vous parlez. C'est pourquoi je n'avais jamais compris les clients qui voulaient s'asseoir dans le patio. Même avec les appareils de chauffage installés et un bon manteau, même si la terrasse était couverte, il faisait encore sacrément froid dehors. Comme je regardais le groupe de personnes qui se dirigeait vers l'extérieur, je haussai les épaules et appelai un serveur.

— Alors, c'est bon, Jin ? me demanda-t-il.

— S'ils veulent geler, dis-je en haussant les épaules. Qui suis-je pour leur dire 'non' ?

— Merci, patron.

— Assure-toi qu'Owen aide Linda avec cette table. Cela fait beaucoup de gens et il fait un froid de gueux là-bas.

— Ce sera fait, dit-il en souriant.

— Dis-leur de porter leur combinaison de ski.

Je ris alors que je m'éloignai.

Je devais vérifier mon personnel en cuisine et j'étais à l'autre bout de la pièce lorsqu'une main de fer tomba sur mon épaule. Me retournant, je vis mon patron, Ray Torres, qui me regardait.

Je plissai les yeux vers lui.

— Que faites-vous ici ?

— Juste ma visite hebdomadaire pour voir comment vous vous en tirez. Comme d'habitude, tout va très bien.

— Et quoi d'autre ? En général, vous vous contentez d'appeler.

Son sourire se fit rusé.

— J'espérais que vous auriez une réponse pour moi.

— Vous plaisantez ? Ray, je n'ai même pas une seconde pour…

— Oh, allez, dit-il en riant, sa main se déplaçant sur mon cou pour le presser doucement. C'est juste une nuit de plus. Vous aurez trois jours de repos après cela.

— Et vous agissez comme si je ne le méritais pas. J'ai travaillé quinze jours d'affilée, Ray. Je vis pratiquement ici. Je devrais installer une paillasse dans la cuisine.

— Il y a de la place à l'étage.

— Oh, vous êtes hilarant.

Il me sourit, tendant la main pour ébouriffer mes cheveux.

— Vous êtes jeune. Lorsque j'avais vingt-quatre ans, je pouvais tenir des jours sans dormir ni manger.

J'essayai de m'éloigner de lui mais sa main se resserra autour de mon biceps, m'immobilisant.

— Vous savez, Jin, depuis deux mois et demi que vous vous occupez de la gestion du restaurant, vous êtes devenu absolument vital pour moi. J'espère que mon offre vous donne sérieusement à réfléchir.

Il ne savait pas combien j'y réfléchissais depuis qu'il m'avait fait son offre une semaine auparavant. Il voulait que je prenne le poste de gérant pour son restaurant – la position qui était convoitée non seulement par deux autres gars, mais aussi par Crane.

Le Paragon était un restaurant situé sur le lac, à King's Beach. En été, les gens pouvaient jeter l'ancre et nager jusqu'au quai ou sauter du pont de leur bateau directement sur la terrasse arrière. On m'avait dit que l'endroit était une maison de fous, matin, midi et soir. En hiver, bordé de lumières, réchauffé par des radiateurs sur la terrasse, c'était une retraite paradisiaque durant les hivers enneigés d'Incline Village. Notre clientèle était composée de gens du pays, de touristes et d'une riche élite de vacanciers.

— Jin.

La voix de Ray me tira de mes pensées.

— Ouais ?

Il se plaça devant moi pour que je puisse croiser son regard.

— Lorsque vous êtes venu travailler pour moi, je croyais que vous étiez juste un petit morveux, mais vous m'avez tout de suite montré vos qualités.

— Vous pensiez que j'étais un petit morveux ? le taquinai-je en plissant les yeux.

— Jin, me prévint-il.

— Ray, repris-je, utilisant le même ton.

Il grogna.

— Écoutez, tout le monde vous aime et accepte vos ordres. C'est ce dont j'ai besoin.

— Ray…

— Depuis que vous avez repris ici, je n'ai pas besoin de me soucier de quoi que ce soit.

Je me tus.

— Le marketing que vous avez mis en place, les partenariats que vous avez obtenu avec les clubs de Reno et l'accord que vous avez négocié avec le Lakehouse Inn pour que nous puissions y organiser des fêtes privées… tout le monde gagne de l'argent. Greg est venu hier et m'a dit que l'auberge se portait bien pour la première fois depuis des années. Il dit que vous êtes un faiseur de miracles.

— Oh, allez vous faire foutre, Torres.

Son sourire était énorme.

— Il a dit que si je ne vous offrais pas la place de gestionnaire ici, alors il vous embaucherait là-bas. Il aime ce qu'il voit.

— Et j'apprécie, mais je ne sais pas encore ce que je vais faire. À l'origine, j'avais l'intention de partir.

— Je le sais, vous ne l'avez jamais caché, mais je veux vraiment que vous restiez. Nous le voulons tous.

— Je ne sais pas… Je ne suis pas le seul à vouloir ce travail.

Il haussa les épaules.

— Le fait est, Jin, que lorsque vous êtes ici, je n'ai pas besoin d'y être. Je ne m'inquiète pas lorsque vous prenez tout en charge. Avec les autres… je m'inquièterai.

— Je comprends ce que vous dites. Laissez-moi un peu plus de temps pour y penser, d'accord ?

— Prenez autant de temps que vous le souhaitez.

Il sourit avant de s'éloigner.

Quelques minutes plus tard, je fus accueilli dans la cuisine avec la ronde habituelle d'obscénités affectueuses avant que je sois obligé de goûter une nouvelle décoction de piments *Jalapeños*, de fromage Pepper Jack et une sauce aux canneberges, le tout frit ensemble. C'était dégoûtant et je demandai à Ramon, le cuisinier en chef, s'il essayait de me tuer ou tout simplement de me rendre malade.

— Est-ce que toutes les filles ici savent-elles que tu es gay ?

Je ne pouvais que tenter de deviner ses pensées, car ce qu'il disait n'avait aucun sens.

— Qu'est-ce que cela a à voir avec la question que je viens de te poser ?

— Absolument rien, m'assura-t-il.

Nous restâmes silencieux, juste à nous regarder l'un l'autre, mais je souris avant lui.

— Bon, que voulais-tu dire sur le fait que j'étais gay ? demandai-je en soupirant profondément.

— Les filles, répéta-t-il. Savent-elles ?

— Je suppose que oui.

— Alors comment se fait-il qu'elles parlent tout le temps de toi ?

— Parce que les femmes hétérosexuelles et les hommes homosexuels vont ensemble comme le beurre de cacahouète et la confiture, l'informai-je. Nous sommes faits l'un pour l'autre.

— Non, dit-il en secouant la tête. Elles parlent comme si elles voulaient te baiser.

Ce n'était pas le cas... il ne savait tout simplement pas faire la différence.

Toutes les femmes avec qui je travaillais m'aimaient, et c'était la raison de leur appréciation. Que je les veuille ou pas, que j'essaye ou non, rien de tout cela ne faisait de différence. J'aimais les femmes ; je ne leur faisais simplement pas l'amour, et elles avaient toujours été folles de moi. Elles complimentaient toutes mes yeux gris clair, mes longs cheveux noirs et mes sourcils sombres. Les filles remarquaient des choses telles que la forme parfaite de vos sourcils, combien vos cils étaient longs, les lèvres pleines et la courbe de votre nez. On m'avait dit qu'entre mes yeux charbonneux, mon corps ferme et ma peau magnifique, j'aurais dû être top-modèle. C'était agréable, tout comme l'étaient les étreintes et les baisers que j'obtenais à chaque fois que j'arrivais au travail.

— Houhou !

Je relevai la tête pour regarder Ramon.

— Personne ne veut de moi ; elles sont toutes après Crane.

— Aucune des filles ne parlent de ton colocataire – elles ne sont qu'après toi.

Mais cela n'avait pas de sens.

— Tu es trop aveugle pour le voir.

Je lui adressai un sourire indulgent et me retournai pour partir.

Avant que je puisse passer la porte, il saisit mon bras.

— Quoi ? lui demandai-je en me retournant.

— Nous, dit-il en indiquant l'ensemble du personnel de cuisine d'un geste de la main qui tenait encore ses pinces culinaires, nous allons faire la peau de ce mec, Ben, s'il est assez stupide pour se présenter ici à nouveau.

Je lui souris. S'il savait ! Il n'y avait vraiment aucune possibilité que Ben Eller puisse revenir vers moi.

— Je vous remercie de prendre soin de moi, les gars, mais je ne suis pas une fille. Je n'ai pas besoin que vous vous battiez pour moi, juste parce que ce mec m'a peu un emmerdé.

— Mais il n'est pas réglo, J. Il a fait irruption chez toi au beau milieu de la nuit.

Cela indiquait plutôt la faiblesse de nos serrures et le fait que j'avais un sommeil de plomb. Crane avait commencé à fréquenter une strip-teaseuse et, bien sûr, elle avait un ex-petit ami jaloux qui les avait traqué tous les deux jusqu'à ce qu'il sache où Crane habitait. La nuit où il s'était pointé, mon colocataire n'avait même pas été à la maison. J'étais seul, endormi dans l'obscurité sur le canapé, m'étant effondré là après un service de seize heures.

— Ce connard aurait pu te tuer.

— Ouais, eh bien, j'en ai tiré une leçon.

— Mais, ce n'était même pas pour toi, la leçon, à l'origine.

Il y avait de ça.

— Tu sais que tu avais l'air horrible après qu'il t'ait frappé.

Et c'était vrai. Lèvre fendue, l'œil au beurre noir et des ecchymoses sur ma gorge, là où il avait essayé de m'étouffer. Ben Eller avait fait irruption dans l'appartement il y avait une semaine de ça, simplement pour menacer son rival. Mais, dans le feu de l'action, l'adrénaline l'avait submergé et la tactique d'intimidation s'était transformée en un clin d'œil en tentative d'assassinat. Il avait essayé de m'étrangler.

Stupéfait, à moitié réveillé, je m'étais libéré de la poigne de Ben Eller et m'étais transformé là, en plein milieu du salon. Ma métamorphose avait été forcée par les circonstances ; je n'avais pas eu le choix, voulant seulement le

21

combattre et, instinctivement, j'avais eu recours à la plus grande arme de mon arsenal. Il s'était enfui en criant de l'appartement, mais je n'étais pas inquiet. Qu'allait-il dire à la police ? *Quand je tentai d'étouffer un type, il s'est transformé en l'un de ces grands félins que l'on peut voir sur Discovery Chanel, juste là, près de la table basse.* Je pensais que vu la tentative d'assassinat du témoin, cela rendrait son intervention peu crédible.

— Jin ?

— Je sais de quoi j'avais l'air, dis-je rapidement, rejoignant la conversation. Je comprends vos préoccupations.

— Tu aurais dû le traîner en justice.

— Crane et moi avons obtenu une ordonnance restrictive, c'est tout ce dont nous avons besoin.

Il haussa les épaules.

— J'espère que ton harceleur en sera convaincu.

— Ce n'était même pas *mon* harceleur, dis-je en riant, l'ironie de la situation n'étant pas perdue pour moi.

— Oh, oui, c'est hilarant.

Il fronça les sourcils en me regardant, se penchant plus près.

— Mais pour changer de conversation. J'ai entendu que Ray t'avait offert la place de gestionnaire pour le restaurant.

— En effet.

— Alors, accepte. Nous sommes tous derrière toi.

— Merci.

Il me sourit, se retourna et reprit son travail.

— Je t'en prie.

Même s'il ne l'avait jamais dit, je savais que Ramon aimait que je vienne tous les jours pour m'assurer qu'il allait bien et qu'il avait tout ce dont il avait besoin.

De retour dans la salle, une de mes serveuses, Linda Rice, faillit me percuter.

— Te voilà, soupira-t-elle. J, la fête sur la terrasse bat son plein et un de ces gars est ivre. Il est hors de question que je retourne là-bas.

Je hochai la tête, me retournant pour y aller. Avant que je puisse aller plus loin, elle attrapa mon poignet.

— Je vais aller chercher un des videurs pour qu'il vienne avec toi, d'accord ?

Je lui souris.

— Ne t'inquiète pas pour moi, ma belle. Je suis paré.

— Ouais, c'est super, mais plusieurs de ces gars-là ressemblent à des truands russes.

— Qu'avons-nous dit à propos de trop regarder *New-York, police judiciaire* ?

— Ouais, tu es tellement drôle.

Elle fit une grimace comme si elle avait mordu dans un citron.

— Sois juste prudent. Tu n'es pas aussi grand et mauvais que tu penses l'être.

— Non ? demandai-je et elle se mit à rire, même si elle était évidemment troublée par son altercation à l'extérieur.

C'était mignon qu'elle ait besoin de me donner une légère tape sur les fesses avant que je m'éloigne d'elle.

Sur la terrasse, trois tables étaient rassemblées et tout le monde buvait. Le niveau sonore était vraiment fort – même pour l'extérieur – et mon second serveur, un gentil garçon nommé Owen, originaire de Tulsa, se faisait hurler dessus. Les femmes voulaient du champagne et alors qu'il tentait de demander la marque qu'elles voulaient, un homme énorme avec des épaules massives se leva brusquement et le poussa durement. Il faillit tomber, mais le gars attrapa l'avant de son chandail, le secoua et lui demanda s'il comprenait le français. Je m'avançai rapidement et éloignai mon serveur de l'étranger.

— Par ici, dis-je catégoriquement en montrant la porte. Vous en avez terminé.

— Oh, nous en avons terminé ? dit le type en me poussant durement, au niveau de la clavicule. Vraiment ?

À la seconde où il me toucha, je le sus. C'était une panthère. Il n'était pas un *Semel*, pas un chef, mais il en était proche, peut-être un *sylvan* ou un *sheseru*, je n'en étais pas sûr. De toute façon, il était puissant et avait l'habitude que les gens lui obéissent. C'était ce que j'aurais fait habituellement, parce que je ne voulais rien avoir à faire avec un félin, mais Owen était là et il était de mon devoir de le protéger.

— Ouais, dis-je en verrouillant mes yeux sur les siens. Vous en avez terminé.

Il était ivre, ou il n'aurait jamais grogné et mit à nu ses dents très humaines pour tenter de m'intimider. Avec quelqu'un d'autre, il serait passé pour fou, mais je compris le geste pour ce qu'il était ; il oubliait où il était à cause du niveau d'alcool dans son sang.

— J, dit Owen et sa voix tremblait quand il posa sa main sur mon épaule. Je ne crois pas que…

— Va à l'intérieur, lui dis-je. Restes-y et n'envoies personne d'autre ici. Tout ira bien.

Il partit rapidement, ayant l'habitude de m'obéir.

Dès que la porte se referma, je m'approchai davantage de l'homme massif et lui sourit, révélant non pas mes dents, mais mes crocs, du haut et du bas. À la seconde où je le fis, je le regrettai. Si j'avais été complètement lucide et non privé de sommeil, mon jugement aurait été meilleur et je n'aurais pas agi aussi imprudemment. Mais l'instinct avait pris le relais là où ma raison avait échoué.

Mon sourire eut l'effet désiré ; l'homme recula, ébranlé.

Il n'était pas comme moi ; il n'était pas une *reah*. Il n'avait pas mon pouvoir. Il pouvait être soit homme, soit animal, mais il ne pouvait pas être les deux en même temps. Il ne pouvait pas prendre une forme intermédiaire, cette capacité étant réservée à un *Semel* ou à une *reah*.

— Je… Je ne savais pas…

Il s'arrêta, incertain de ce que j'étais. Je n'étais pas un *Semel*, ça il le savait. Il n'y avait rien de comparable avec la puissance d'un *Semel*, et ce genre d'énergie primaire ne rayonnait pas de moi. Ce que je dégageai par vagues était différent, plus chaleureux, plus doux, en raison de ce que j'étais. Une *reah* était le Yin du yang d'un *Semel*, chacun complétant l'autre, s'emboîtant de sorte que la *reah* apporte la douceur et la compassion alors que le *Semel* apportait la force et la logique. Tout, dans un *Semel*, indiquait la force et la domination, mais pas moi, donc l'homme qui se tenait debout devant moi ne savait pas quoi faire de moi.

— Comment est-ce possible ?

Je comprenais sa confusion. Pour ce que j'en savais, j'étais le seul *reah* mâle au monde. Peut-être y en avait-il d'autres, quelque part, mais je n'en avais jamais rencontré ni même entendu parler. Et même si j'aimais débattre de l'existence d'autres comme moi avec Crane, les chances étaient pratiquement nulles et il avait raison : j'étais le seul.

— *Reah*, haleta-t-il, plus fort maintenant parce qu'il en était enfin certain.

Ses yeux étaient écarquillés comme il me regardait.

Là où le chaos régnait encore quelques instants seulement avant, il n'y avait plus que le hurlement du vent provenant du lac.

— Comment osez-vous être irrespectueux envers votre tribu en montrant vos dents à un étranger ? dis-je d'une voix glaciale, en espérant que si je pouvais l'éloigner avec ma colère, alors il n'aurait pas le temps de me poser de questions. Êtes-vous fou ? Qu'allez-vous faire maintenant ? Prévoyez-vous de vous métamorphoser ici, dans ce restaurant, en face de tout le monde ?

Ses yeux étaient fixés sur moi.

— Ce n'est pas *Maat*. Vous êtes une honte.

— Pardonnez-moi, dit-il en se laissant tomber à genoux devant moi, son regard recommençant à m'étudier. S'il vous plaît, *reah*.

Je hochai rapidement la tête.

— Emmenez-moi à votre *Semel* pour que je puisse lui demander pardon.

Il n'y avait pas de *Semel* à lui présenter, puisque je n'étais pas accouplé, mais il n'avait pas besoin de le savoir.

— C'est bon, dis-je en prenant un peu de recul. Je veux seulement que vous partiez d'ici.

Il plissa les yeux.

— Que faites-vous ici ?

— Vous n'avez aucun droit de m'interroger, lui dis-je d'une voix tranchante. Prenez vos amis et partez.

Après avoir donné l'ordre, je me détournai à dessein, lui présentant mon dos et lui montrai ainsi que je n'avais pas peur de lui, ni même que je le reconnaissais. Son sursaut de surprise était attendu.

— *Reah* !

Alors que j'avais presque atteint la porte, quelqu'un posa une main sur mon épaule. Me retournant, je me retrouvai face à de grands yeux verts, couleur d'océan ; une femme se tenait là, figée.

— Salut, dis-je calmement, essayant de respirer, faisant courir ma langue sur mes dents humaines, très normales.

Je savais que mon sang-froid pouvait être incroyable et pour une fois, j'en étais très heureux. Il n'aurait pas été bon pour moi de retourner dans la salle bondée ressemblant la panthère que j'étais.

— Salut, réussit-elle à peine à sortir en levant lentement une main tremblante vers moi, ses doigts glissant sur mon torse.

Elle était adorable devant moi, la bouche ouverte et les yeux écarquillés.

Il me fallut un moment, parce que j'avais tellement travaillé sans dormir, mais cette femme était celle que j'avais sauvée à Reno, deux mois auparavant.

— Tu m'as sauvée, souffla-t-elle.

— En effet.

Je forçai un sourire, repoussant des mèches de cheveux châtains de ses yeux pour que je puisse voir son beau visage. J'étais vaguement conscient que tous mouvements avaient cessé autour de nous.

— Oh, gémit-elle, les larmes débordant de ses paupières. Je suis Delphine.

— Andrian me l'a dit.

— Quel est ton nom ?

— Jin, répondis-je.

Elle déglutit difficilement.

— Puis-je… plus près ?

Je souris et elle se jeta sur moi, enroulant ses bras autour de ma taille, son visage pressé contre ma gorge. Je la serrai et la force de son tremblement me surprit.

— Tu… Tu m'as sauvée. Tu étais incroyable… Je voulais te retrouver et te parler et te remercier, mais ils… ils ne voulaient pas… et maintenant, tu es ici et tu es encore plus beau que je ne pensais cela possible.

— C'était vous ? demanda quelqu'un. Vous avez sauvé la sœur de notre *Semel* ?

Bien sûr que c'était moi ; c'était ainsi que fonctionnait ma chance. Andrian nous avait dit à Crane et à moi, plusieurs mois en arrière, qu'elle était la sœur du *Semel*, mais entendre la crainte dans les voix regroupées autour de moi était presque effrayant.

— Nous devons te remercier correctement, déclara Delphine, son visage encore enfoui dans mon épaule. Tu dois venir et rencontrer mon frère.

— Pas besoin, lui assurai-je, la tenant à bout de bras. C'était mon devoir, le rôle de n'importe quel homme, de protéger une femme. Ceux qui t'ont attaqué devraient être punis.

— C'est une vieille querelle, répondit-elle en se forçant à sourire. Je suis heureuse de constater qu'elle n'a pas atteint cette montagne. Les terrains de chasse sont ici, par contre. Tu dois te joindre à nous.

Je ne chassais pas ; ce n'était pas quelque chose que les *reahs* faisaient.

— Bien sûr, dis-je en souriant, jetant un regard noir à l'homme qui avait mis ses dents à nu alors qu'il venait se tenir à côté de Delphine. Nous verrons.

— S'il vous plaît, *reah*, dit l'homme, mettant un genou au sol. Vous avez montré votre bravoure face à moi, le *sheseru* de la tribu de Mafdet et

26

maintenant j'apprends que c'est vous qui avez sauvé la sœur de notre *Semel* des animaux de la tribu de Menhit. S'il vous plaît, *reah*.

Il me tendit sa main.

— Acceptez mes excuses et laissez-nous vous emmener pour rencontrer notre *Semel*, Logan Church.

Plus je restais avec eux, plus ils avaient de chances de découvrir que je n'étais pas une *reah* accouplée. Une *reah* ne pouvait s'accoupler qu'avec un chef de tribu et si je n'appartenais à aucun *Semel*, on pouvait alors me conduire de force vers n'importe quel *Semel*, pour vérifier, lorsque nos regards se croiseraient, si nous étions des compagnons. Je détestais l'idée d'avoir un compagnon, une personne à qui vous étiez destiné ; je préférais le libre arbitre, si bien que j'avais soigneusement évité de rencontrer tous les dirigeants de tribus. C'était la raison pour laquelle mon souhait le plus cher ne pourrait jamais être exaucé. Une *reah* ne pouvait qu'appartenir à la tribu que son compagnon dirigeait. Comme aucun *Semel* n'accepterait jamais de me prendre, moi, un compagnon mâle, je n'aurais jamais de maison nulle part.

— S'il vous plaît, *reah*.

Je lui tendis ma main et entendis son soupir comme il la plaça sur son visage et l'y maintint.

— Votre nom est Jin ? demanda-t-il, me regardant dans les yeux, penchant son visage dans ma main.

— Oui.

— Jin quoi ?

— Rayne.

Les yeux qui avaient été si combatifs et en colère étaient devenus chaleureux et doux. Il était un *sheseru*, et parce que j'étais une *reah*, son rôle était de se présenter comme mon champion. Instinctivement, il voulait être mon bouclier, puisque je devais être le compagnon d'un *Semel*. Plus je restais près de lui, plus il allait devenir protecteur. C'était ancré en lui et je vis l'hésitation sur son visage, tourmenté par des désirs contradictoires. Il aurait voulu me jeter sur son épaule et m'amener à son *Semel*, afin que là, à côté de son chef, il puisse veiller sur moi.

— Vous ne ressentirez plus ce besoin lorsque vous vous éloignerez de moi, l'assurai-je.

Il secoua la tête, juste un peu.

— Quelque chose ne va pas. Je peux le sentir.

L'homme scrutait mon visage. Je devais sortir de là avant qu'il comprenne que je lui avais menti. Je n'avais pas de compagnon et il allait très rapidement le comprendre.

— Vous devez y aller.

— S'il vous plaît, venez avec nous pour rencontrer notre *Semel* et recevoir ses remerciements.

Sûrement pas ! Je secouai la tête, essayant de libérer ma main.

Ses doigts se resserrèrent instantanément, s'enfonçant dans mon poignet, me retenant. Nos yeux se rencontrèrent et je le vis m'étudier. Il n'était pas stupide et ses instincts étaient bons ou il n'aurait jamais été choisi pour être *sheseru*. Si je me débattais, si je montrais de la crainte, si je tentais de m'enfuir, il lui suffirait de m'emmener de force voir son *Semel*. Une fois là-bas, la vérité éclaterait. Logan Church saurait immédiatement que je n'avais pas de compagnon.

Je ne pouvais pas être amené à lui, donc j'essayai de gagner du temps. Je baissai les yeux pour fixer le sol, prenant un air désespéré.

— J'aimerais bien aller avec vous, mais mon *Semel* serait mécontent. Ce ne serait pas *Maat* pour moi d'y aller sans lui.

Sous mes cils, je vis plusieurs têtes lentement donner leur accord autour de moi.

— Bien sûr. Je comprends. Ce ne serait pas *Maat*, que vous soyez en présence d'un autre *Semel*, sans votre compagnon. Pardonnez-moi d'avoir suggéré un tel manque à la déontologie.

Il pensait que j'étais soucieux de ces règles archaïques qui ne signifiaient rien pour moi, mais c'était parfait ainsi. Quel que soit ce qu'il pensait, cela me convenait.

— *Reah*, souffla-t-il.

Lorsque je relevai les yeux, je vis les muscles de sa mâchoire se contracter. Il voulait tellement m'amener à son *Semel*, étant pratiquement certain que je mentais sur qui j'étais, mais pas tout à fait en mesure de le savoir avec certitude. Et s'il avait tort et qu'il m'emmenait quand même… sa vie pourrait trouver son terme en commettant une telle erreur.

— Je n'ai jamais rencontré, ni même vu une *reah*.

— Nous sommes rares ; vous connaissez donc ma valeur pour ma tribu.

— Vous avez de la valeur pour nous tous, pas seulement pour votre tribu.

Je hochai la tête, même si c'était des conneries.

— On dit qu'un *Semel* qui trouve sa *reah* est favorisé par Ra.

Hum, hum, peu importe.

— Un *Semel* qui a trouvé sa *reah*, devient un *Semel-Rê*, le siège de l'œil. C'est une bénédiction.

'Bénédiction' n'était pas le mot que j'aurais choisi. Aucune liberté pour choisir qui vous voulez aimer, juste de la chimie et de la génétique, le destin prenant la décision pour vous. Je ne voulais pas en faire partie. Si j'étais né panthère ordinaire, j'aurais pu être avec qui je voulais, mais parce que j'étais 'béni', tout *Semel* que je rencontrais pouvait être mon compagnon.

— Une *reah* reconnaît son *Semel* dès que leurs regards se croisent.

— Oui, je sais, dis-je rapidement, prenant une grande inspiration. S'il vous plaît, transmettez mes amitiés à votre *Semel*.

— Donnez-moi le nom du votre.

Je lui donnai le seul nom qui me vint à l'esprit.

— Crane Adams, dis-je doucement.

Il hocha la tête, me regardant de haut en bas.

— Et qui vous a autorisé, vous et votre *Semel* à être sur notre territoire ?

— L'un des vôtres, Andrian Basargin, nous a donné son nom, à mon *Semel* et moi, la nuit où nous avons sauvé Delphine, lui expliquai-je. Mais il n'avait pas la moindre idée de qui ni de ce que nous étions.

Il me fixa, m'étudiant sans dire un mot. Je reculai et puisqu'il ne semblait pas tout à fait prêt à partir, je lui demandai son nom.

— Mon nom est Yuri, Yuri Kosa.

— Ce fut un plaisir de vous rencontrer.

— Tout le plaisir fut pour moi, *reah*... vraiment.

Je le remerciai avant de lui demander à nouveau de partir, car il ne serait pas bon pour eux de rester après un si grave échange avec moi. Tout le monde accepta de partir, sauf Delphine. Elle voulait parler un peu plus avec moi, mais je lui expliquai que je travaillais. Ils partirent après avoir régler leur addition et Ray vint me trouver une heure plus tard, impressionné que j'ai pu manipuler une autre situation explosive si adroitement. Il me dit que j'étais tout à fait prêt pour le poste qu'il m'offrait. J'obtins de nouveaux bons points avec les serveurs pour être allé à la rescousse d'Owen aussi rapidement et ce dernier me remercia lui-même une bonne centaine de fois de l'avoir sauvé. Il avait vraiment eu peur, surtout quand le psychopathe lui avait grogné dessus. J'étais d'accord avec lui, cela avait été effrayant.

IV

JE MARCHAI en direction de l'appartement avec Crane. Nous avions tous les deux quitté le travail plus tôt que prévu. Il faisait de son mieux pour me convaincre de rester au lieu de prendre le premier avion disponible pour quitter Reno.

— Pourquoi flippes-tu tellement ? me demanda-t-il, marchant au même rythme que moi. Bon, le *sheseru* de la tribu de Logan Church t'a rencontré, et alors ?

— Merde !

— Bon, tu vas peut-être devoir aller voir le gars, et alors ? Tu le regardes, tu constateras qu'il n'est pas ton compagnon, et voilà, fin de l'histoire. Je n'ai jamais compris pourquoi tu n'allais pas voir chaque *Semel* avec qui nous entrions en contact afin de simplement en finir.

— Je ne suis pas une *reah* normale. Que faire s'ils essaient de me blesser ?

— Et s'ils ne le font pas ?

— Suis-je censé prendre ce risque ?

— Tu es censé avoir des couilles.

— Va te faire foutre, dis-je sèchement. Ce n'est pas toi qui dois vivre ça.

— Vraiment ?

La façon dont il me regarda, furieux et peiné en même temps, me fit sentir horrible.

— Je sais que je n'ai pas pris de raclée, mais te regarder n'était pas une sinécure non plus.

Je fis la grimace au rappel du douloureux souvenir de l'annonce que j'avais faite, indiquant non seulement que j'étais une *reah*, mais également gay. Battu, déshabillé et laissé sur le bord d'une route, seul Crane était venu en secret pour me cacher et m'avait sauvé de la mort. Mon *Semel* avait autorisé

30

ma torture publique parce que j'étais gay et mon propre père avait applaudi et avait même participé à la curée. J'avais été exilé lorsqu'ils avaient appris que j'avais survécu. Je n'avais reparlé à aucun d'entre eux, ni mes parents, ni mes frères, ni même un membre de ma tribu, à part Crane. Mon meilleur ami avait choisi de devenir un paria avec moi. Il avait toujours été là pour moi quand je n'avais plus personne. Je lui devais beaucoup, parce qu'après m'avoir sauvé la vie, il avait dû me garder sain d'esprit et ne pas me laisser me vautrer dans la douleur. Si je m'étais suicidé, ils auraient gagné, m'avait-il dit, et nous ne pouvions pas leur permettre de gagner.

— Crane, dis-je doucement, la boule que j'avais dans la gorge rendant ma respiration difficile.

— Oublie ça, grogna-t-il. Ce que je n'arrive pas à comprendre, c'est pourquoi diable as-tu montré tes crocs à ces gars en premier lieu.

— Je ne voulais pas, dis-je en prenant une grande inspiration pour me calmer et retrouver mon ton froid normal. J'ai foiré parce que je suis fatigué et je suis fatigué parce que je travaille trop dur et je travaille trop dur pour quoi ? Je vais finir par tout laisser ici quand même, alors… Merde !

— Tu es un idiot, dit-il.

— Ouais, je sais.

— Qu'est-ce qui t'as pris ?

J'étais tellement en colère que je pouvais à peine penser correctement. Comment avais-je pu faire une telle erreur stupide en montrant mes dents à Yuri Kosa ? Il l'avait fait en premier, et j'avais même pensé qu'il était sans cervelle. Puis j'avais fait exactement la même chose !

— Laisse-moi voir.

Je plissai les yeux.

— Quoi ?

— Tes crocs, laisse-moi les voir… tes mains aussi.

— Pourquoi ?

— Parce que ça fait longtemps que… laisse-moi juste les voir.

J'aurais fait n'importe quoi pour remettre les choses entre nous, pour que tout revienne à la normale. Il était ma pierre de touche et j'avais besoin de lui ; j'entrouvris donc mes lèvres et lui montrai mes crocs supérieurs et inférieurs avant de lever ma main pour qu'il puisse voir mes griffes là où auraient dû être mes doigts. J'avais une forme intermédiaire, pouvant me transformer partiellement en animal, ce qu'il ne pouvait pas faire. Nous étions appelés 'panthère-garou' ou 'métamorphe' parce que nous pouvions changer, mais seul un *Semel* ou une *reah* pouvait prendre une forme intermédiaire, telle que montrée dans les films d'horreur. Il ne pouvait y avoir d'erreur quant à ce que j'étais.

— Merde !

— Quoi ? demandai-je, revenant instantanément à ma forme entièrement humaine.

— C'est incroyable, tu sais. Juste de te voir faire, c'est vraiment quelque chose.

Nous gardâmes le silence pendant plusieurs minutes.

— Regrettes-tu d'être parti avec moi ?

— Non, Jin, dit-il rapidement.

— Ta famille ne te manque-t-elle pas ?

— Ils ont participé à ta torture comme tout le monde. Je n'avais aucune idée qu'ils allaient se retourner contre toi comme ça, ainsi que contre moi. Je ne regrette personne, mais tu m'aurais manqué, mon ami.

Tout fut flou autour de moi et je réalisai que j'étais encore plus fatigué que je ne l'avais pensé.

— Oh, ne pleure pas à cause de toute cette merde, grommela-t-il. Tu es une grande fille.

Je souris à travers mes larmes.

— Une *reah* mâle, dit-il en me souriant. Comment diable cela a-t-il pu arriver ?

— Je n'en sais pas plus que toi.

Il prit une grande inspiration.

— Bon, alors, sérieusement, qu'est-ce que tu veux faire maintenant ?

— Maintenant, je dois quitter la ville.

— Pourquoi ?

— Parce que Yuri Kosa est un *sheseru* et qu'il sait que je suis une *reah*. Logan Church va vouloir me voir dès qu'il l'apprendra.

— Pourquoi ?

— Tu sais pourquoi. Pour voir si je suis sa *reah*.

— Peut-être qu'il n'est pas gay.

— Ce n'est pas grave.

— Vraiment ? demanda-t-il en secouant la tête. Parce que ce serait important pour moi. Peu importe à quel point le gars serait sexy, jamais je le baiserais.

— Tu n'es pas un *Semel*. Tu n'as aucune idée de la traction que des compagnons exercent sur le corps et l'esprit. Il n'y a aucun moyen que tu puisses comprendre un jour.

— D'accord, alors, pourquoi ne pas simplement dire à Logan Church ou à tout autre *Semel* qui veut te rencontrer que tu as déjà un compagnon ?

— Je l'ai fait. J'ai dit à Yuri Kosa que tu étais mon compagnon. Je lui ai dit que tu étais mon *Semel*.

Il émit un grognement qui ressemblait à un rire.

— Bon travail, idiot.

— C'est tout ce à quoi je pouvais penser.

— Et quand ils voudront vérifier en demandant à Andrian d'où nous venons… Tout sera mis à jour : comme quoi nous appartenons à la tribu de Christophe et… nous serons vraiment foutus.

— C'est pourquoi, nous devons partir.

— Merde, Jin, pourquoi ne pas simplement dire que tu étais lié à quelqu'un d'autre ? Quel est le mal de mentir pour que nous puissions rester ici ?

— Parce que tout *Semel* aurait su que je mentais.

— Tu vois, je n'ai jamais compris ça. Comment savent-ils ?

— Ils le font tout simplement.

— Mais comment ? Cela n'a aucun sens. Comment Logan Church saurait-il que tu n'as pas de partenaire ?

— Il le peut tout simplement.

— C'est des conneries ; dis-moi comment il pourrait savoir que tu n'as pas de compagnon.

— La manière dont je sens, la marque, la…

— La marque ?

Il fronça les sourcils.

— Ouais. C'est…

Je pris une grande inspiration.

— Tu vois, quand un *Semel* réclame une *reah*, il la marque et c'est pour la vie.

— Les félins ne s'accouplent pas pour la vie, dit-il avec suffisance. Ils peuvent choisir n'importe qui, comme tout le monde, mais ils ne s'accouplent pas pour la vie.

— Pour les *Semels* et les *reahs*, c'est le cas.

Il me jeta un coup d'œil.

— C'est vrai, je le jure.

— Vraiment ?

— Ouais, ce sont les seuls qui le font, mais c'est plus que de prendre un compagnon et d'échanger des vœux. Cela commence à partir du moment où ils se voient.

— Tu plaisantes ?

— Non, je ne plaisante pas. Pourquoi aurais-je envie de faire une blague ?

— Merde !

Je hochai la tête.

— C'est exactement ce que je pense.

— Parle-moi de cette marque.

— Pourquoi ?

— Parce que tu n'as jamais parlé de ça avec moi et que cela m'intrigue.

— Pouvons-nous marcher en même temps ?

Il se remit en marche sur le trottoir, répondant à ma question.

Je le suivis rapidement.

— D'accord, donc quand un *Semel* trouve sa *reah*, il la marque à l'arrière du cou. Cette morsure, d'après ce que j'ai compris, est aussi brutale qu'orgasmique et laisse une cicatrice qui ne pourrait jamais être confondue avec autre chose que la marque d'un chef sur son compagnon.

Je n'en avais jamais voulu.

— Une morsure ! Tu parles d'une affaire. Je peux t'en faire une et ça va y ressembler. Nous leur dirons que ton *Semel* te l'a faite et que nous sommes prêts à partir.

Je secouais la tête.

— Merci, mais non. Je ne vais jamais laisser quelqu'un poser sa marque sur moi.

— Mais si ça peut aider, pourquoi pas ?

— Non.

J'étais catégorique. Je ne laisserai jamais personne me marquer. Cela me semblait hypocrite.

Il leva les mains, fatigué de moi.

— Très bien alors, il te suffit de ne pas le laisser vérifier si tu portes une marque. Je pense qu'il ne peut pas le faire d'après les règles de l'hospitalité de toute façon. Ou peut-il douter qu'un autre *Semel* t'ait marqué ?

— Parce qu'il sera en mesure de dire que nous lui mentons et s'il dit *prouvez-le, montrez-moi votre marque*, alors nous serons baisés.

Il secoua la tête.

— Je ne pense qu'il va demander à la voir. Nous avons sauvé sa sœur, après tout.

— Tu n'as pas encore compris, dis-je en soupirant lourdement. Je suis une *reah* et...

— Donc, tu as réellement dit à ce gars, Yuri, que j'étais ton compagnon ?

— Pouvons-nous changer de sujet, s'il te plaît ?

Son sourire était énorme et il secoua la tête.

— Tu es un tel abruti. Tout ce qu'ils auront à faire sera de me regarder pour savoir que je ne suis pas un *Semel*.

— Mais j'espère bien qu'ils n'auront pas la chance de te voir.

— Je vois. Tu essayais de gagner du temps.

— En effet.

Il hocha la tête.

— Tu sais, on m'a dit une fois que, peut-être un Semel sur un million trouvait sa reah. Tu es tellement rare, Jin.

— Ouais, super ! Pouvons-nous y aller ?

— Tu ne veux pas trouver ton compagnon ?

— Non, dis-je en commençant à courir.

Il suivit mon rythme alors que nous nous dirigions vers la maison.

— Puis-je te poser une autre question ?

— Puis-je t'en empêcher ?

— Qu'est-ce que tu feras si un jour, l'un des gars que tu rencontres est ton compagnon ?

— Cela n'arrivera jamais.

J'accélérai et il dut faire un effort pour rester à ma hauteur.

Je ne voulais pas d'un compagnon, et si Dieu le voulait, jamais je n'en trouverais un.

Lorsque, finalement, nous atteignîmes notre appartement, nous nous arrêtâmes lorsque Crane faillit trébucher sur un gars accroupi sur le palier du deuxième étage.

— Oh, dit-il en se relevant. Désolé.

— C'est bon, dis-je voyant son badge, me demandant ce qu'un policier faisait en face de notre appartement.

— Puis-je vous aider, monsieur l'agent ?

— Êtes-vous Jin Rayne ?

— Ouais. Y a-t-il un problème ?

— Non, Monsieur Rayne, nous sommes seulement ici suite à une plainte de vos voisins.

Mes voisins se plaignaient de moi ? Comment était-ce même possible ? Je n'étais jamais à la maison.

— Suis-je un problème ?

— Ou moi ? demanda Crane.

Il plissa les yeux vers nous deux comme si nous étions stupides et son ton suggérait la même chose.

— Non, aucun d'entre vous n'est en difficulté. Je suis de la fourrière.

Je vis plus clairement son insigne et vis les mots écrits dessus et regardai ce qui était brodé sur la parka qu'il portait. Ce n'était pas un policier, il n'était pas là pour m'inculper de Dieu savait quoi, au contraire, il enquêtait sur un problème lié à un animal.

— Vous voyez cela ? dit-il, montrant le sol du doigt. Depuis combien de temps avez-vous ces traces dans l'escalier ?

— Des traces ?

Il fronça les sourcils.

— Vous avez sans doute remarqué les traces de griffures, n'est-ce pas ?

Je devais avoir l'air aussi perdu que je me sentais car il laissa échapper un petit soupir.

— Elles sont partout dans l'escalier et ici, Monsieur Rayne, dit-il en s'agenouillant.

— Je suppose que je ne suis pas fou, après tout. J'ai dit à tout le monde que j'avais entendu quelque chose ici, la nuit, répondis-je à l'officier.

Je devais trouver quelque chose de plausible avant qu'il commence à penser que je me comportais bizarrement, ce qui évidement était le cas.

Il me regarda de sa position sur le sol.

— Alors, vous avez entendu des bruits, mais vous n'avez pas remarqué les traces ? Comment est-ce possible ?

— C'est la première fois que je les vois.

Et je ne mentais pas. Je n'avais jamais remarqué quoi que ce soit qui sortait de l'ordinaire, mais là, visible dans la neige, juste devant notre appartement, se trouvaient de grandes empreintes de pattes qui n'avaient pu être faites que par une très lourde panthère.

Il y avait des traces de griffes, des tâches d'urine et des traces de poils, comme si un félin s'était frotté contre notre porte d'entrée. Arrivant et repartant seul dans l'obscurité depuis des semaines, je n'avais pas regagné notre appartement à la lumière du jour. Je compris maintenant que les visites de notre félin ne dataient pas d'aujourd'hui, mais qu'il nous observait Crane et moi depuis un certain temps.

— Eh bien, tout le monde a rapporté avoir vu les empreintes de pattes avant.

— C'est amusant.

— 'Amusant' n'est pas ce que je dirais, Monsieur Rayne. Pour autant que je puisse le dire, vous avez un sérieux problème de puma ici, expliqua-t-il, se remettant debout face à moi. Et on dirait qu'il a marqué votre appartement comme faisant partie de son territoire.

Les nouvelles étaient de pire en pire.

— D'accord, dis-je, commençant à avoir froid. Que dois-je faire ?

— Eh bien, malheureusement, il n'y a pas grand-chose que vous puissiez faire. Je n'ai pas vu de puma par ici depuis des années, alors... Je veux dire, nous allons étudier cela, je viendrai quand je le pourrai, mais... Si vous le voyez, ne faites rien, appelez-nous et restez à l'intérieur, dit-il en tirant une carte de sa poche de poitrine, à l'intérieur de sa parka. N'essayez pas de jouer au héros, Monsieur Rayne, car d'après la taille de ces griffures, nous avons affaire à un puma mâle, pleinement adulte, et vous n'auriez pas envie de jouer avec.

— Non, acquiesçai-je. Je n'en ai vraiment pas envie.

— Très bien, alors, dit-il en se retournant vers l'escalier, jetant un dernier coup d'œil sur moi d'abord, puis sur Crane. Faites attention tous les deux et appelez-nous au moindre problème.

— Oui, monsieur.

Je le regardai descendre les deux étages jusque sur le palier avant de me retourner vers Crane.

— Es-tu d'accord pour partir, maintenant ?

— Pas la peine d'être sarcastique, mais cela ne veut rien dire.

— Comment ai-je pu manquer le fait que tu étais un idiot depuis toutes ces années ? demandai-je en ouvrant notre porte et en entrant.

Il essaya de se défendre, mais je le coupai en lui demandant à voix haute à quelle vitesse nous pourrions emballer toutes nos affaires.

V

VINGT MINUTES plus tard, nous marchions vers le restaurant. Nous avions décidé d'aller dire au revoir à Ray avant de partir. Le faire sans donner d'explication n'était tout simplement pas une option. Cet homme nous avait traité tous les deux comme des membres de sa famille, moi encore plus que Crane, et s'enfuir sans le revoir risquait d'attirer un mauvais karma sur nos têtes. Je cherchai à préparer la scène puisque je devrais rester délibérément dans le vague et qu'il allait me presser pour obtenir des réponses. J'étais tellement plongé dans mes pensées que je n'entendis pas que quelqu'un appelait mon nom. Lorsque j'entendis enfin la voix, je me retournai et vis Yuri, le *sheseru* de Logan Church, qui se tenait debout à côté d'une voiture aux vitres teintées. Il me faisait signe de venir à lui. Quand je ne bougeai pas, une autre porte s'ouvrit et un homme que je n'avais jamais vu auparavant en sortit.

— Jin ? demanda-t-il, venant vers moi, ses chaussures de ville noires s'enfonçant dans la neige alors qu'il marchait sur le trottoir.

Son lourd manteau en laine battait dans le vent autour de ses jambes. Il était plus petit que Yuri, mais toujours plus grand que moi, avec des cheveux bruns foncés et des yeux couleur de cobalt. C'était un bel homme et son sourire était chaleureux.

Je pris un peu de recul, mais il leva une main gantée, me faisant signe d'attendre.

— Mon nom est Mikhaïl Gorgerin, j'ai juste besoin d'un peu de votre temps, dit-il en s'arrêtant en face de moi, les rides au coin de ses yeux s'étirant.

Il me regarda et étudia ensuite Crane avant de lui offrir sa main.

— Je suis le *sylvan* de Logan Church et vous êtes ?

— Crane Adams, répondit-il en souriant rapidement, c'est un plaisir de vous rencontrer.

— Moi de même, Monsieur Adams, dit-il avant de se retourner à nouveau vers moi, me tendant lentement sa main. Jin.

Je pris sa main et il renforça immédiatement son emprise afin que je ne puisse pas m'éloigner.

— Je n'ai jamais vu, ni même rencontré une *reah*, dit-il lentement, une certaine crainte s'entendant dans sa voix. Je ne connais personne qui a eu cet honneur.

Je hochai la tête.

— Et Yuri dit que vous avez un compagnon.

Je le regardai, ses yeux ne lâchant pas les miens. C'était une chose de mentir à un *sheseru* – le muscle, le fléau, l'exécuteur de la tribu – et totalement différent de mentir au *sylvan* – le cerveau, le berger, le sage de la tribu. Tout le monde pouvait mentir à celui qui s'occupait de la discipline pour se sortir d'un mauvais pas. Personne ne mentait à l'homme qui parlait en votre nom, à celui dont la parole engageait toute la tribu.

— Je n'avais aucune idée que les *reahs* pouvaient être des hommes, dit-il en plissant les yeux.

— Oui, eh bien…

Je forçai un sourire, bousculant Crane en avant, afin que nous puissions nous éloigner.

— Vous voulez bien nous excuser ?

— Attendez.

— Donnez nos meilleurs vœux à votre *Semel*.

— S'il vous plaît, attendez.

Ignorer le 's'il vous plaît' était dangereux, donc nous nous arrêtâmes.

Mikhaïl Gorgerin, *sylvan* de la tribu de Mafdet, ne regarda même pas Crane. Au lieu de cela, il se plaça devant moi.

— Jin, Logan Church a besoin de vous voir…

Je fis un pas en arrière.

— Je ne peux pas. Nous devons y aller. Vous avez entendu mon *Semel*.

Ses sourcils se froncèrent.

— Cet homme n'est pas plus votre compagnon que…

— Nous devons vraiment…

— Vous vous méprenez…

— Je gèle ici.

Je lui souris. Mon chandail de laine épaisse, ma parka, mon bonnet, mon jean, mes bottes fourrées... j'étais habillé pour la neige, mais rien de tout cela n'empêchait le vent de s'engouffrer dans mes vêtements.

— Jin, j'ai seulement besoin que vous m'écoutiez un...

— Nous avons sauvé la sœur de votre *Semel*, le coupai-je. Est-ce ainsi que vous nous remboursez ? Vous voulez nous obliger à aller le voir parce que vous croyez que vous pouvez le faire ?

Cela l'arrêta et ses yeux s'assombrirent.

— Je pense que cela servira au mieux vos intérêts.

Je souris rapidement.

— Je ne sais pas. Il n'y aucune raison qu'il rencontre une *reah* déjà accouplée.

— Mais, vous n'êtes pas...

— Je dois y aller. Présentez toutes mes excuses à votre *Semel*.

Il tenta d'argumenter, mais je m'éloignai déjà, Crane sur mes talons.

À mi-chemin de la rue, je rentrai à l'intérieur de l'un des pubs préférés de Crane parce qu'il voulait dire au revoir à ses compagnons de beuverie. Il s'était toujours fait des amis facilement et j'étais toujours celui qui les lui faisait abandonner. Je me sentais mal, je traînais après lui et ne disais pas un mot. L'endroit était bondé et je fus obligé de me tracer un chemin jusqu'au bar.

Je fus brusquement saisi et poussé contre une vitre. Pendant une seconde, j'étais trop surpris pour réagir. Ma tête fut brusquement tournée vers le visage de l'homme qui m'avait coincé ainsi.

— Jin, dit-il en me souriant.

Je le regardai. Il était beau, et dans d'autres circonstances, j'aurais certainement trouvé ce grand brun tout à fait à mon goût, mais il avait déjà posé ses mains sur moi sans le bénéfice d'une autorisation, ni même d'une présentation.

— Je suis Domin Thorne, dit-il doucement en plissant les yeux. Et tu vas être ma *reah*.

Alors qu'il était facile de voir sa beauté innée, il était également très facile de voir le manque de conviction dans ses yeux bruns foncés. C'était un jeu, c'était du sport, rien de plus.

— Prends ma main, m'ordonna-t-il en prenant un peu de recul avant de me tendre la sienne.

Je ne bougeai pas.

— Rappelez-vous vos manières.

Il sourit.

Je fis de nouveau un pas en arrière, parce que je savais exactement qui il était.

— Vous êtes le *Semel* de la tribu qui a attaqué Delphine.

— Et alors ? demanda-t-il en riant, et ses yeux sombres semblaient presque liquides. Tu n'as pas de liens avec Delphine, ni avec sa tribu. Donc, cela ne te regarde pas. Je l'aurais su sinon.

— Que voulez-vous dire ?

— Je sais tout de toi.

Les cheveux à l'arrière de mon cou se hérissèrent.

— Comment ?

— Je te regarde.

Apparemment Crane et moi avions des harceleurs, l'ex de la strip-teaseuse et ce gars-là : nous avions vraiment beaucoup de chance !

— Vous me regardez ?

Il hocha la tête.

— Tout le temps.

— Quand avez-vous…

— La nuit, pendant que vous dormez… Je regarde.

J'étais soudain furieux.

— Et vous étiez en train de regarder la nuit où ce psychopathe a failli me tuer ?

— Oui.

Il sourit malicieusement.

— S'il t'avait surpassé, je serais intervenu, mais je voulais voir à quel point tu étais fort. Je voulais si tu pouvais te sauver.

— Connard ! grognai-je en le poussant en arrière, me détournant rapidement pour me diriger vers la porte.

Il me retrouva à l'extérieur, dans une ruelle.

— Tu as de terribles manières, *reah*, dit-il en refermant sa main sur mon cou, m'étouffant alors qu'il serrait ma gorge.

Ses yeux ne contenaient rien d'autre que des menaces.

— Il a fait comme ça… Il a coupé ton air, comme ça.

Je ne pouvais plus respirer, mais ne paniquai pas. Je n'avais pas peur aussi facilement.

— Peut-être que je vais te traîner dans ma voiture et te revendiquer.

41

— Je ne vais pas vous laisser faire.

— Alors, je t'y obligerai.

— Vous voulez dire que vous allez me violer.

— Te violer, te marquer… ouais, ça va être amusant.

— Cela ne va jamais se produire.

— Il y en a d'autres là-bas. Ils pourraient te maintenir et te forcer.

Sa tribu ne respectait apparemment aucune règle, aucune loi ; il était le chef d'un gang, pas dans le style de la famille modèle. J'en avais déjà rencontré beaucoup comme ça.

— Vous ne savez rien de la loi.

— Je sais ce que je veux.

Mais il le dit sans aucune conviction que ce soit.

— Et je veux une *reah*.

Il voulait une *reah*, pas moi spécifiquement. N'importe quelle *reah* conviendrait.

— Tu as une odeur incroyable.

Lorsque je regardai le bas de son corps, je vis la bosse dans son jean et je me rendis compte que m'avoir à sa merci était une bonne source d'excitation pour lui.

— Même avec tout le monde autour de nous… Tout ce que je peux sentir, c'est toi.

Je pouvais bouger si vite, et même s'il avait dit m'avoir observé, il avait apparemment manqué ce fait. Avant qu'il ait pu réagir, j'avais mes griffes enfoncées dans son poignet. Il sursauta, retirant sa main de ma gorge comme s'il avait été brûlé. Ses yeux étaient écarquillés alors qu'il me regardait.

— Enlevez vos sales pattes de moi, le prévins-je d'une voix rocailleuse, plus exactement moi-même.

Il tenait sa main ensanglantée sur sa poitrine afin que personne ne puisse le voir.

— Je vous demande pardon, *reah*.

Il sourit doucement, ses yeux brillaient. Je lui avais fait mal et il avait eu un bon moment. Cet homme était tordu d'une manière que je ne voulais pas connaître.

— Donnez-moi une autre chance.

Je plissai les yeux.

— Pourquoi ?

— Je sais que vous n'avez pas vraiment de compagnon… C'est mon droit de chercher à vous lier à moi.

— Vous avez vraiment besoin de relire la loi, lui dis-je en me détournant, l'évitant délibérément. Seule la *reah* choisit son compagnon et vous, vous n'êtes pas le mien.

Il bougea très rapidement, se plaçant en face de moi, serrant toujours sa main blessée. Elle guérirait bientôt, mais cela devait faire mal, je le savais.

— Regardez-moi encore une fois, *reah*. Êtes-vous sûr que je ne suis pas votre compagnon ?

— Oui, dis-je catégoriquement, les yeux dans les yeux. Nous en avons terminé et vous le savez pertinemment.

Il n'avait aucune réplique à formuler, aucun retour accrocheur ; il avait joué ses dernières cartes et avait perdu. Il n'était pas mon compagnon et c'était la fin de tout espoir pour lui.

— Jin, appela Crane, arrivant à mes côtés, nous regardant Domin et moi tour à tour. Est-ce que ce mec t'a fait du mal ?

— Ai-je l'air blessé ? demandai-je, irrité, mon corps ayant désespérément besoin de s'allonger.

Il était encore tôt, même pas neuf heures, mais j'étais épuisé. J'avais hâte de dormir dans l'avion.

— Allons-y.

Crane s'approcha de Domin.

— Ne t'approche pas de lui.

— Ne me menace pas. Je suis le *Semel* de ma tribu et tu n'es rien.

Crane allait dire quelque chose, mais j'agrippai son épaule et le trainai derrière moi.

— Pourquoi as-tu…

— Je ne veux pas rester là et discuter avec lui. Je veux que nous partions d'ici.

— Je pense que c'est une erreur.

— Quoi donc ? Partir ?

— Ouais, dit-il rapidement.

— Qu'est-ce que tu racontes ? criai-je.

— Jin, nous devrions rester !

— Tu plaisantes ?

Le ton de ma voix augmenta.

— As-tu entendu ce gars-là ?

43

— Ouais, mais…

— C'est lui qui a passé ces derniers jours à rôder autour de notre appartement. Il faut qu'on…

— Attention.

Nous étions arrivés au bout de l'allée, avions tourné à gauche et j'avais heurté quelqu'un.

— Désolé, marmonnai-je, essayant de l'éviter.

— Bonjour.

Je levai les yeux vers le visage de l'homme, regardant ce que j'avais toujours imaginé être le visage d'un ange avec des cheveux blonds, des yeux bleu turquoise, une peau d'albâtre, de ceux dont j'avais toujours entendu parler sans jamais les voir dans la vraie vie.

— Est-ce vous Jin ?

— Qui veut le savoir ?

— Je suis Christophe, *Semel* de la tribu de Pakhet.

— Oh, merde ! gémit Crane à côté de moi.

— Eh oui, dit Christophe en souriant lentement. Il semble que vous deux ayez rejoint ma tribu sans que je le sache.

— Non, dis-je rapidement, voyant qu'il n'était pas seul ; quatre hommes étaient apparus et se regroupaient autour de nous. Nous n'avons pas rejoints votre tribu.

— Oh, je pense que vous l'avez fait.

Sa voix essayait d'être sensuelle, mais il rata complètement son effet. L'homme n'était pas du genre volcan bouillonnant de passion et de luxure, mais plutôt du genre timide et romantique. J'aimais cela le romantisme, style vanille, vous pouviez faire toutes sortes de choses avec ça lorsque c'était de la crème glacée. Mais quand les hommes étaient concernés, je les préférais sexy et sauvages. C'était obligatoire pour moi et l'homme debout devant moi ne l'était certainement pas.

— Vous et votre ami m'appartenez.

— Encore quelqu'un qui ne connait rien à la loi, dis-je platement, la mine renfrognée. Une *reah* qui n'est pas accouplée n'a pas de liens, à part avec le *Semel* qui sera son compagnon et toute tribu qui n'est pas celle de son compagnon n'a aucun droit sur elle.

Son sourire s'effaça immédiatement.

— Je ne comprends pas.

Je n'en doutais pas le moins du monde.

44

— Écoutez, dis-je en diminuant l'agressivité de mon ton. Toutes les *reahs* doivent être libres de trouver leur partenaire et peuvent donc appartenir à plusieurs tribus dans le cadre de cette recherche. Toutes les *reahs*, ainsi que leurs gardiens, leurs tuteurs, sont libres de quitter une tribu à leur discrétion.

— Je n'ai pas... Personne ne peut quitter une tribu, sauf s'ils sont libérés par leur *Semel*.

— Sauf en ce qui concerne une *reah*, dis-je en me pointant du doigt, ou ceux qui accompagne une *reah*, dis-je en montrant Crane. C'est comme cela que cela fonctionne. Vous pouvez appeler votre *sylvan* et lui demander de vérifier la loi. Je vais attendre ici pendant que vous le faites.

Il était stupéfait. C'était visible sur son visage. Il pensait me détenir, mais il n'en était rien. Nul ne le pouvait. Je connaissais trop bien mon droit, je l'avais étudié encore et encore. Une vague de soulagement mélangée à de la fierté déferla sur moi.

— Seigneur, Jin.

Crane frissonnait tout en se fendant d'un large sourire.

— Quoi ?

— Je peux toujours sentir lorsque tu es heureux.

— Comment ? lui demandai-je en souriant.

— Je le sens.

Ses yeux étaient doux alors qu'il me regardait.

— Cela n'a aucun sens.

Il haussa les épaules.

— Je ne sais pas quoi te dire... mais je peux.

J'allais le taquiner, mais il y eut une main sur mon biceps. Lorsque je tournais la tête, un des hommes de Christophe me souriait.

— Ainsi, une *reah* peut nous faire sentir comme ça ?

— Comment vous sentez-vous ? lui demandai-je doucement.

Il déglutit difficilement.

— C'est juste que... bien. Presque ivre ou même en transe.

— Votre odeur est différente aussi, dit un autre homme avant de se racler la gorge.

— Différente, en mieux ou en moins bien ?

— En mieux, toussa-t-il. Comme du musc, du pin et de l'herbe fraîchement coupée.

Je jetai un coup d'œil à Crane qui haussa les épaules.

— Jin.

45

Mon attention revint sur Christophe lorsqu'il saisit soudain mon biceps et m'éloigna des autres, vers le milieu de la rue. Je levai mon épaule lorsque nous nous arrêtâmes et sa main s'éloigna de moi.

— Désolé.

— C'est bon.

Je forçai un sourire.

— Jin, dit-il avant de se racler la gorge. Vous êtes une *reah*.

Nous avions déjà établi ce point.

— Je n'ai jamais envisagé d'avoir de partenaire masculin.

— Vous avez une compagne, lui rappelai-je.

— J'ai une *yareah*, je n'ai pas de *reah* et tout *Semel* peut quitter sa compagne lorsqu'il trouve sa véritable compagne, sa *reah*.

— Je pense que ce sont des conneries.

— Mais Jin, si je ne pouvais pas quitter ma *yareah*, comment pourrais-je vous demander d'être ma…

— Oh, vous n'êtes pas mon compagnon, dis-je d'un ton neutre, essayant de le contourner. Crane, on doit y aller.

— Non, Jin.

Il tendit la main et la posa sur mon épaule avant que je puisse m'éloigner.

— S'il vous plaît, *reah*, je…

— Je ne suis pas votre compagnon, dis-je sèchement, toute patience envolée. Nous le savons tout de suite. Pourquoi perdais-je mon temps à parler ? Poussez-vous.

— Mais je voudrais quand même que vous restiez avec moi, *reah*… avec moi et ma tribu. Je prendrai soin de vous, je vous protègerai, vous mettrai à l'abri.

— C'est très flatteur, dis-je en le dépassant. Mais non.

Il saisit à nouveau mon épaule.

— J'ai besoin de vous.

— Non, ce n'est pas vrai, dis-je retirant ses doigts un à un, m'éloignant plus vite afin qu'il ne puisse de nouveau m'attraper.

— S'il vous plaît, *reah*, restez.

J'accélérai, courant loin de lui.

— Pourquoi ? cria-t-il au bout de la rue.

Je ne regardai pas en arrière. Le désespoir de l'homme était écrasant, son désir que je reste, palpable. Il était faible, pas physiquement, mais de l'intérieur. Il manquait d'une certaine force dans ses yeux, même dans la façon dont il se tenait, même dans le son de sa voix. Et la faiblesse ne m'attirait pas.

— Jin.

Crane me rattrapa.

— Est-ce comme ça avec tous les *Semels* ? Même si tu n'es pas leur compagnon, ils veulent te garder ?

Je regardai des deux côtés de la route avant de traverser.

— Jin ?

— Je suppose, lui répondis-je.

— Tu supposes ?

— Je ne sais pas.

Je traversai et me retrouvai de l'autre côté de la rue, toujours en mouvement.

— Mais, ça se passe toujours comme ça ?

— À peu près, soufflai-je. Ils me rencontrent, je leur explique que je ne suis pas leur compagnon et ils essaient de me convaincre du contraire.

— Et as-tu déjà été blessé dans le processus ?

— Une ou deux fois, admis-je sans en dire davantage.

— Quand nous étions à Santa Fe, à ce moment-là... Tu es revenu à la chambre d'hôtel blessé. Était-ce ce qui s'est passé ?

— Pourquoi parlons-nous de cela ? demandai-je en accélérant.

— Je veux juste savoir.

— Très bien, oui, c'est ce qui s'est passé. Parfois, quand je dis non, c'est trop difficile pour un *Semel*. Pense-y : ils sont des chefs de tribu, l'égo qui en découle est souvent énorme. Ils ne sont pas habitués à ce qu'on leur dise 'non'.

— C'est plus que ça.

— Qu'est-ce que ça pourrait être de plus ?

— Eh bien, peut-être que même si tu n'es pas leur compagnon, tu es toujours une *reah* et ils savent que tu seras probablement le seul qu'ils verront jamais.

Je n'avais pas envie de formuler des hypothèses avec lui.

— C'est très important, Jin, de rencontrer une *reah*. Je ne pense pas que tu le comprennes parce que tu l'es, et je ne crois pas que je le comprends non plus parce que je t'ai connu toute ma vie, mais je pense aux autres... Je pense que te voir est comme une expérience religieuse ou quelque chose du genre.

Je lui jetai un coup d'œil.

— Je n'ai pas dit que c'était ce que je pensais. Je te dis simplement que je crois que c'est pour ça que les *Semels* perdent l'esprit lorsqu'ils te rencontrent. Ils ont juste du mal à croire qu'ils ont la chance de te voir.

— D'accord, lui accordai-je.

— Ne sois pas un crétin. Je suis sérieux.

— Jin !

Je regardai par-dessus mon épaule, c'était Mikhaïl, le *sylvan* de Logan Church. Je restai là, sur le trottoir, à le regarder et il me rendit mon regard. Après quelques minutes, lorsque je fus sûr qu'il n'allait pas bouger, je m'apprêtai à partir.

— Jin !

Je le regardai de nouveau.

— S'il vous plaît, ne me forcez pas la main.

Le 's'il vous plaît' avait l'air sincère, alors j'abandonnai et me dirigeai vers lui.

— Que voulez-vous ?

Il haussa les épaules.

— Il me semble juste, puisque vous avez rencontré Domin Thorne et Christophe Danvers, que vous deviez rencontrer Logan Church également.

Je fronçai les sourcils.

— Je sais que vous êtes une *reah* non accouplée. Je suis le *sylvan* de ma tribu, après tout.

Je laissai transparaître mon irritation.

— Vous l'avez traité de menteur, cria Crane.

— Vous êtes son ami, l'apaisa Mikhaïl de sa voix et en posant sa main sur son épaule. Alors je comprends.

J'observai Crane alors qu'il regardait le *sylvan* de la tribu de Mafdet.

— Jin a menti et vous le couvrez parce qu'ainsi vous pensez le protéger de la colère de notre *Semel*. Ce n'est pas nécessaire. Il n'y a pas de colère à craindre. Vous avez tous les deux sauvés la sœur de Logan et vous êtes montré plus qu'honorables depuis que vous êtes sur ses terres.

Il pressa légèrement l'épaule de Crane.

— S'il vous plaît, s'il doit vous poursuivre, il sera ennuyé. Ce serait mieux si vous pouviez simplement venir le rencontrer et ce sera fini.

— Je ne vois pas pourquoi, il…

— C'est d'accord pour moi, dit Crane en haussant les épaules. Après tout, nous pouvons tout simplement partir demain ou…

— Ou quoi ? lui demandai-je lorsque je réalisai qu'il n'allait pas terminer sa phrase.

Ses yeux se posèrent à nouveau sur Mikhaïl.

— Que se passera-t-il si Jin vient, qu'il voit votre *Semel* et qu'ils ne sont pas des compagnons ? Pourrons-nous quand même rejoindre votre tribu et bénéficier d'une protection contre Domin et Christophe ? Serait-ce possible ? Je veux dire… Nous vivons sur vos terres, après tout.

Mikhaïl hocha la tête.

— Bien sûr. Avoir une *reah* et son gardien dans notre tribu serait un grand honneur.

— Pensez-vous que votre *Semel* nous protègera même si Jin n'est pas son compagnon ?

— Il le fera et je parle pour lui lorsque je vous fais cette promesse.

Crane me regarda, les mains levées, comme si tous nos problèmes étaient résolus.

— C'est ce que j'appelle une situation gagnant-gagnant.

Bien sûr, cela n'avait pas d'importance pour lui, cela n'avait rien à voir avec lui. Il n'y aurait pas de conséquences pour lui si Logan Church s'avérait être mon compagnon. Être traîné devant des *Semels* était effrayant à la longue. Je ne voulais pas d'un compagnon, mais si je me retrouvais quand même avec un, de toute façon ? Je ne voulais pas être l'esclave de mes sens, être lié à quelqu'un d'autre et lui appartenir. Je voulais être libre. N'en avais-je pas le droit ?

— Je ne veux pas avoir…

La main de Mikhaïl m'arrêta.

— Vous devriez écouter votre ami, Jin. Vous n'avez rien à perdre en venant chez nous et tout à y gagner.

J'avais tout à perdre si Logan Church était mon compagnon ; mon identité, ma liberté et tout un ensemble d'autres choix.

— Mais il faut être juste. Je veux simplement qu'il obtienne les mêmes chances que les autres ont eues.

Mikhaïl n'allait pas laisser tomber.

— Domin et Christophe ont tous deux rencontré une *reah* ; Logan devrait bénéficier du même honneur également.

Je me frottai les yeux car ils commençaient sérieusement à s'humidifier.

— La maison est noire de monde. Nous célébrons la cérémonie d'accouplement de Logan dan trois jours, alors la fête a déjà débuté.

Je saisis la perche.

— Attendez, s'il est en train de s'engager envers quelqu'un, pourquoi diable voudriez-vous que je le rencontre ?

— Vous êtes une *reah*, dit-il, comme si c'était la seule explication dont j'avais besoin. Il devrait être autorisé à en voir au moins une dans sa vie.

Il devait bien y avoir un moyen de l'empêcher de me faire monter dans sa voiture.

— Il y a au moins une centaine de personnes à la maison.

Je me tus.

— Vous serez en sécurité.

— Je ne suis pas inquiet à propos de ma sécurité.

Il hocha la tête.

— Alors qu'en dites-vous ? Est-ce que nous y allons ou préférez-vous l'insulter à la place ?

Puisqu'il le prenait comme ça.

— Très bien, dis-je, bousculant Crane vers la voiture. Je vais rencontrer votre *Semel*, mais à la seconde où nous en aurons terminé, je...

— Excellent, dit-il en me souriant d'abord, puis à Crane ensuite. Voulez-vous me suivre ?

— Bien sûr.

Crane lui sourit, se glissant près de moi pour suivre le *sylvan*.

Cet homme suivrait le diable en enfer si je n'étais pas là pour veiller sur lui.

— Vous venez ? me demanda Mikhaïl.

J'avançai et il me conduisit vers le trottoir où la voiture était garée.

— Vous savez que c'est une immense perte de temps pour chacun d'entre nous, non ? Savez-vous à quelle vitesse j'ai rencontré et rejeté Christophe ? demandai-je par-dessus mon épaule.

Il eut un petit rire.

— J'ai vu, oui. Je vous ai également vu rencontrer Domin et je suis impatient de le dire à Logan.

— Vous êtes impatient de dire quoi à Logan ?

— Qu'aucun de ces deux *Semels* n'était votre compagnon.

Il marquait un point.

— Jin, dit-il en me souriant. Avez-vous une idée de combien je vous apprécie déjà ?

J'essayai une autre tactique.

— Je suis un mec. Vous ne vous en souciez donc pas ?

— Vous allez juste rencontrer mon *Semel*. Cela ne fait pas de vous son compagnon.

Il avait raison, bien sûr. Je m'inquiétai sans doute inutilement. Les chances étaient certainement en ma faveur.

— Mais, dit-il de sa voix douce, si le destin a jugé bon de donner à mon *Semel* un compagnon de sexe masculin, qui suis-je pour le contester ? Une *reah*, quelle qu'en soit le sexe, est une bénédiction pour un *Semel*.

Sa foi était épuisante.

— Peu importe. Allons-y simplement.

Le sourire soulagé qu'il m'adressa me fit sourire malgré moi.

Crane et moi l'accompagnâmes à la même voiture aux fenêtres teintées que nous avions vue plus tôt et je fus surpris par la façon je fus traité, non seulement par Mikhaïl, mais également par Yuri. Je m'excusai de lui avoir menti plus tôt.

— Je comprends votre raisonnement, dit-il doucement, tenant la porte ouverte sur la banquette arrière. Peut-être que j'aurais fait la même chose que vous.

Une fois que Crane et moi fûmes assis, il referma la porte et se glissa sur le siège conducteur. Comme Yuri éloignait la voiture du trottoir, lui et Mikhaïl commencèrent à parler. Je les laissai faire, perdu dans le bruit du ronflement du moteur, le balancement régulier de la voiture et les kilomètres de paysages rayonnants sous le clair de lune qui défilaient devant ma fenêtre. La route était longue, mais agréable. Je ne savais pas que quelqu'un vivait si haut sur la montagne, et lorsque nous passâmes devant une verrerie, je me demandais à qui elle appartenait.

— Notre *Semel* est propriétaire de la verrerie, répondit Mikhaïl à ma question silencieuse.

Je hochai la tête et quand je relevai les yeux, remarquai son regard inquiet dans le rétroviseur. C'était gentil de sa part qu'il s'inquiète autant pour moi, quelqu'un qu'il connaissait à peine. Cela démontrait son caractère.

— Quelle est votre histoire ? demanda Mikhaïl et je réalisai qu'il parlait à Crane, pas à moi.

C'était agréable de ne pas être le centre d'intérêt, si bien que je m'enfonçai dans mon siège et fermai les yeux.

J'écoutai Crane parler, racontant aux deux hommes toutes les aventures que nous avions vécu ensemble, la liste de nos emplois durant ces deux dernières années, les nombreuses femmes qu'il avait séduites – l'une d'elles était même la compagne d'un *Semel*.

— Comment êtes-vous devenu le gardien d'une *reah* ? voulut savoir Yuri.

— Nous sommes amis depuis toujours, répondit Crane en souriant. Nous avons grandi ensemble et quand Jin a été exilé de notre tribu, je suis parti avec lui. Nous avons terminé le lycée ensemble, somme ensuite allés à l'université, et depuis, nous n'avons cessé de voyager.

— Cela ne vous manque-t-il pas de ne pas avoir de maison ? demanda Yuri.

— Moi, si. Mais pas Jin.

— C'est vrai ? me demanda Mikhaïl en me regardant dans le rétroviseur.

— Qu'est-ce qui me manquerait ? dis-je en bâillant.

Tout le monde se tut comme Crane s'appuyait contre moi. Après plusieurs longues minutes de silence, il démarra sur un nouveau sujet de conversation. C'était l'une des choses que je trouvais les plus attachantes chez cet homme : sa capacité à simplement enchaîner avec quelque chose d'autre, n'importe quoi, pour remplir les silences inconfortables. Je sommeillai, écoutant Crane poser de nombreuses questions aux deux hommes.

— Tout le monde a comme un nom russe ici, et puis, il y a Logan Church. Comment cela se fait-il ?

— Le grand-père de Logan s'appelait Vanya Chernishoff et il a changé de nom pour Church.

— Pourquoi ?

— Je suis sûr qu'il y avait beaucoup de raisons de le faire, il y a quarante ans.

— Alors, Logan…

— Logeen, dit Mikhaïl en riant, si vous voulez le prononcer correctement.

— Peu importe. La famille de Logan et ceux de sa tribu sont pour la plupart russes ?

— Juste la famille de Logan, la mienne, celles de Yuri et d'Andrian, mais beaucoup d'autres comme les Ching et les Brown ne viennent pas du vieux continent.

— Je ne savais pas, déclara Crane et je pus entendre le sourire dans sa voix. Je pensais pourtant que la Chine était considérée comme un pays vraiment vieux.

— En effet.

— Bon, alors j'ai une autre question. Comment se fait-il que Domin Thorne et Christophe Danvers trainent sur le territoire de votre *Semel* ? Ont-ils la permission ?

— Logan leur permet à tous les deux d'aller et venir comme ils le veulent, répondit Mikhaïl, tant qu'ils n'amènent pas plus de cinq membres de leur tribu avec eux.

— Cela me semble risqué.

— Je suis bien d'accord, répondit ostensiblement Yuri.

Mikhaïl poussa un profond soupir, c'était manifestement une conversation qu'ils avaient déjà eue.

— Quant à la raison pour laquelle les deux *Semels* sont brusquement présents, je pense que cela a à voir avec Jin.

— Jin ?

— Oui. Vous avez passé trop de temps en compagnie d'une *reah*, Crane, et vous n'avez aucune idée de ce qu'il représente pour le reste d'entre nous. Une *reah* est un miracle, purement et simplement. Je ne peux pas vous dire à quel point je souhaite que Jin soit le compagnon de mon *Semel*.

— Jin ne veut pas d'un compagnon, dit-il avec humeur.

— Ce n'est pas à Jin de le décider.

J'adorais que l'on parle de moi comme si je n'étais pas là.

— Pouvons-nous changer de sujet, s'il vous plaît ?

— Oui, dit Yuri en me regardant. Écoutons plutôt Crane nous parler de ses conquêtes.

Au moins, c'était un sujet dont Crane ne se lassait jamais.

Comme nous passions d'immenses grilles en fer forgé, je pris une profonde inspiration. Lorsque la voiture s'arrêta, tout le monde sortit, sauf moi. Quand Crane essaya de me faire bouger, Mikhaïl lui demanda de me laisser du temps. C'était agréable que Yuri et lui ne cherchent pas à me forcer à me dépêcher. Ils attendirent simplement que je sois prêt. Quand je descendis finalement et regardai autour de moi, je sentis la terre humide, la fumée et les pins. Ces odeurs m'enveloppèrent et me calmèrent.

— Vous venez à la maison quand vous le voulez, Jin, d'accord ? Nous emmenons Crane avec nous.

C'était drôle de voir comme ils me semblaient familiers tout à coup, comme s'ils étaient des amis.

— Est-ce que ça va ?

Je hochai la tête vers Mikhaïl et m'appuyai contre la voiture.

De là où j'étais, je pouvais voir toutes les lumières et, plus près de la maison, toutes les voitures regroupées dans un grand parking circulaire et garées sur le sol recouvert de neige un peu plus loin. L'endroit grouillait de monde, et puisque les endroits bondés étaient toujours préférables pour les réunions difficiles, je me dis que me tenir là, seul, un moment de plus, était tout simplement stupide. Je ne faisais que retarder l'inévitable.

La porte d'entrée s'ouvrit lorsque je la poussai et je m'avançai à l'intérieur de la salle de séjour. Mes sens furent immédiatement submergés. L'arôme de la nourriture, la chaleur de l'air, le murmure de dizaines de conversations et la lueur réfléchie du feu sur des centaines de coupes en cristal étaient fascinants. J'avais brièvement été inquiet de ne pas être suffisamment habillé pour l'occasion, après être allé dans de nombreuses fêtes où la cravate était obligatoire, mais celle-ci était décontractée, donc je me détendis et pris une grande inspiration.

— Puis-je prendre votre manteau ?

Je me tournai vers la voix et me retrouvai face aux yeux émeraude les plus clairs que j'avais jamais vus de ma vie. Ils étaient beaux, tout comme l'était l'homme qui venait de surgir de nulle part.

— Merci, réussis-je à sortir, abaissant la fermeture éclair de ma parka avant de la lui tendre.

Il la prit, puis se plaça devant moi et me tendit la main.

— Salut. Je suis Ruslan Church, mais tout le monde m'appelle Russ.

— Jin, lui répondis-je en prenant sa main.

Il resserra son emprise, sans la lâcher.

— Alors… commençai-je maladroitement. Êtes-vous le frère de Logan, ou un cousin ?

— Je suis son frère.

Je hochai la tête, glissant ma main hors de la sienne.

— Eh bien, c'est un plaisir de vous rencontrer.

— De même. Connaissez-vous Logan ou Simone ?

— Ni l'un, ni l'autre, en fait, dis-je en souriant. Je suis venu avec Mikhaïl.

Ses yeux me scrutèrent, mais il ne dit rien. Le silence était presque gênant.

— Alors, vous appréciez sa *yareah* ? demandai-je rapidement, pour faire la conversation alors que je prenais un peu de recul pour m'éloigner de lui.

Il sourit soudain, ce qui rendit ses profondes fossettes nettement plus visibles.

— Ce n'est pas à moi de remettre en question ses choix. Il est le *Semel*, après tout.

— Non, bien sûr que non. Je posais juste une question.

Il hocha la tête et me fit signe de le suivre.

— Je pense que c'est une bonne chose à faire pour la tribu, mais pas pour lui.

— Que voulez-vous dire ? demandai-je comme il me conduisait à travers la foule.

— Eh bien, sa *yareah*, Simone, est la sœur de Christophe Danvers, le *Semel* d'une des autres tribus d'ici. Alors, comme elle va devenir la compagne de Logan, cela nous permettra de conclure une alliance entre nous.

Je savais déjà cela mais je le laissai expliquer et gardai ma bouche fermée.

— Une alliance est toujours une bonne chose.

Il haussa les épaules.

— Ce sera plus facile pour protéger tout le monde et c'est important.

— Exactement, acquiesçai-je.

— Donc, comme je l'ai dit, c'est logique. Je suis désolé pourtant pour Logan.

— Pourquoi ? demandai-je, mes yeux balayant l'immense salle.

Tout était sombre et opulent avec quelques notes gothiques que j'aimais bien.

— Cela aurait agréable de voir mon frère heureux, juste pour une fois.

— Que voulez-vous dire ? répétai-je lentement, distrait par les tapisseries sur les murs, les flammes qui crépitaient dans la cheminée monumentale et le parquet ciré.

Lorsqu'il n'y eut pas de réponse après une minute, je le regardai. Son expression me fit sourire. Il avait l'air si confus.

— Quel est le problème ?

— Je ne sais pas, je… Pourquoi est-ce que je vous raconte tout ça ?

Cela faisait partie du fait d'être une *reah*. La plupart des félins se sentaient à l'aise en ma présence, si bien qu'ils m'ouvraient très rapidement leurs cœurs et me révélaient leurs secrets les plus profonds. Ils ne pouvaient pas s'en empêcher.

— J'ai l'impression de vous connaître depuis toujours alors que nous venons juste de nous rencontrer.

Je haussai les épaules.

— Parlez-moi de Logan.

Il secoua sa tête, comme s'il essayait de reprendre ses esprits, puis continua à parler.

— Eh bien, vous voyez, Logan est toujours là, à faire ce qui doit être fait, mais il ne fait rien qui le rende vraiment heureux. Je ne l'ai pas vu vraiment sourire depuis que nous étions petits.

— Mais c'est comme ça lorsque vous êtes le chef d'une tribu ; votre propre bonheur passe après celui de la tribu. Il doit passer en second.

— Non, je sais, mais avec sa compagne, je pensais qu'il aurait au moins trouvé celle qu'il pourrait aimer.

— Je pense que pour un *Semel*, le devoir passe avant le bonheur.

— Je suppose que vous avez raison.

— C'est généralement le cas, le taquinai-je, ayant chaud tout à coup, ressentant un sentiment d'aisance et d'excitation en même temps.

Quelque chose était différent. Je ne m'étais jamais senti aussi bien.

Il ouvrit la bouche pour parler.

— Russ.

Nous nous retournâmes tous les deux vers l'homme qui était apparu à côté de nous.

— Quoi ? demanda Russ doucement, presque avec révérence. Tu as l'air bizarre Logan.

Mon regard passa d'un homme à l'autre. Il était évident qu'ils étaient frères. Ils avaient la même hauteur imposante, le même profil qui aurait pu être gravé sur des pièces de monnaie, les mêmes cheveux bonds foncés. Mais alors que les yeux de Ruslan Church étaient verts, lorsque je fixai ceux de Logan Church, je vis que les siens étaient d'un profond or bruni. Il était superbe et mon cœur rata un battement, et comme si je ne pouvais pas le regarder, je reportai mes yeux sur son petit frère.

— Ne le regarde pas. Regarde-moi.

Je fis ce qu'il ordonnait et je réalisai que je n'avais pas bien regardé ses yeux qui étaient en fait dorés. Ils avaient la couleur du miel, étaient pailletés d'or et de brun, paraissant presque orange. Ils étaient à couper le souffle, tout comme l'homme, et avec toute son attention focalisée sur moi, il me devint difficile de respirer. Il y avait presque une énergie qui s'écoulait de lui et que je pouvais ressentir.

— Trouve-moi Koren, dit-il à Russ d'une voix profonde et rauque.

— Quoi ?

Il tourna la tête pour regarder son frère.

— Va me chercher Korneiley, maintenant.

— Mais…

— Qu'est-ce que tes sens te disent ? demanda Logan à voix basse avec un soupçon d'avertissement.

Russ resta complètement immobile, puis écarquilla les yeux, comme s'il était surpris.

— Dis à Koren de tout annuler à moins qu'il ne veuille le faire à ma place.

— Logan…

Il avait le souffle coupé, ses yeux revenant sans cesse sur moi, puis sur son frère, avant de regarder autour de lui pour revenir à nouveau sur Logan.

— C'est tout ? Pendant tout ce temps, puis… Ça va être de ma faute parce que je me suis arrêté pour…

— Non, soupira Logan, lui souriant chaleureusement comme il tendait la main et pressait l'épaule de son frère. Quand Mikhaïl et Yuri sont arrivés, ils sentaient comme… lui, dit-il en me regardant. J'allais me diriger vers la voiture pour lui parler… pour être sûr avant de… et je le suis, maintenant. Donc cela n'a rien à voir avec le fait que tu sois ici, à lui parler… C'est fait.

— Juré ?

Il hocha la tête, me regardant de haut en bas, se retournant rapidement pour donner à son frère une petite tape finale.

— Maintenant, va. Trouve Koren et fais-lui savoir ce qui se passe.

— Mais que dois-je…

— Excusez-moi, dis-je rapidement, saisissant ma parka des bras de Russ, me retournant pour partir, me sentant comme un idiot de rester près d'eux alors qu'ils essayaient de parler à mots couverts parce que j'étais là.

— Attends.

Je levai les yeux vers Logan qui se rapprocha de moi.

— Va-t'en, Russ, dit-il et sa voix n'était plus qu'un grognement. S'il te plaît… Je ne veux pas te faire de mal.

— Je dois y aller, dis-je rapidement, me retournant et me glissant à travers la foule, vers la porte d'entrée.

À l'extérieur, sur la véranda, je pus enfin respirer à nouveau. J'enfilai ma veste, la fermai et me retrouvai en bas des marches avant que je me souvienne que je devais y retourner pour chercher Crane.

— Merde ! murmurai-je.

C'était le problème lorsqu'on sortait rapidement. Si ce n'était pas prévu à l'avance, il fallait y retourner parce que vous oubliez toujours quelque chose.

— Je t'ai dit d'attendre.

Je me figeai.

Il tourna autour de moi, mais le bout de ses pieds était tout ce que je pouvais voir dans la neige, parce que j'avais le regard fixé sur le sol au lieu de le regarder.

— S'il te plaît, regarde-moi.

Il fit un pas en avant et comme sa demande avait été douce, je relevai la tête et dus l'incliner en arrière pour rencontrer son regard doré. Il était plus grand que moi, facilement un mètre quatre-vingt-quinze, avec de larges épaules et un torse puissant. Ses épais cheveux blonds, striés d'or par le soleil, étaient plus longs sur le dessus, plus courts sur les côtés et à l'arrière. Le col ouvert de sa chemise, sous le pull en V de cachemire qu'il portait, me donna une vision claire de la peau dorée de sa gorge. Il était probablement doré de partout. Dès que cette pensée traversa mon esprit, je me retrouvai pris de tremblements incontrôlés. Je détestais me sentir ainsi. Il allait s'accoupler, après tout.

— Monsieur Church, je…

— C'est Logan, dit-il et je vis les muscles de sa mâchoire se crisper. Et toi ?

J'avais besoin de reprendre mes esprits. J'avais vu beaucoup d'hommes magnifiques dans ma vie, avait couché avec pas mal d'entre eux, et savais que certains étaient plus beaux que Logan Church. Mon cerveau le savait également, pourtant il semblait éteint.

— Jin… Jin Rayne.

— Jin, répéta-t-il en croisant les bras sur son torse. Tu trembles.

— J'ai juste froid.

Il hocha la tête, les yeux rivés sur moi. Je sentis une vague de chaleur se diriger directement à mon aine. Peu importe ce dont j'essayais de me convaincre, je n'avais jamais rencontré d'homme comme Logan Church avant. Il mettait tous mes sens en état d'alerte.

— Vous connaissiez déjà mon nom. Pourquoi me l'avez-vous fait répéter ? demandai-je pour avoir quelque chose à dire alors que je prenais une grande inspiration avant de m'éloigner de lui, dans l'espoir que, en mettant un peu de distance entre nous, je pourrais reprendre mes esprits.

J'avais l'impression d'être ivre.

— Pour t'entendre le prononcer.

Ce qui était très bien, sauf que mon nom était facile à prononcer. Pas possible de mal dire Jin.

— Vous allez être accouplé.

— J'allais, répondit-il en faisant un pas en avant, se retrouvant où il s'était tenu quelques instant auparavant, à quelques centimètres de moi. Mais plus maintenant.

— Pourquoi ? demandai-je avant de me lécher les lèvres parce qu'elles étaient sèches et, tout à coup, ses yeux étaient là.

Ils ne regardaient plus les miens, mais ma bouche.

— Tu es une *reah*. Pas elle, dit-il, ses yeux revenant sur les miens.

Comme je le regardais dans les yeux, je les vis foncer jusqu'à ce qu'ils soient d'un or fondu.

— Reviens à l'intérieur. Je veux te parler.

J'émis une espèce de petit rire indique avant même que je le réalise. Son sourire était énorme et fit briller ses yeux.

— Tu ne me crois pas ?

— Non, je…

— S'il te plaît, viens à l'intérieur, me coupa-t-il doucement.

— Je devrais vraiment y aller, dis-je, en m'éloignant de lui de quelques pas. Mon copain et moi ne voulons pas empiéter sur votre fête. C'est juste que votre *sylvan* a tellement insisté et…

Un rire remonta brusquement du fond de sa poitrine. Le grondement était chaleureux et riche et me remplit avec une facilité absolue qui n'avait pas été là quelques secondes auparavant. Il était plus grand que moi, plus fort que moi, tout en muscles ; il pourrait me maîtriser et me faire mal et pourtant, la peur était la dernière chose qui me venait à l'esprit.

— Écoute…

Il se racla doucement la gorge, diminuant encore une fois l'espace entre nous.

— Tu ne me connais pas et je voudrais corriger cela. Viens à l'intérieur et permets-moi de t'offrir à manger. Ma mère et mes tantes cuisinent depuis une semaine pour cette fête. Tout est bon. Tu devrais manger.

Je me raclai la gorge.

— En fait, Monsieur Church, je devrais simplement partir parce que je suis fatigué et que j'ai besoin d'aller dormir et j'ai toutes mes affaires à emballer et…

— Logan, me corrigea-t-il en me regardant au fond des yeux. S'il te plaît.

— Logan, m'entendis-je répéter.

Le son de son nom sortant de mes lèvres me semblait juste, en quelque sorte. Que diable se passait-il ?

— Regarde-moi.

Je le fis sans même m'interroger.

Il se racla la gorge.

— Viens à l'intérieur rencontrer ma famille, tu y retrouveras Mikhaïl, Yuri et ton ami. Il te suffit de manger et tu te sentiras mieux. Tu sembles fatigué.

Je lui souris.

— Ouais, je suis crevé.

— Très bien alors.

Il me rendit mon sourire.

— La nourriture fera des merveilles.

— D'accord.

Je respirai un grand coup, me sentant mieux tout à coup, plus normal, parce que nous avions convenu que j'avais l'air fatigué.

Il mit ses mains dans ses poches de pantalon et indiqua la porte d'entrée de sa tête.

— Allons-y.

Je marchai à côté de lui et revins vers l'immense porche, lui disant à quel point je trouvais sa maison magnifique.

— Tu l'aimes ?

— Qui pourrait ne pas l'aimer ?

— C'est très haut dans la montagne.

— Ce qui est agréable, dis-je en soupirant, c'est que c'est isolé.

— C'est loin de tout. Il y a souvent de la neige.

— Ouais, mais tout ce dont vous avez besoin, c'est d'un cheval pour descendre à la verrerie.

Il hocha la tête.

— C'est vrai, j'ai des chevaux.

— Eh bien, tu vois ? J'avais raison.

Son sourire fit briller ses yeux.

— Tu avais raison. Tout à fait.

— Ce n'était pas difficile à imaginer.

Les muscles de sa mâchoire se crispèrent.

— Peut-être que je vais te faire faire le tour de la maison avant de manger.

— Oh, non, tu…

— Je le veux, si ça ne te dérange pas.

— C'est bon.

Il prit son manteau dans le placard de l'entrée et me ramena à l'extérieur, me montrant d'abord le terrain, m'indiquant ensuite où se trouvaient les écuries, le jardin et dans quelle mesure les montagnes s'intégraient au paysage. Mes yeux ne pouvaient pas tout suivre et j'estimai qu'il était riche. Il me rit au nez. Il avait assez pour prendre soin de sa famille, de ses terres et de son entreprise. Il n'y avait rien de luxueux en dehors de la maison. À l'intérieur, il m'accompagna d'un bout à l'autre de son immense maison.

— Qu'est-ce que tu en penses ?

— Je trouve que c'est formidable, dis-je en me tenant debout devant la baie vitrée pour regarder dehors, vers la ligne des arbres.

Il prit une profonde inspiration et lorsqu'il me sourit, comme s'il était simplement heureux, je ne pus m'empêcher de lui rendre son sourire.

— Allons manger, dit-il rapidement. Ma mère est une grande cuisinière.

La cuisine était en pleine effervescence d'un côté, et de l'autre, c'était un véritable havre de paix. Apparemment, j'arrivais un peu trop tard, mais il y avait encore quelques restes de nourriture sous forme de buffet. Yuri, Mikhaïl et Crane avaient chacun une assiette pleine.

— Est-ce bon ? les taquinai-je, venant me placer derrière Crane, posant mes mains sur le dos de sa chaise.

Il répondit quelque chose, mais sa bouche était pleine. Je ne pus contenir mon rire.

— Mâche ta nourriture.

Il prit une longue gorgée de son verre de thé glacé puis me sourit.

— Viens t'asseoir et manger. Tu ressembles à de la merde.

Une main glissa sur mon dos et attira mon attention.

— Jin, soupira Delphine, se penchant vers moi. C'est tellement merveilleux que tu sois ici. Permets-moi de te présenter ma mère.

Je rencontrai la mère de Logan, Eva ; son sourire et ses yeux étaient chaleureux. Il y avait deux autres enfants en dehors de Delphine et de Ruslan que je connaissais déjà, dont Korneiley ou Koren que je ne connaissais pas. Le père de Logan, Peter, et son autre frère étaient absents du chaleureux rassemblement dans la cuisine. C'était agréable parce que même si la pièce était énorme, les gens qui étaient présents rendaient l'espace petit et intime. Je sentis ma tension s'évaporer.

— Logan.

Il se retourna vers sa mère.

— Le sait-il ? lui demanda-t-elle.

— Oui, répondit-il rapidement. Et non.

— Russ est déjà passé, dit-elle, ses yeux revenant à son fils. Es-tu sûr ?

— Oui.

Elle laissa échapper un petit soupir.

— Eh bien, je suis contente, beaucoup plus que tu ne peux l'imaginer.

Il lui sourit chaleureusement.

— Je sais.

— Le timing est catastrophique cependant.

— Je m'en fous.

Elle rit.

— Eh bien, je suis sûre que c'est vrai.

Ils parlaient de moi, mais de quoi exactement ? Je n'arrivais pas à suivre.

— Eh bien, Jin, dit-elle en me souriant. Venez ici, mon beau, et mangez quelque chose. Enlevez votre veste et asseyez-vous.

Elle me prépara une assiette de spécialités russes avec des noms dont je ne pouvais pas me rappeler bien qu'elle les nommât au fur et à mesure qu'elle me servait. Je n'avais jamais mangé de ragoût de lapin, mais c'était tellement bon lorsque j'y goûtai que je m'assis et me mis à l'aise à côté de Mikhaïl.

Il leva un pichet.

— Puis-je vous verser un verre de thé ?

— Bien sûr.

— Mikhaïl.

Ses yeux se dirigèrent vers son *Semel* et Logan tendit la main pour prendre la cruche. Mikhaïl avait une expression stupéfaite sur le visage qu'on ne pouvait manquer, mais il passa le thé à son chef. Logan remplit mon verre et je le remerciai avant d'en prendre une gorgée.

— Jin.

Je me retournai pour regarder Delphine.

— Raconte-moi tout sur toi.

— Il n'y a pas grand-chose à dire, lui assurai-je.

— Non, il y en a une tonne, j'en suis sûre. Pour commencer, où es-tu né ?

Je n'avais pas l'intention de répondre à ses questions personnelles.

— Pourquoi ne me dirais-tu pas ce que tu faisais, toute seule, dans les rue de Reno à deux heures du matin, à la place ?

Il y eut un silence instantané et tous les yeux se posèrent sur elle.

— Note à moi-même : tuer Jin, murmura-t-elle dans un souffle.

Je ne pus contenir mon sourire.

— C'est vrai ça, c'est une excellente question, renchérit Eva, penchant sa tête pour mieux regarder sa fille. Que faisais-tu dehors si tard ?

Alors qu'elle balbutiait, me lançant un regard noir avant se lancer dans une longue histoire sans fin qui me sembla bourrée de mensonges, je remis à manger. Aussi étranges que soient les circonstances, écouter tout le monde parler, rire et juste être en famille, était agréable. Je pourrais facilement m'y habituer.

— Jin.

Je sursautai, surpris que Logan se soit rapproché autant de moi et ait chuchoté mon nom. Son souffle chaud sur le côté de mon cou envoya des éclairs de chaleur directement à mon aine.

Il inspira profondément.

— Tu as une odeur de feu de bois et de pluie.

Je dus calmer les palpitations de mon cœur.

— Vraiment ?

— Oui, gronda-t-il et le son profond, sexy et très masculin fit durcir mon sexe.

Lorsqu'il tourna sa tête pour me regarder, je me perdis dans son regard doré.

J'eus le souffle coupé.

— Tu trembles, dit-il d'une voix basse et rauque.

Il était peut-être l'homme le plus sexy que j'avais jamais rencontré. Je devais absolument sortir de là.

— Dis-moi d'où tu viens, Jin.

— De partout. Je voyage beaucoup.

Il hocha la tête.

— Tu voyages avec ton ami, pour le protéger.

— Nous nous protégeons l'un l'autre.

— Je soupçonne que tu dois mieux prendre soin de lui que lui de toi.

— Eh bien, tu aurais tort.

— Je ne crois pas.

Je me raclai la gorge.

— Personne n'a besoin de prendre soin de moi.

— Je suis sûr que c'est vrai, dit-il lentement, mais cela ne signifie pas que personne ne devrait le faire.

J'aurais pu discuter encore avec lui, mais il se leva brusquement et s'excusa auprès de la tablée avant de partir. C'était logique qu'il ne puisse pas rester avec nous : il avait une maison pleine de gens qui étaient tous venus pour le voir.

— Il reviendra, déclara Eva en attrapant ma main.

Je ressentis comme une décharge électrique à travers tout mon corps. Pourquoi essayait-elle de me rassurer ? À quoi ressemblait mon visage pour qu'elle se sente obligée de me dire ça ? Pourquoi la présence de Logan agissait-elle sur moi à ce point-là ?

— Nous devrions y aller, dis-je sèchement à Crane.

— Nous a-t-il donné la permission de partir ?

Il avait l'air confus, en regardant autour de lui.

— Parce que s'il l'a fait, je l'ai complètement raté.

— Je doute qu'il s'en soucie de toute façon, murmurai-je entre mes dents tout en me relevant. Les *reahs* non accouplées n'ont pas besoin de permission pour faire ce qu'elles veulent.

Crane poussa un profond soupir et leva les yeux vers moi.

— Puis-je finir de manger ?

Je regardai Eva.

— Madame, cela vous dérangerait-il de lui préparer une assiette à emporter ?

— Vous n'avez peut-être pas besoin de sa permission pour quitter sa tribu, déclara Mikhaïl, mais vous devez l'avertir que vous quittez sa maison.

Je hochai la tête.

— Très bien. Voulez-vous, s'il vous plaît, faire porter à sa connaissance que nous allons partir pendant que je passe un appel ?

— Qui devez-vous appeler ?

— Quelqu'un qui viendra nous chercher, Crane et moi.

— Non, Jin. Yuri et moi vous avons amenés ici tous les deux. Nous vous ramènerons.

— Mais nous partons maintenant, dis-je en tapant l'épaule de Crane pour qu'il se lève. Et je ne veux pas vous éloigner de la fête et des invités.

— Jin, je doute qu'il y en ait encore…

— Dois-je appeler quelqu'un ou pas ? demandai-je, fixant toute mon attention sur lui.

— Non, soupira-t-il profondément en se levant de son siège. Donnez-moi un instant pour trouver Logan.

Je hochai la tête avant de me diriger vers l'évier avec mon assiette.

— Jin ?

Je me retournai et regardai Delphine.

— Puis-je avoir une danse avec Crane avant que vous partiez ?

Je voulais simplement partir.

— S'il te plaît.

Mes yeux se posèrent sur Crane et je réalisai que toute son attention était sur elle. Il l'aimait bien. Elle l'appréciait aussi. Merde !

— Bien sûr.

La façon dont il s'élança hors de son siège fit rire tout le monde. Ils l'appréciaient, mais c'était inévitable. Tout le monde le faisait. Crane et Delphine disparurent, la main dans la main, passant la porte de la cuisine après qu'il m'ait jeté sa parka.

— Hé.

Yuri me souriait.

— Pourquoi n'allez-vous pas à l'étage pour attendre Crane ? Il y a vraiment une belle chambre et ce sera plus calme.

Je plissai les yeux.

— Est-ce que j'ai l'air d'avoir besoin d'une salle pour me reposer ou quelque chose comme ça ?

— Un peu, dit-il doucement. Je peux presque sentir à quel point vous avez besoin… de prendre une pause.

Je laissai échapper un profond soupir.

— Êtes-vous toujours aussi perspicace ?

— Non, dit-il catégoriquement. Jamais, en fait. Je pense que c'est juste avec vous.

— Je vais vous emmener en haut, dit Eva en tendant le bras à travers la table pour me serrer la main. Laissez un peu de temps à Crane et à Delphine pour qu'ils puissent être ensemble. Elle semble très éprise.

Ma deuxième erreur d'une très longue nuit avait été d'aller à la maison de Logan Church. La première avait été de montrer mes crocs à son *sheseru*. Serait-ce ma troisième maintenant que d'obéir à la gentille mère de Logan ?

— Je serais ravi de voir cette pièce, lui dis-je, en abandonnant. Un peu de calme serait le bienvenu.

Il y avait deux façons de sortir de la cuisine : une porte conduisait au couloir, puis à l'escalier qui montait jusqu'au deuxième étage et l'autre était celle par laquelle Logan avait disparu, qui donnait sur le salon, puis à la grande salle où la fête faisait rage. La foule, d'après ce qu'Eva avait expliqué, était censée boire et danser toute la nuit et il y avait une chasse de prévue à minuit, au clair de lune. C'était une fête pour célébrer l'accouplement d'un *Semel*, une débauche qui devrait atteindre des proportions de bacchanale.

— Vous n'aimez pas les fêtes ? taquinai-je Eva comme je la suivais jusqu'à l'immense escalier en acajou.

— Elles finissent rarement bien, soupira-t-elle.

J'étais d'accord.

— Nous y voilà, mon beau.

C'était une petite pièce avec un plancher de bois poli, un mur garni de livres, une cheminée, un grand tapis épais en face d'elle et des meubles qui semblaient doux et confortables. Je sentis toute ma tension s'évacuer juste en les regardant.

— Pourquoi ne pas vous détendre ici, devant le feu et je vous apporterai un thé à la camomille ?

— Vous n'avez pas à le faire, lui dis-je en lui prenant la main et en la pressant doucement.

Elle secoua la tête.

— Je veux le faire. J'aimerais prendre soin de vous, juste un peu.

— Merci.

— Je vais emballer un peu de nourriture pour vous et Crane.

Je l'attrapai et l'embrassai en la tenant serrée. Le sursaut qu'elle eut avant de me serrer à son tour, me fit sourire.

— Oh, Jin, pourquoi un si petit geste vous touche-t-il aussi profondément ? demanda-t-elle, plus pour elle-même que pour moi. Qui vous a fait du mal, mon ange ?

Lorsque je la laissai partir, elle posa sa main sur ma joue, ses yeux fixés sur les miens.

— Je n'ai jamais vu d'yeux gris foncés avant. Ils sont tout simplement magnifiques.

Ses yeux verts étaient pâles, comme des morceaux de jade.

— Les vôtres ne sont pas mal non plus.

— Allez vous asseoir, dit-elle doucement, sa main glissant de ma joue tandis qu'elle se dirigeait vers la porte. Je reviens tout de suite.

Je regardai la porte se refermer derrière elle.

Traversant la pièce, je déposai nos parkas sur une chaise puis me laissai tomber sur le canapé qui faisait face à une causeuse. Je ne voulais pas me coucher parce qu'avais trop peur de m'endormir. Je devais être prêt à partir dès que Crane me rejoindrait.

Le clic de la porte derrière moi était attendu, l'homme qui entra ne l'était pas. Je pensais que c'était Eva qui revenait avec la camomille, mais ce fut Logan qui apporta la tasse fumante.

Je me levai, les mains dans les poches de mon jean.

— Assieds-toi, dit-il en souriant doucement. Je suis juste venu t'apporter cela.

Je me raclai la gorge, mais ne m'assis pas.

— Est-ce que Crane est prêt à y aller ?

— Ne devrais-tu pas plutôt me demander si Crane et toi pouvez partir ?

— Les *reahs* non accouplée peuvent faire ce qu'elles veulent.

— C'est vrai ?

Il plissa les yeux et je sentis ma bouche s'assécher.

— Tu n'as pas à respecter les règles de l'hospitalité ?

Je devais le faire, et nous le savions tous les deux.

— Très bien. Pouvons-nous y aller ou pas ?

— Tu peux faire tout ce que tu veux, mais lorsque tu seras pleinement conscient, je voudrais te parler.

Mon ton bourru avait dû lui paraître sarcastique. C'était de ma faute.

— Tu n'as pas répondu à ma question, le pressai-je.

— Tu peux partir quand tu le veux.

C'était clair.

— D'accord ?

Je hochai la tête.

— Je peux m'asseoir avec toi pendant une minute ?

Sa voix était aussi douce qu'une caresse.

— Bien sûr.

Il bougea avec fluidité pour un si grand homme, son corps gracieux et puissant à la fois. J'étais sûr que les gens le regardaient constamment, totalement envoûtés.

Je pris la soucoupe et la tasse de ses mains et m'assis. Il était surprenant qu'il prenne un siège à côté de moi et pas en face de moi. Ce qui l'était encore plus, fut qu'il ne me parla pas, se contentant de regarder le feu. Il allait en fait juste rester près de moi. Lorsque je sentis mes yeux s'alourdir, je lui demandai s'il n'allait pas manquer aux gens en bas.

— Bois ton thé.

Je le bus parce que le voulais et non pas parce que j'en avais reçu l'ordre. Il était bien un *Semel*, ayant l'habitude d'exiger des choses au lieu de les demander poliment.

— Regarde-moi.

Je relevai la tête et il fixa intensément mes yeux. Je pouvais à peine soutenir son regard.

— As-tu une idée d'à quel point j'ai envie de te maintenir au sol pour te marquer ?

Je ne pouvais plus respirer.

— Je n'ai jamais rien ressenti de tel.

Moi non plus, mais je n'allais pas partager cela avec lui.

— Tu ne veux pas vraiment de moi. Tu ne fais que le croire, dis-je lentement en fixant ses yeux dorés.

— Je me connais bien, m'assura-t-il en se levant. Et tu seras à moi.

J'avais des bouffées de chaleur et mes yeux étaient rivés sur lui alors qu'il se levait et se dirigeait vers la porte. J'étais tellement confus. Il faisait des déclarations sauvages et me laissait ? Qu'est-ce que cela voulait dire ?

— Attends.

Il s'arrêta juste avant de refermer la porte derrière lui.

— Quoi ?

— Comment tu peux me dire des choses comme ça et puis partir tout de suite après ?

— Comment peux-tu vouloir partir ? répliqua-t-il d'un ton tranchant.

Nous restâmes là à nous regarder l'un l'autre et je réalisai qu'il n'y avait plus d'air du tout dans la pièce. Lorsqu'il partit, il claqua la porte derrière lui. C'était une erreur que de rester une seconde de plus. J'avais sa permission de partir, j'avais juste besoin de trouver Crane et d'y aller. Saisissant ma parka, j'étais presque à la porte lorsqu'elle s'ouvrit et je fus confronté à Christophe Danvers.

— Je pensais bien vous avoir vu, dit-il en s'approchant.

— Je dois y aller.

J'essayai de le contourner.

Il leva les mains pour me bloquer.

— Que faites-vous ici, Jin ?

— Je vous ai rencontré ainsi que Domin, j'ai donc dû venir ici pour rencontrer Logan également.

— Est-il votre compagnon ?

Je ne pouvais pas lui répondre parce que je n'en étais pas sûr moi-même. Alors que je n'avais jamais eu une telle réaction de ma vie entière, je n'étais pas prêt à dire avec certitude que cet homme était mon compagnon. J'avais besoin de temps pour y réfléchir, pour traiter les informations et j'avais vraiment besoin d'être seul pour pouvoir le faire.

— Jin ?

Je me réfugiai près de la cheminée, appuyant mon front contre le marbre froid du manteau. J'étais gelé et surchauffé en même temps.

— Écoutez, je devrais peut-être vous ramener chez vous. Ce n'est peut-être le meilleur moment pour vous de…

— Ne le touche pas.

Je relevai la tête et vis Christophe à côté de moi, figé dans son mouvement, la main encore en l'air, Logan se tenant près de la porte.

— Tu m'as bien entendu ?

— Logan… commença Christophe, se détournant de moi.

— Sors.

— Logan, je suis ici pour la fête, dit Christophe en riant, se déplaçant vers lui. Je ne peux pas partir. Ma sœur va être ta *yareah*, après tout.

Ses yeux étaient froids lorsqu'ils se refermèrent sur Christophe.

— J'en ai terminé avec ta sœur et tu le sais.

— Logan, tu ne peux pas, dit-il, devenant soudain livide. Elle sera déshonorée et…

— Assez ! rugit-il et sa voix remplit la pièce. Chaque partie de moi veut te déchirer en ce moment parce que tu es debout, à côté de lui. S'il te plaît, bordel, bouge de là !

— Logan, tu…

— Écoute-moi ! Écoute au lieu de pleurnicher au sujet de ta sœur et de moi, dit-il en essayant de garder un ton uni. Il est mon compagnon, mais il n'est pas encore marqué. Et je sais que tu n'essaies pas de… Ma tête me dit que tu ne veux pas, mais le reste de moi… Tout ce que je veux faire, là, maintenant, c'est de te déchirer la gorge.

— Que dis-tu ? Logan, tu ne peux pas avoir de partenaire masculin, pas plus que moi.

— Chris, dit-il, ses yeux s'assombrissant alors qu'un avertissement s'entendait clairement dans sa voix et se voyait dans sa posture. S'il te plaît, va-t'en.

— Logan, tu peux l'avoir en privé s'il le faut, mais n'annule pas la cérémonie d'accouplement. Tu as besoin d'une *yareah* pour continuer ta lignée. Tu ne peux pas l'avoir lui seul. C'est de la fo…

— Éloigne-toi de mon compagnon ou je te saigne sur place.

Sa voix était froide, remplie d'un grondement, sauvage, primitif, pleine de menaces. À ce moment, tout ce qu'il voulait, c'était que Christophe s'éloigne de moi. S'il ne bougeait pas, je n'avais aucun doute que Logan allait le tuer. Je ne savais pas du tout depuis combien de temps ces deux hommes étaient amis, mais Logan allait l'égorger sans l'ombre d'une hésitation. S'interposer entre un félin et son compagnon était effrayant. Se mettre en un *Semel* et sa *reah* revenait à se suicider.

Un *Semel* et sa *reah*… Instinctivement, j'avais pensé les mots.

Il y avait, tout à coup, beaucoup trop d'air dans mes poumons. Je me sentis étourdi et mes jambes furent incapables de me soutenir. Je me tenais au manteau aussi fort que je le pouvais, cherchant à respirer.

— Logan, commença Christophe. Tu…

— Sors ! tonna Logan.

Christophe s'enfuit vers la porte sans ajouter un mot.

— Je ne suis pas ton compagnon, dis-je rapidement, me retournant vers le manteau.

— Bien sûr, que tu l'es.

Je pris une profonde inspiration, essayant de me calmer.

— Tu ne peux pas t'enfuir. Je ne le permettrai pas.

Je me retournai vers lui.

— Je ne m'enfuis pas.

— Regarde-moi.

Mais je ne pouvais pas. Le regarder me donnait le vertige.

— Je dois y aller.

— Je pensais que tu ne fuyais pas.

Je n'avais plus aucune idée de ce que je disais.

— Tourne-toi, ordonna-t-il et je réalisai à quel point il était un *Semel*.

Je fis comme il me l'avait ordonné.

— Je veux voir ton visage.

Je levai les yeux vers lui, entendant nettement l'accélération de son souffle et je fus avalé par son regard de braise. Ses yeux de topazes profondes étaient refermés sur les miens, ses sourcils dorés se froncèrent et les muscles de sa mâchoire se crispèrent. Son regard aurait pu me faire fondre par les flammes qu'il lançait, me desséchant sur place.

— Domin t'a-t-il fait mal lorsque tu l'as vu plus tôt ?

— Non.

— Heureusement pour lui.

Il expira lentement, son souffle chaud faisant voleter quelques mèches sur mon visage.

— Écoute, je devrais vraiment…

— Dis-moi où es ta tribu.

— Je n'en ai pas.

— Pourquoi ?

— Qui s'en soucie ? J'ai juste besoin d'y aller. Ce Domin qui rampait autour de mon appartement était juste…

— Quoi ?

— Tu devrais voir mon appartement, dis-je, passant mes mains dans mes cheveux. Je n'avais absolument pas remarqué les traces de griffures et les marques de frottements. Il aurait pu tout aussi bien mettre en place une grande enseigne au néon disant 'territoire de Domin'. C'est fou, et parce que je travaille tellement, lorsque je rentre…

Je m'interrompis, perdu dans mes pensées alors qu'il franchissait les derniers centimètres qui nous séparaient pour se placer en face de moi, me regardant.

— Je ne peux pas rester ici. Je dois y aller.

— Pourquoi ? demanda-t-il, levant sa main vers moi. Fais-moi comprendre ce qui te donne envie de tourner le dos à un lien sacré.

— Parce que je ne veux rien avoir à faire avec les tribus ou les *semels*, ni avec rien d'autre. Je veux juste être un mec ordinaire et vivre sans toutes ces conneries.

— Tu es une *reah*, dit-il doucement, ses doigts frôlant ma joue, puis s'arrêtant, planant juste à côté, me retenant toujours. Puis-je ?

— Quoi ?

— Je veux te toucher.

On ne m'avait jamais demandé l'autorisation. Tout le monde me saisissait, me malmenait ou essayait de me soumettre. Personne ne s'était assuré que j'étais d'accord avant qu'ils mettent leurs mains sur moi. Je savais que la chose la plus intelligente à faire était de dire non, la chose la plus intelligente à faire était de sortir de là et de courir le plus loin possible de Logan Church, tant que je le pouvais. Il n'y avait pas moyen que je puisse être un membre de la tribu de cet homme. Je finirais par le prier de m'emmener au lit.

— Jin ?

J'avais l'impression d'avoir avalé mon cœur.

— Tu peux me toucher.

Son sourire était si mince, juste au coin de ses lèvres pleines et une lueur apparut dans ses yeux. Ses doigts étaient légers comme une plume sur ma peau, frôlant à peine ma joue. Je vis un léger frisson parcourir son corps puissant comme si le moindre contact était écrasant pour lui. Non pas que je ne sois pas impressionné moi-même. Je voulais me pencher dans la caresse, dans la chaleur de sa main et lui dire qu'il pouvait faire tout ce qu'il voulait de moi.

— Tu sais, comme tu es une *reah*, rien ne sera jamais normal pour toi.

Ma vision devint floue alors qu'une vague d'émotions me traversait. Cet homme était mon compagnon ; il n'y avait pas d'erreur. Son odeur, le son de sa voix, ses yeux chaleureux – c'était trop. Je m'étais toujours dit que lorsque je rencontrerais le *Semel* destiné à être mon compagnon, je le saurais. Je le sentirais, j'aurais une réaction viscérale. Debout devant Logan Church, je me sentais devenir l'esclave de l'animal en moi, mes pensées n'étant que primales et charnelles, sentant le désir irrésistible de le supplier de me marquer, de me prendre, de me baiser. Je savais que j'avais trouvé mon compagnon. Il n'y avait aucun mensonge dans mon lancinant et douloureux désir.

— Tu l'as su à la minute où tu m'as vu. Pourquoi te battre ?

— Tu dois retourner à ta fête. Tu vas leur manquer.

— En ce moment, Christophe doit être en train de dire à tout le monde que je réclame mon compagnon. Je ne vais manquer à personne.

— Comment peux-tu ? Tu ne me connais même pas. Toute ta vie entière est planifiée et…

— Ma vie t'appartient, ma *reah*.

Je déglutis en fermant les yeux, luttant pour contrôler mon corps qui commençait lentement à brûler.

— Tu ne peux pas tout changer à cause de moi.

— Je le peux et je le veux. Embrasse-moi.

Je me précipitai vers la porte à la place.

— Non.

Juste un mot, un mot prononcé pas plus fort que n'importe quel autre, interrompit ma course. Je me figeai là où j'étais.

— Je viens de te trouver. Pourquoi devrais-je te laisser partir ?

Domin me voulait comme une possession. Christophe me voulait comme trophée. Mais Logan voulait que je sois son compagnon.

— Merde ! gémis-je entre mes dents.

— Je t'apprécie beaucoup, dit-il en riant et appuyant son torse contre mon dos en venant derrière moi, m'enveloppant dans ses bras.

Il enfouit son visage dans le creux de mon cou, me serrant dans ses bras, mais doucement.

— Tu n'es pas du tout ce à quoi je m'attendais.

— Eh bien, tu devrais juste t'accoupler avec ta *yareah* et…

— Stop ! marmonna-t-il pour me couper, enfouissant son visage dans mon épaule, dans l'échancrure de mon pull. Ne parlons plus de *yareah*.

— Laisse-moi.

J'essayai de me libérer.

— Je vais juste te goûter… Ta peau sent si bon…

J'ouvris la bouche lorsque ses dents se refermèrent à l'endroit où mon cou rejoignait mon épaule. Mes genoux fléchirent et je serais tombé sans ses bras enroulés autour de moi, l'un sur ma poitrine, l'autre sur mon abdomen. Il ne me faisait pas mal. Sa bouche était chaude, la morsure lente et sensuelle. C'était le paradis.

— Tu es à moi.

C'était terrifiant et pourtant, je ne pouvais pas m'empêcher de ressentir un sentiment de justesse.

— Laisse-moi parti, dis-je sans conviction.

Il se mit à rire d'un rire très profond, très masculin.

— Pourquoi ferais-je ça ?

Je tournai la tête, essayant de regarder par-dessus mon épaule pour voir son visage, me débattant dans ses bras.

— Tu dois me laisser partir parce que tu es sur le point de t'accoupler.

— Oui, c'est vrai. Avec toi, promit-il avant de lécher une ligne sur le côté de mon cou, de mon épaule à mon oreille. Tu es ma *reah*, mon compagnon et je vais t'apprendre à aimer l'être, au lieu de craindre ta bénédiction.

La certitude contenue dans ses paroles me laissa interdit.

— Tu es à moi.

Sa voix envoya des ondes de chaleur dans tout mon corps.

— Je te le garantis.

J'ouvris la bouche pour protester, pour lui dire que je n'étais pas son compagnon, mais avant même que les mots puissent sortir, il me retourna pour que je sois face à lui.

— Je ne suis pas ton compagnon, mentis-je.

Ses yeux étaient rivés sur moi.

— Tu peux sentir la vérité à travers tout ton corps, tout comme moi. Tu m'appartiens, *reah*, et je mettrai ma marque sur toi.

Il avait raison. Je lui appartenais. Tout en lui faisait que je me noyais dans un torrent de désir. Jamais je n'avais ressenti ça.

— Tu ne peux pas me marquer.

Il rit et son profond grondement durcit tellement mon sexe qu'il me fit mal.

— Bien sûr que je le peux. Tout en toi m'appelle : ton odeur, ta voix, ta peau… tu es à moi.

Je gardai mes yeux sur lui, l'observant alors qu'il faisait courir le dos de ses doigts le long de ma gorge. C'était si bon d'être touché, je me demandai ce que je ressentirais si sa main caressait mon sexe. Le son que j'émis le fit sourire.

— Tu dis que tu devrais y aller, mais tu frissonnes lorsque je te touche. Qu'est-ce qui a le plus de sens ?

Rien n'avait plus de sens.

— Tu sais, dit-il en plissant les yeux, toute ma vie on m'a parlé des *reahs*, mais je n'avais jamais entendu dire... personne ne m'avait dit qu'elles pouvaient être des hommes. D'où viens-tu ?

— Tu ne veux pas de moi. Je vais gâcher ta vie.

Il grogna et sourit.

— Un compagnon *reah*, c'est pour la vie.

— Je le sais et c'est pour cela que...

— As-tu été exilé de ta tribu parce que tu étais gay ?

Bien sûr, que c'était à cause de ça. Ma tribu pensait que j'étais une abomination. J'étais une *reah* et seules les *reahs* s'accouplaient avec des *Semels*. Jamais il n'y avait eu de femme *Semel*, donc... j'étais en tort et j'avais donc été jeté dehors. Rien que le fait de me regarder rendait ma mère malade, mon frère pensait que j'étais une perversion. Quand j'ai eu seize ans, ma tribu – chacun de ses membres – cessa de me parler et mon père, mon *sylvan*, le professeur de notre tribu avait voulu ma mort. Il avait dit qu'il était de son devoir de me tuer, pour s'assurer qu'aucun autre *Semel* ne serait tenté d'abandonner sa vie, sa famille et sa lignée juste pour moi. Cela faisait encore mal. Même après huit ans, cela faisait encore mal.

— Regarde-moi.

Mais je ne le voulais pas ; au lieu de ça, je pris une grande inspiration et penchai ma tête, mes yeux fixant mes chaussures.

— Tu es un cadeau, *reah*, et quiconque te dit autre chose est un menteur. Tu dois comprendre ta valeur.

Je déglutis difficilement mais ne pus contenir le gémissement qui sortis de ma bouche lorsque sa main glissa autour de ma gorge, son pouce se posant sous mon menton pour incliner ma tête.

— Tu es... précieux.

Il prit une petite inspiration rapide avant de me sourire. Je savais ce qu'il voulait dire. Cet homme ne voulait pas seulement de moi dans son lit, il me voulait dans ses bras, à ses côtés, pour toujours.

— Tu as peur, l'accusai-je.

— Bon sang, bien sûr que j'ai peur !

Il prit une grande inspiration à nouveau et les muscles de sa mâchoire se crispèrent.

— Tu es mon compagnon, je n'ai donc rien à te cacher. Tout le monde ne connait que certaines parties de moi, mais toi… tu vas tout connaître de moi. C'est effrayant comme l'enfer.

Je ressentais la même chose.

— Et si une fois que tu auras appris à me connaître, tu me détestes ?

— Je ne pense pas que ce soit possible, soupira-t-il en baissant la tête pour embrasser ma gorge.

J'appuyai ma peau contre sa bouche, espérant sentir ses dents. Ses mains glissaient sur moi, l'une se déplaçant lentement sur le bas de ma gorge, puis le long de ma colonne vertébrale, le bas de mon dos, tandis que l'autre se posait sur l'entrejambe de mon jean. Je me cambrai contre lui, mon souffle devenant haletant.

Je voulais être sous lui, sur le sol, je voulais glisser mes cuisses sur ses hanches, qu'il me soulève, mette mes genoux sur ses bras et qu'il s'enfonce profondément et durement en moi. La vision remplit mon esprit comme sa main m'attrapait le devant du pantalon.

— Je ne voudrais rien de plus que te retirer tous tes vêtements et être enfoncé à l'intérieur de ton corps chaud et accueillant, dit-il dans mes cheveux. Mais tu es mon compagnon et tu es précieux pour moi. Je ne veux pas que quelqu'un dise que j'ai été séduit ou attiré loin de ma *yareah*. Je vais annoncer à tout le monde que j'ai trouvé ma *reah* et la réclamer comme compagnon.

J'avais juste besoin de lui. De quoi cela avait l'air n'était pas important pour moi.

— J'ai besoin que tu m'écoutes maintenant.

J'ouvris lentement les yeux pour plonger dans les siens, et la façon dont il me regardait, plein de désir et de chaleur, fit bouillir mon sang et augmenta mon désir. Dans son regard, mélangé avec la passion et le besoin, se trouvait la tendresse.

— Je suis le chef de ma tribu, le *Semel* et je n'ai pas été nommé ni élu. Je suis né pour ça, destiné à conduire, à prendre soin des autres et…

— Je sais ça…

— Stop, me réprimanda-t-il doucement. Laisse-moi parler. Une *reah* est née dans ta tribu, avec un rôle à jouer, comme moi. Tu es né pour être seulement le compagnon du plus fort, l'autre moitié d'un *Semel* unique, le seul qui peut vraiment être. Sans *reah*, un *Semel* ne sera jamais *Maat* – l'équilibre, l'harmonie. Les *reahs* sont si rares, je ne connais personne qui en ait rencontré une, mais te voilà. J'ai attendu pendant si longtemps, mais ma famille et ma tribu ont tous pensé qu'il était temps que je prenne une compagne. Je suppose que je le pensais aussi, mais… J'ai failli faire une erreur. Que faire si je t'avais manqué ?

La façon dont il me regardait, avec émerveillement ; personne ne m'avait jamais regardé comme ça.

— Je t'ai attendu toute ma vie, dit-il, ses mains glissant sous mon pull.

La sensation de sa peau chaude sur ma propre chair glacée me faisait tourner la tête.

— Mon compagnon, tu es mon compagnon. Cela a été réglé à la seconde où je t'ai vu… où j'ai regardé dans tes beaux grands yeux.

Des larmes me vinrent et je me sentis stupide, mais c'était trop. L'émotion était écrasante.

— Ta peau est comme de la soie, de la soie chaude… Je veux sentir tout cela.

Cet homme était la chose la plus sexy que j'avais jamais vu de ma vie et il essayait de me tuer en parlant comme si j'étais tout ce dont il rêvait.

— Cesse de me combattre, *reah*.

Il sourit, glissant ses mains sur les deux côtés de mon cou, s'assurant que je ne puisse pas partir.

— C'est une erreur. Tu devrais me renvoyer… Je suis mauvais pour toi.

— Écouter mon cœur ne peut pas être mauvais.

Il se pencha et m'embrassa avidement, dévorant ma bouche. C'était comme être plongé dans de la chaleur liquide. Je le sentis traverser tout mon corps, me consumant. Quand il se pencha en arrière, le gémissement de désir que je laissai échapper ne put être réprimé.

— Laisse-toi aller… Tu as besoin de moi, *reah*. Tu veux de moi. Pose tes mains sur moi.

Je levai et passai mes bras autour de son cou, le tirant vers moi, l'embrassant avec de bons coups de langue. Je suçai un peu la sienne, le baiser devenant chaud, humide et profond. Lorsqu'il dut respirer, mon nom sortit dans un soupir. Il était surprenant de l'entendre de sa bouche, mon nom ordinaire prononcé comme il ne l'avait jamais été auparavant, avec crainte, comme s'il était sacré, comme un trésor. Comme si j'étais un trésor.

— Logan, haletai-je. Tu ne veux pas de…

— Toi ? me coupa-t-il, sa bouche planant au-dessus de la mienne. Je ne veux pas de toi ?

Il devait bien y avoir quelque chose que je pouvais dire pour le faire arrêter, le faire s'en aller. Il risquait trop s'il me prenait pour sa *reah*. Même en si peu de temps, le bonheur de cet homme était important pour moi. Il était mon compagnon, après tout.

— Oh, bon sang, ouais je te veux, sourit-il. Et je te garde.

Avant que je puisse répondre, argumenter, protester, sa bouche était de retour sur la mienne. Sa langue glissa sur la couture de mes lèvres pendant une seconde avant que je les entrouvre. Sa réaction fut instantanée. Je sentis une main empoigner mes cheveux pour m'immobiliser, un bras passa autour de mon dos pour me tenir contre lui, sa bouche broyant la mienne. Sa langue balaya l'intérieur, le creux de mes joues, mes dents. Le baiser était dur et brûlant, me faisant pousser de petits gémissements et des plaintes et qui me firent frissonner entre ses bras.

— Seigneur, je pourrais te dévorer, grogna-t-il dans mon oreille avant de poser son visage dans mon cou pour me sentir. Où diable étais-tu toutes ces années ?

Il semblait presque en colère et j'adorai ça, aimai qu'il soit frustré de ne m'avoir trouvé que maintenant.

— Jin.

Sa voix rauque et séduisante me submergea.

— S'il te plaît.

Je savais ce qu'il demandait.

— S'il te plaît, répéta-t-il, la voix brisée par l'attente.

— Oui, murmurai-je, penchant ma tête vers l'avant, étirant mon cou pour lui, l'invitant.

J'entendis son faible gémissement étouffé une seconde avant de sentir d'abord son souffle chaud sur ma peau, puis un couteau s'enfoncer dans ma colonne vertébrale. Un hurlement d'agonie me traversa, mais je ravalai mon cri. J'avais déjà été mordu de façon ludique de nombreuses fois dans ma vie, étouffé, grignoté, mais je n'avais jamais été marqué. Être marqué allait beaucoup plus loin qu'être simplement mordu.

Ses longs crocs étaient enfoncés à l'intérieur de moi, tranchants comme un rasoir chauffé à blanc, déchirant bien la peau et les muscles, se resserrant jusqu'à ce que ses dents soient réunies à l'intérieur de mon corps. La douleur était violente, atroce, me remplissant parallèlement d'une lancinante chaleur. Je me sentis sombrer, me retenant seulement à ses bras serrés autour de moi. Un feu consumait ma tête, mon cou et mon dos, ne reculant que pour revenir encore et encore, vague après vague et me noyant. J'allais m'évanouir et j'étais sur le point de le lui dire lorsque ma voix se mit à trembler et mourut dans ma gorge. J'avais chaud comme jamais auparavant et, enfin, après une éternité, je me sentis absolument en sécurité. Lorsque je sombrai dans l'inconscience, cela n'avait même pas d'importance.

VI

IL Y avait eu des cris, j'en étais sûr, mais lorsque j'ouvris mes yeux, tout à fait conscient, il n'y avait que le silence. Je devais me lever et trouver Crane, mais lorsque j'essayai de bouger, je réalisai que c'était futile. Mon corps semblait peser des tonnes et je ne pouvais même pas lever la tête. Non que je le veuille – j'étais tellement fatigué et le lit était doux et chaud et sentait bon le linge séché au soleil… et Logan. Mon corps frémit sachant que j'étais dans son lit. De l'éclat faible de lumière qui entrait dans la chambre provenant de la pièce attenante, je pouvais voir que les draps étaient de couleur pâle, tout comme le duvet. Mais il n'y avait pas de sang. Je m'étais attendu à ce qu'il y ait du sang. J'avais perdu du sang, j'en étais sûr, mais maintenant, il n'y avait rien. Peut-être avais-je été si faible parce que j'en avais perdu de trop, mais où était-il ? Il aurait dû être partout et pourtant, il n'y avait que la chaleur du lit, l'odeur de mon compagnon et l'apaisante obscurité. Je fermai les yeux pour me rendormir.

— Qu'as-tu fait ?

Le cri provenait de l'extérieur de la chambre.

Je m'assis, droit comme un piquet et je réalisai que mon corps n'était pas aussi faible que je l'avais pensé. Qui criait ?

— En dehors d'avoir revendiqué mon compagnon, tu veux dire ? répondit la profonde voix de Logan.

— Impossible !

— Pourquoi ?

— Logan, sois raisonnable. Peu importe ce que tu ressens, tu ne peux pas avoir de partenaire masculin.

Le rire était profond mais pas amusé du tout, plutôt froid et dur.

— Un *Semel* et sa *reah* ne se choisissent pas l'un l'autre, père, ils sont ou ne sont pas des compagnons. S'ils le sont, la *reah* accepte le *Semel* et porte sa

80

marque. J'ai su à la seconde où j'ai vu Jin qu'il était à moi. Il a accepté ma marque… Il m'appartient. C'est fait.

— Logan, tu…

— Les *reahs* sont très rares, si rares en effet que de tous les *Semels* que j'ai pu rencontrer au cours de ma vie, pas un seul n'a…

— Je sais. Mais Logan, tu…

— Je voulais trouver mon compagnon. Depuis toujours. Je n'ai jamais voulu de cérémonie d'accouplement. Je n'ai jamais voulu m'installer. Je n'ai accepté que parce que je sentais qu'il était temps, tu as senti qu'il était temps, la tribu a senti qu'il était temps, mais j'ai toujours eu le sentiment que… Et maintenant, j'ai été récompensé.

— Logan, tu ne peux pas prendre un…

— Penses-tu vraiment être en droit de me dire qu'en tant que *Semel* de ma tribu, je ne peux pas réclamer ma *reah* parce que c'est un homme ?

— Mon fils, dit-il, et je pouvais entendre le soupir contenu dans sa voix alors qu'il se disputait avec Logan. Un compagnon mâle est…

— Du gaspillage, mon cher.

C'était la voix d'une femme, et j'eus besoin de la voir. Ce devait certainement être la *yareah*, Simone, la sœur de Christophe. Elle avait dû venir pour tenter de raisonner le *Semel* de la tribu de *Mafdet*, son compagnon prévu. Je me levai du lit, heureux que je sois encore habillé – sauf pour mes bottes. Je m'approchai pour regarder à travers la fente de la porte, heureux qu'elle ne soit pas totalement fermée. Une fois là, mes yeux se posèrent sur la femme qui glissa derrière le père de Logan et se positionna à côté de son fils. Elle se déplaçait comme un serpent et ses mains s'enroulèrent sur l'avant-bras de Logan.

— S'il te plaît, soupira-t-il en la regardant. Pardonne-moi.

— Il n'y a rien à pardonner parce que je ne vais pas te libérer de ton serment.

— Ce n'est pas grave, lui répondit-il. Une *reah* l'emporte sur une *yareah* et tu le sais.

— Je le répète, insista-t-elle, d'une voix sèche. Je ne veux pas te libérer. Tu ne peux pas avoir de partenaire masculin. C'est un gaspillage de ta personne, de ta semence, de ta maison. Tu ne peux pas rejeter ta vie au loin en raison de certains effets chimiques stupides qui agissent sur ton corps. Tu ne peux pas juste…

— Je ferai ce que je veux.

— Non.

— Regarde-moi.

— Logan, tu ne peux pas rester là et me dire que tu vas t'accoupler avec cet homme ! C'est ridicule !

Sa voix était succulente, profonde et veloutée et elle était impeccable, la perfection même. Elle était magnifique, de sa longue crinière blonde à ses yeux turquoise. Elle et son frère auraient aussi bien pu être des jumeaux, éthérés, comme des anges descendus du ciel. Elle était aussi belle que captivante, telle qu'elle était. Je le regardai passer sa main du bras de Logan à son épaule, puis sur le côté de son cou avant de l'installer sur sa joue.

— Il n'a pas de tribu, Logan ! cria son père. Il n'y a pas d'alliance à former ! Tu as refusé toutes les règles les plus élémentaires ! Ce n'est pas *Maat*.

Je regardai Logan secouer la tête et éloigner la main de Simone.

— Non ! Il n'est rien ! Il est en-dessous de toi ! Tu vas t'accoupler avec Simone ! Elle doit être ta *yareah* ! L'accouplement permettra l'union de ta tribu à celle de Christophe et tu voudrais rejeter tout ça pour t'accoupler à une abomination !

— C'est une *reah*, dit fermement Logan en s'approchant de son père. Il n'est pas choisi ou désigné par moi, il n'est pas une *yareah*, c'est une vraie *reah* et cela ne peut être renié. Tu dis que ce n'est pas *Maat*, il l'est – c'est la seule chose qui le soit. Ce n'est pas toi ni ma tribu qui allez me faire y renoncer.

— Logan, tu…

— C'est ma *reah* et je l'ai reconnu comme tel.

Simone se mit à rire.

— Que veux-tu faire avec un partenaire masculin ? Tu n'as jamais été avec un homme ! Où as-tu été pêché l'idée que tu pourrais avoir la même jouissance ?

— Je l'ai marqué. Il est à moi, et c'est tout ce que tu dois savoir.

J'allais être son premier ? Je ne pouvais même pas l'imaginer. Je pensais qu'il était gay vu la façon dont il m'avait accepté aussi facilement, mais apparemment, il n'avait été qu'avec des femmes avant moi. Comment pouvait-il encore avoir besoin de moi ?

— Logan, tu…

— Il est mon compagnon, il est né pour être à moi. Il est tout ce que je veux.

— Non ! cria le vieil homme. Tu nous mets en danger avec ce caprice ! Et je parie que Christophe doit être en train de négocier une alliance avec Domin à l'heure qu'il est, au nom de sa sœur. Tu les pousses en ce sens. Pense à ta famille, à ta tribu ! Tu ne peux pas te débarrasser de ton avenir pour un bâtard errant et sans valeur ! Logan Church, je ne supporterai pas que tu agisses comme cela ! Tu vas nous apporter la honte en t'affichant avec cette perversion ! Un *Semel* doit s'accoupler et perpétuer la race ! Déposer tes graines dans un mâle… dans un vase vide… Tu n'en as pas le droit !

Cela faisait mal comme s'il m'enfonçait un couteau dans le cœur, parce que c'était avec ces mêmes mots que mon père m'avait rejeté quand il m'avait chassé de ma maison. Il m'avait dit que j'étais une perversion.

— Je suis *Semel*. Je suis la loi… Ce que je dis est juste, déclara doucement Logan, résolument, ramenant mon attention sur lui.

— Logan, que diront ton *sylvan* et ton *sheseru* ?

— Ils se tiennent à mes côtés.

— Je pense que tu les surestimes, Logan. Ils n'auront pas plus envie que moi que tu t'attires une telle honte.

— Rien, jamais rien de ce que je ferai avec mon compagnon ne sera une honte.

Le ton était glacial, contenant une mise en garde et tout le monde savait que Peter Church en avait trop dit. Aucun *Semel* ne permettait à quiconque de les interroger et surtout pas sur leur lien avec leur *reah*. C'était sacré.

— Tu veux m'abandonner ?

Simone avait le souffle coupé, attirant l'attention de toute la pièce.

Logan se retourna vers elle.

— Non, il reste Koren. Il sera ton compagnon.

Mes yeux se posèrent sur son frère qu'il avait si facilement désigné volontaire et vu les sillons sur son front et sa mine renfrognée, il n'en était pas ravi. Il était indéniable que les frères Church étaient de beaux hommes, Logan avec ses yeux dorés, Russ avec des yeux verts profonds et Koren avec des yeux de la plus belle teinte olive que j'avais jamais vue, tous les trois de hauteur imposante, des carrures musclées et des traits ciselés. Et tout cela, ils les avaient hérités de leur père ; Peter Church était un homme d'allure magnifique, aussi grand et fort que ses fils, dont les yeux noisette étaient maintenant rivés sur Logan.

— Je ne suis pas une *reah*, déclara Simone, attirant mon attention sur elle. Mais je serai une *yareah* ou rien du tout. Je ne veux pas m'accoupler avec quelqu'un qui ne soit pas un *Semel*. Si ce n'est pas toi, Logan, il ne restera alors seulement que Domin pour moi.

— Tu peux t'accoupler avec qui tu veux, Simone. Tu veux être une *yareah*, mais en vérité, le choix t'appartient. Il n'y a aucune loi pour te dire qui tu dois choisir, parce que tu n'as pas le droit d'aînesse.

— Logan, je suis censée être ta *yareah*.

— Parce que c'était ce dont nous avions convenu et que tu souhaitais l'être, mais tu n'as pas à l'être.

Ses yeux montraient sa douleur.

— Je croyais que tu m'aimais.

— Pourquoi ?

Elle tressaillit comme s'il l'avait frappée.

— Je n'avais aucune idée que tu étais si froid.

— Comment puis-je être froid alors que je ne t'ai jamais dit que je t'aimais, jamais dit que notre accouplement serait autre chose qu'un arrangement qui nous serait mutuellement bénéfique ? Tu serais la *yareah* de ma tribu, la compagne du *Semel* et nous aurions des enfants. S'il y a eu plus, si je t'ai amené à croire que ce serait différent, n'hésite pas à me le dire.

Il y eut un long silence comme elle se décomposait. Il était évident qu'il avait été brutalement honnête avec elle et pourtant elle s'était créé tout un roman dans sa tête.

— Si tu veux t'accoupler avec un *Semel* et que tu ne veux pas quitter ta maison, alors, effectivement, il ne reste que Domin. Mais le monde est grand, avec d'autres dirigeants et d'autres tribus. Va trouver un autre *Semel* si tu veux tellement être une *yareah*.

— Logan, dit-elle la voix tremblante. Nous avons unis nos mains et maintenant, tu…

Il saisit sa main et la retint dans la sienne tout en la regardant dans les yeux.

— Tu n'es pas ma compagne, Simone. Tu ne l'as jamais été et c'est le risque pour toute *yareah* qui s'accouple avec un *Semel*. Si notre *reah* croise notre chemin, il n'y a pas d'autre choix à suivre.

— Donc, tu renierais ta *reah* pour moi si tu le pouvais ?

— Non, dit-il rapidement, libérant sa main. Il est mon compagnon.

— Logan.

Elle prit une grande inspiration.

84

— Garde-le près de toi si tu le dois, mais fais-le en secret. Laisse-moi être celle qui se tiendra à tes côtés pour que le reste de la tribu puisse nous voir.

— Mon compagnon est le seul qui se tiendra à côté de moi.

Elle prit une autre inspiration.

— Il est écrit dans la loi que si la compagne d'un *Semel* est stérile, alors il peut prendre une *yareah* pour assurer la continuité de sa lignée. Ton précieux *reah* ne pourra pas te donner d'enfants, donc tu peux encore me garder près de toi. Tu peux nous avoir tous les deux.

— Logan, cela résoudrait tout, dit rapidement son père. Simone est si gracieuse et désintéressée à essayer de sauver la tribu pour toi.

— Je sais exactement où vont les loyautés et les mensonges de Simone, dit-il, les yeux fixés sur son père. Et je n'aurai pas de *yareah*. Il n'y aura que ma *reah*. Tout le reste est un sacrilège.

— Logan, sois raisonnable, dit sèchement Simone, la frustration épaississant sa voix.

Il fronça sombrement les sourcils et se tourna vers elle.

— Simone, nous allions avoir une cérémonie pour réunir nos deux tribus. Cela semblait être une bonne idée de te choisir pour *yareah* parce que nous nous entendons bien, mais je viens de trouver ma *reah*, dit-il en levant les yeux vers tous les hommes qui se tenaient en demi-cercle autour de lui : son père, Koren, Russ et d'autres que je ne connaissais pas et puis il revint sur elle. As-tu enfin compris ? Il a vu Domin en premier, ils ont parlé, mais Jin l'a rejeté. Puis, il a rencontré Christophe et il l'a également rejeté. C'est étonnant, quand on y songe. Jin, la seule *reah* que j'ai jamais vue a rejeté deux autres *Semels* avant moi, mais moi... Et je suis sûr qu'il y en a eu bien d'autres avant, mais c'est ma marque qu'il a accepté, seulement et uniquement la mienne. Il sait que je suis son compagnon, je suis le seul au monde qui l'est et, en quelque sorte, son parcours l'a amené jusqu'ici. C'est un miracle et tout ce que je veux, c'est apprendre tout sur lui et qu'il se tienne à côté de moi pour le reste de ma vie.

— Logan ! Tu ne peux pas avoir de partenaire masculin ! Ta tribu ne l'acceptera jamais et ce n'est pas le moment de paraître faible ! La tribu de Domin est comme un loup à notre porte ! Il a attaqué Koren et son *sheseru* s'en est pris à Delphine et maintenant, si tu ne te lies pas avec Simone, alors Domin le fera sûrement. Avec la tribu de Christophe et la sienne, nous serons débordés ! C'est ton rôle de nous protéger, pas de nous laisser vulnérables pendant que tu prends ton compagnon !

Il secoua la tête.

— Logan, pense à ta mère et ta sœur, pense à tes frères et à moi… pense à ta tribu. Nous avons besoin de ta force, tu dois être rationnel. Tu es notre *Semel*. Ne nous conduit pas sur le chemin de la destruction à cause de tes propres besoins égoïstes.

Sa voix se brisa sur le dernier mot et il reprit son souffle.

— S'il te plaît, mon fils.

La voix de son père trouva écho en moi : sa peur, sa frustration, sa colère, le tout masqué par une rage à peine contenue.

Le silence après la tirade était tonitruant et éprouvant. Il n'y avait qu'une réponse qui pourrait apaiser la colère de son père. Logan n'avait d'autre choix que de me renvoyer.

— Un *Semel* qui trouve sa *reah* devient *Semel-Rê*, n'est-ce pas ?

— Oui, mais…

Logan leva la main et il y eut de nouveau le silence.

— J'ai trouvé ma *reah* et je suis donc *Semel-Rê*. J'ai envoyé Yuri et Mikhaïl auprès des tribus de Domin et Christophe pour leur apporter la nouvelle. J'ai envoyé un mot à mes amis et j'ai déjà reçu des appels et des e-mails en retour. Ils semblent tous ravis pour moi. Le sexe de mon compagnon, même si je le leur ai dit, ne semble pas avoir d'importance pour n'importe qui, à part toi.

— Ils mentent, Logan. Ils craignent pour ta santé mentale.

— Je suggère que nous ne leur disions pas le fond de ta pensée.

— Écoute-moi !

— Non, toi, tu m'écoutes, commença Logan, mais il traversa rapidement la pièce et me claqua durement la porte au visage.

Il n'avait aucune idée que j'étais là. Il ne voulait pas me réveiller.

Lorsque je retournai vers le lit, je remarquai qu'il y avait une autre porte, une seconde porte de sortie. Je vis me bottes en même temps. Je n'hésitai pas. En bas, dans la cuisine, j'enfilai ma parka et utilisai mon téléphone portable pour appeler Crane. Je devais le trouver et sortir de là rapidement.

— Jin.

Me retournant, je fus confronté à un homme que je n'avais jamais rencontré.

— Je suis le *sheseru* de Christophe Danvers, Avery Cadim.

C'était logique : si Christophe était là pour la fête du mariage de Logan, son *sheseru* l'était aussi, mais qu'est-ce que cet homme faisait dans la cuisine ?

— Christophe demande votre présence. Il a besoin de vous parler.

— Eh bien, je…

— Nous avons pris la liberté de mettre Monsieur Adams en lieu sûr. Il vous attend dans la voiture.

Traduction : Ils avaient Crane et je devais aller avec lui sinon mon ami pourrait avoir quelques problèmes et ne plus être tellement en sécurité.

— D'accord.

Je pris une grande inspiration.

Il fit un pas de côté pour que je puisse passer devant lui et me diriger vers la porte. Je le regardai avec attention et, s'il était l'homme le plus effrayant de la tribu de Christophe, comme le *sheseru* l'était traditionnellement, je n'étais pas vraiment inquiet. Comparé à la taille et à la force de Yuri Kosa, Avery Cadim paraissait carrément maigrichon.

Lorsque nous arrivâmes à la voiture, la porte s'ouvrit et deux hommes en sortirent, tenant Crane entre eux. Ses mains étaient attachées dans son dos et il y avait un ruban adhésif sur sa bouche. Ses yeux brûlaient au-dessus du bâillon. Je sentis sa fureur. Mon soulagement de le voir sain et sauf me fit trembler.

— Jin, déclara Avery, posant sa main sur mon épaule. Montez dans la voiture sans aucune résistance et nous laisserons Monsieur Adams ici, sain et sauf. Nous avions seulement besoin de lui pour que vous acceptiez sérieusement l'invitation de notre *Semel*.

— Affaire conclue, l'assurai-je.

J'entendis le grondement de Crane à travers son bâillon et je vis ses yeux soudain s'écarquiller une seconde avant qu'une main s'avance vers mon visage. J'ouvris la bouche pour dire que je n'avais pas besoin d'être assommé, que je les accompagnerais volontiers, quand je sentis une horrible odeur et m'évanouis. Lutter pour rester conscient ne servit à rien.

VII

J'ESSAYAI D'AVOIR l'air effrayé, j'essayai vraiment, mais la pièce était juste trop bizarre pour être choquante. Elle ressemblait à un étrange donjon S/M d'un film porno à petit budget. Des murs bardés de chaînes, de menottes et d'autres chaînes qui allaient jusqu'au lit avec une tête de lit en métal recouvert de satin rouge, jusqu'à une variété de fouets en cuir qui reposaient sur une table en acier inoxydable… C'était ringard. Suspendu à des chaînes au milieu de la pièce, j'aurais dû être terrifié. J'étais surtout ennuyé. J'avais dû rester inconscient assez longtemps car les menottes mordaient mes poignets au moment où je me réveillai. J'avais froid, mon corps était recouvert de chair de poule parce que ma parka était sur la table ainsi que ma chemise. Tout ce que j'avais était mon jean et mes bottes. Il faisait froid dans 'la tanière du plaisir' et j'étais gelé.

Me retournant, je jetai un coup d'œil sur l'ensemble de la pièce et distinguai enfin une porte sur la gauche. Heureusement, elle était ouverte. Je ne voulais pas vraiment être coincé ici jusqu'à ce que Christophe décide de m'honorer de sa présence. Fermant les yeux, je pris une grande inspiration et me métamorphosai. En quelques secondes, j'étais une panthère noire, puis à nouveau un homme avant même que j'ai eu le temps de m'emmêler dans mes vêtements. Si j'avais besoin de me battre ou de m'enfuir, j'aurais dû me déshabiller complètement comme je l'avais fait la nuit où j'avais sauvé Delphine, mais puisque j'avais juste besoin de sortir de mes chaînes pour redevenir aussitôt sous ma forme d'homme, je n'avais pas besoin d'être nu.

Traversant la salle vers la petite table, je remis ma chemise et mon pull puis attrapai ma parka avant de me diriger vers la porte. Il était logique qu'elle soit ouverte lorsque j'avais été amené, parce que, quelles étaient mes chances de me libérer de ce carcan ? Aucune autre panthère que je connaissais n'aurait pu le faire.

Pour la plupart des métamorphes, le passage de l'homme à la panthère prenait de longues minutes et s'ils chassaient, se battaient ou couraient, ou tout simplement faisaient quelque chose de plus ardu que de simplement rester dans les environs, ils devaient d'abord manger, ensuite s'hydrater et enfin se reposer. Cela sapait leur énergie, et parce qu'ils ne me connaissaient pas, Christophe et ceux de son entourage avaient supposé que j'étais comme eux. Je n'étais pas seulement une *reah* ; j'étais également capable de me transformer plus vite que n'importe qui d'autre.

La porte était donc ouverte, car ils n'avaient aucune idée de qui ou de ce que j'étais. J'essayai de ne pas trop me réjouir lorsque je me glissai dans le sombre couloir, parce que je n'avais aucune idée de l'endroit où j'étais, ni de combien de temps cela me prendrait pour sortir. J'avais une bonne idée de quel côté sortir, mais je me déplaçai lentement, avec prudence, parce que j'avais besoin de faire attention et de composer avec ces hommes arrogants.

Puisque je n'avais pas mon téléphone portable avec moi, je ne pouvais pas appeler Crane pour lui dire que j'allais bien. Cela m'ennuyait parce que, sans aucun doute, mon meilleur ami allait faire une crise et s'inquiéter pour moi. Il fallait que je lui dise que tout allait bien et je voulais retrouver Logan.

Logan.

Rien que le fait de prononcer son nom dans ma tête m'emplit d'émotions.

— Jin !

Le cri était fort et remplit le couloir. Mon absence ayant été découverte, je me mis instantanément à courir. Les bras serrés de chaque côté, mes jambes volant, je sprintai aussi vite que je le pouvais vers le martèlement de la musique. C'était drôle, mais même quand des gens vous pourchassaient pour le plaisir et que vous saviez logiquement que rien de mauvais n'allait vous arriver s'ils vous rattrapaient, vous courriez quand même comme un fou pour ne pas vous faire reprendre. Lorsque vous fuyiez quelqu'un d'effrayant, l'adrénaline était bien plus sauvage.

Je vis la porte et les hommes en face d'elle, entendis un claquement sec à ma gauche et m'enfuis dans cette direction. Le côté n'avait qu'un homme pour le garder et, au lieu de ralentir, j'accélérai. Il était plus grand que moi, mais mon élan était pris et plus je me rapprochais, plus ma force grandissait et je sautai sur lui. Même s'il avait réussis à m'attraper, l'élan fit que nous passâmes tous les deux à travers la porte en même temps. Écrasé sur le sol au-dessus de l'homme gisait sur les débris de la porte fracassée, je bondis sur mes pieds, le laissant derrière moi, et m'enfuis dans le couloir. Je tournai au coin, continuant à passer devant différentes salles de bain avant de me retrouver tout à coup happé par une mer de gens au milieu d'une discothèque bondée. Les lumières stroboscopiques, la musique lancinante et la masse des personnes me calmèrent instantanément. Comme je me dirigeais lentement vers la porte du club, je vis des hommes fendre la foule pour chercher à me rejoindre.

— Jin.

Je me retournai et me retrouvai face à deux de mes collègues : Darcy et Jeannie. Les deux femmes se regardèrent, ravies de me voir, leurs visages et leurs yeux s'illuminant comme un sapin de Noël.

— Danse avec moi, exigea Darcy en mordant sa lèvre inférieure.

Je me pressai contre elle et elle poussa un cri de joie. Ses mains se posèrent sur ma parka pour la retirer avant d'enlever également mon pull. Elle les tendit à Jeannie qui me fit un petit signe afin que je puisse voir où elle disparaissait avec mes vêtements. Il y avait une table entière occupée de personnes avec qui je travaillais et lorsque je leur fis signe, une douzaine de personnes me rendirent la pareille.

Ce fut un soulagement.

En quelques minutes, j'eus cinq filles près de moi, autour de moi, faisant en sorte que personne ne s'approche de moi. Je réalisai que même si je n'avais pas eu peur, mon adrénaline pompait encore dans mon corps. C'était un soulagement d'être en sécurité et donc, je me laissai aller, m'abandonnant à la musique, me laissant entraîner avec joie. Je m'accordai quelques danses, m'exhibant, laissant les filles admirer mon corps souple, mes mouvements fluides et à quel point je pouvais être indécent lorsque je dansais.

Leurs rires, leurs mains sur moi, les frottis de rouge à lèvre sur ma gorge étaient tous des témoignages de leur appréciation. Lorsque je me dirigeai vers la table, les types qui nous gardaient la place se levèrent, me permettant de me glisser parmi eux, me poussant à l'arrière. Je pris une des nombreuses bières que les filles déposèrent devant moi, alors qu'elles s'accrochaient partout à moi : autour de mes épaules, sur mes cuisses, se poussant à côté de moi jusqu'à ce que je ne puisse plus bouger. Je vis Christophe au bar avec trois autres personnes : son *sheseru* Avery parmi eux. Lorsqu'il tordit son doigt vers moi, je l'envoyai promener. Comme il traversait la salle, venant vers moi, je demandai à l'un des types de me prêter son téléphone. J'envoyai à Crane un texto comme quoi tout allait bien et que j'allais le retrouver à notre appartement dès que je pourrais me libérer. Je me sentis mieux de lui avoir envoyé le message pour qu'il sache que j'allais bien. Je ne voulais pas qu'il s'inquiète.

Une tape sur mon épaule me fit tourner les yeux vers Darcy, mais elle regardait droit devant elle. Suivant son regard, je vis Christophe qui dominait notre table.

— Jin.

Le grand blond semblait décidément pâle. Il ne s'attendait pas à ce que je réussisse à m'enfuir de la pièce et c'était clairement l'expression qui s'étalait sur son visage.

— Puis-je vous parler, s'il vous plaît ?

— Tu veux danser ? lui demandai-je.

Il avait l'air nerveux tout à coup et je faillis rire. Le grand, effrayant chef d'une tribu de panthères se tenait là, ayant peur de danser avec un homme dans ce qui était manifestement son propre club. Et si les gens pensaient qu'il était gay ou autre chose ? C'était hilarant.

— Jin !

Je commençai vraiment à rire, parce que sa *yareah* apparut à ses côtés. Il n'avait certainement pas envisagé que sa compagne pouvait être dans le coin, comme en témoignaient la surprise et la terreur qui s'affichèrent sur son visage. Me levant, je fis bouger tout le monde pour que je puisse sortir. Lorsque Talon Danvers se jeta, ivre, dans mes bras, je la reçus avec une étreinte d'ours. Elle fondit contre moi, heureuse que je la présente à tous mes collègues. Elle sourit avant de me tirer vers la piste de danse.

Elle était partout sur moi pendant que nous dansions ensemble et lorsque nous fûmes rejoints par trois autres femmes panthère, j'étais sûr de rendre tous les hommes du club jaloux. Talon Danvers était une femme magnifique, avec ses boucles et ses yeux d'onyx, sa peau caramel et son corps parfait. Ses amies étaient pareilles, avec de longues jambes, des cheveux en cascade et des courbes féminines. Qu'elles ne puissent pas s'empêcher de me toucher pendant un instant était amusant. J'oubliai tout et me déhanchai avec elles et lorsqu'Avery se présenta devant moi, j'étais enveloppé par ces femmes.

— Christophe veut vous voir.

— Dis à mon compagnon d'aller en enfer, dit Talon à voix haute, posant ses lèvres sur ma gorge.

Je haussai les épaules dans mon cocon vallonné, mais Avery attrapa le bras de Talon et la tira contre lui. Il la souleva du sol et je perdis leurs traces dans la foule de gens. Quelques minutes plus tard, elle réapparut à côté de moi, tenant mon pull et ma parka et elle enlaça ses doigts aux miens avant de me tirer doucement sur la piste de danse. Je marchai droit vers la porte d'entrée au bras de la *yareah* de la tribu de Pakhet. Dans la rue, je me retournai pour lui faire face et la fureur contenue sur son visage me prit par surprise.

— Talon, dis-je doucement. Est-ce que tu vas bien ?

— Est-ce vrai ?

— Qu'est-ce qui est vrai ?

— Es-tu vraiment une *reah* ?

— Eh bien, oui, mais…

— Tu ne vas pas m'enlever ma vie ! cria-t-elle avant de prendre un peu de recul. Je n'aime pas ce qu'Avery a dit. Je ne vais pas t'amener à lui… et s'il te donnait à mon compagnon ?

Elle devait me remettre à Christophe ?

— Je veux que tu partes.

— Mais tu n'as pas à…

J'avançai pour la toucher, mais des crissements de pneus me firent sursauter. Trois voitures s'arrêtèrent le long du trottoir et des hommes déferlèrent rapidement vers nous. Je me retournai pour m'enfuir, mais il y avait un immense homme musclé qui me barrait brusquement la route.

— Tu viens avec nous, dit-il froidement. Mes ordres viennent de ma *yareah*.

Cela n'avait aucun sens. Pourquoi Talon me voulait-elle du mal ? Pourquoi ses sentiments passeraient-ils tout à coup d'amicaux à meurtriers ? Pourquoi voulait-elle que je parte ?

Puis, cela me frappa. Avery avait dû lui dire ce que j'étais, mais rien de plus. C'était un problème pour elle.

— Talon, dis-je rapidement, me libérant de l'emprise de l'homme pour lui faire face. Je ne suis pas juste une *reah*, je suis la *reah* de Logan Church. Il m'a marqué.

— Rien de tout cela n'est… commença l'homme.

— Quoi ? cria-t-elle, tapant dans ses mains pour éloigner ses sbires de moi. Tu es une *reah* accouplée ?

— Oui.

Je lui souris. Même si Logan et moi n'avions rien officialisé entre nous, je savais que ma confession pourrait encore me sauver, quelle que soit la fin qu'elle avait prévu. La vérité était que, si j'étais accouplé, je ne serais pas une menace pour elle du tout. Elle ne pouvait pas, ne voulait pas renoncer à son mode de vie ni à son compagnon. Elle aimait l'argent et les choses que l'argent achetait. Seule une *reah* pourrait voler son *Semel* et l'éloigner d'elle... une *reah* non accouplée. Si j'appartenais à un autre, il n'y avait aucune raison pour elle de me détester ou de chercher à me tuer.

— Oh, Jin, soupira-t-elle, chassant encore une fois les hommes qui tentaient de mettre leurs mains sur moi.

Ils étaient une nuisance pour elle, comme des mouches bourdonnantes.

— Pardonne-moi. C'est la vie de Simone que tu vas ruiner, pas la mienne.

J'étais terrifié pendant un moment alors que je me demandais à quel point elle se souciait de la sœur de son compagnon.

— Et je m'en fous complètement.

Voilà qui répondait à ma question.

— Puis-je y aller maintenant ?

— Bien sûr, me dit-elle, me conduisant vers une limousine.

Lorsque nous arrivâmes à la voiture, le conducteur sortit et se dirigea vers la porte arrière qu'il ouvrit.

— Bale, s'il vous plaît, emmenez Jin à la montagne et laissez-le devant la porte de Logan Church. Le *Semel* de la tribu de Mafdet attend sa *reah*.

Les yeux de l'homme s'écarquillèrent.

— Je sais, dit-elle timidement, une *reah* en chair et en os. C'est tout simplement incroyable.

Je la laissai m'embrasser pour me dire au revoir même si je savais que si j'avais représenté un danger pour elle, elle m'aurait fait tuer sans arrière-pensée. C'était étrange d'être à la fois convoité et redouté. Je demandai au chauffeur de me déposer à l'appartement de mon ami Rick au lieu de me ramener au domicile de Logan. Puisque j'étais censé arroser ses plantes pendant son absence de la ville, cela me semblait un bon endroit pour pouvoir dormir pendant de longues heures. Me délestant de ma parka, de mes bottes et de mon pull, je fis le tour des plantes d'intérieur afin de m'assurer qu'elles étaient encore toutes en vie. Le chauffage central était une chose merveilleuse ; il n'y avait pas à redouter d'incendie ni à attendre que les radiateurs se mettent à chauffer, tout restait à température constante. J'avais juste à remonter un peu le thermostat. C'était le paradis. Je voulais juste fermer mes yeux, mais laisser Crane s'inquiéter pour moi était inutile. Lorsque je l'appelai sur son téléphone, il répondit à la deuxième sonnerie.

— Allô ?

Je me raclai la gorge.

— Crane.

— Jin.

Il retint son souffle.

— Où es-tu ? Yuri est à notre appartement et tu n'es pas là, et…

— Je vais bien, dis-je, mes yeux se fermant. Je te vois demain matin.

— Non, où es-tu ?

— Je ne peux pas, soupirai-je. Demain… Je dois me reposer, d'accord ? Tu restes avec Logan, tu seras en sécurité. As-tu mon téléphone ?

— Ouais, il était abandonné dans la neige, mais Jin, tu…

— Demain, répétai-je, sentant mon corps s'alourdir.

— Attends, s'il te plaît, tu dois parler à Logan, d'accord ?

J'étais à peine conscient.

— Jin.

Je grognai.

— Tiens, dit-il.

Il y eut un froissement à l'autre bout du fil.

J'expirai profondément, ce que l'on faisait lorsqu'on était sur le point de s'endormir.

— Jin.

La voix glissa à travers mon corps, et aussi fatigué que je l'étais, quelque chose à l'intérieur se crispa.

— Est-ce que tu vas bien ?

— Oui.

Je souris au téléphone.

— Je veux te voir.

— Je serai endormi dans quelques secondes.

— Alors, je vais te regarder.

— Non, il est tard… demain.

— Jin…

— Je lui ai dit que tu m'avais marqué, donc elle ne m'a pas blessé. Je te remercie. La marque m'a sauvé la vie.

— Qu'est-ce que tu racontes ?

— Talon Danvers, lui répondis-je en frissonnant.

— Elle allait te faire du mal ?

— Je pense que oui. Les *reahs* non accouplées font peur aux *yareahs*.

— Tu n'es pas non accouplé, tu m'appartiens.

— Nous devons en reparler. Je ne suis toujours pas convaincu que ce soit la meilleure chose pour toi.

— Moi, je le suis. Tu es ma *reah*, par conséquent, tu es la meilleure chose qui soit pour moi.

— D'accord.

Je respirai lentement. Je ne voulais pas me disputer avec lui.

— Est-ce que Christophe t'a fait du mal ?

— Non, il m'a juste accroché dans sa chambre S/M.

Il y eut un long silence pendant lequel je faillis m'endormir.

— Pardonne-moi ?

Je lui expliquai rapidement que j'avais été enchaîné et pendu au plafond, riant sans le vouloir. J'étais pratiquement inconscient et pris de vertige.

— Il ne t'a rien fait.

— Comme quoi ? Me violer ? Non, monsieur, il ne m'a rien fait.

Il prit une profonde inspiration.

— J'ai besoin de te voir.

— Tu sais, que tu t'inquiètes pour moi, c'est vraiment agréable, lui dis-je. Peut-être que nous pourrions traîner demain, si tu veux... Si c'est d'accord.

— Jin.

Sa voix se brisa.

— Je veux te voir maintenant... Tout de suite.

J'étais trop fatigué pour même me déplacer, mais mon sexe avait certainement d'autres idées. Plus cet homme me parlait, plus je durcissais. Il suffisait que je pense à sa bouche sur moi pour me tortiller.

— Jin ?

— Seigneur ! gémis-je.

— Quoi ? Es-tu blessé ?

— Non, c'est juste que... Je veux tellement me retrouver dans un lit avec toi.

— Vraiment ?

Oh, mon Dieu ! Qu'est-ce que j'avais dit ? J'étais abasourdi. J'avais juste laissé les mots franchir mes lèvres. Pouvais-je prendre de bonnes décisions dès que cela concernait Logan Church ? Étais-je complètement incapable de penser rationnellement dès que cet homme était concerné ? Toute la nuit n'avait été qu'une succession de mauvais choix, l'un après l'autre, aboutissant à des aveux de quelqu'un privé de sommeil. J'avais besoin de limiter les dégâts. Je raccrochai, éteignis la lumière et m'endormis. Ma dernière pensée fut le souvenir de Logan lorsqu'il avait penché sa tête pour m'embrasser.

VIII

LE MATIN était venu et reparti au moment où mes yeux s'ouvrirent enfin. Habitué à vérifier mon téléphone pour voir l'heure, je regardai autour de moi, dans le salon jusqu'à ce que je vois l'affichage de l'horloge numérique du lecteur de DVD de Rick. Lorsque je me rendis compte qu'il était trois heures de l'après-midi, je me levai comme Lazare, me dirigeant vers la salle de bain. J'avais besoin de rentrer à l'appartement. Dans la rue quinze minutes plus tard, derrière mes lunettes de soleil surdimensionnées, je me sentis anonyme et il y avait quelque chose de très rassurant dans ce sentiment. La pensée momentanée que je pourrais facilement quitter la ville sans que personne ne le sache me traversa l'esprit. C'était surprenant. Et dire que je me sentais anxieux avec juste le murmure dans ma tête à l'idée d'abandonner Logan. Mon cœur avait mal juste à l'idée de ne plus le revoir.

Dans l'air froid, la marche de l'appartement de Rick jusqu'au mien me laissa congelé, mais après une douche et un changement de vêtements, le monde semblait plus agréable, plus doux, pas aussi déplaisant. Je ne voulais pas repartir, mais il n'y avait pas de nourriture et plus important encore, aucune caféine dans mon appartement. Je dus ressortir pour partir à la recherche de café. Je fus surpris lorsque j'ouvris ma porte et trouvais Yuri Kosa.

— Oh, hé.

Je lui souris.

Il se contenta de me fixer, ses yeux me parcourant de haut en bas.

— Ça va ?

— Jin, soupira-t-il posant lentement sa main sur mon épaule. Est-ce que vous allez bien ?

— Je vais bien, je suis simplement mort de faim, dis-je doucement, caressant sa main sur mon épaule avant de m'éloigner, de le contourner et de prendre l'escalier. Vous voulez venir manger avec moi ?

Il me rattrapa sur la marche la plus haute et me retourna pour lui faire face.

— Jin, je dois vous ramener à Logan. Nous mangerons chez lui.

— Non, cela obligera sa mère à cuisiner, dis-je en enlevant sa main de mon épaule et en descendant l'escalier. Arrêtons-nous pour manger d'abord, puis ensuite, nous prendrons la voiture.

Son soupir exaspéré me fit savoir que j'avais remporté la victoire.

Yuri voulut savoir ce qui s'était passé et écouta très attentivement comme je lui expliquai pour le donjon de Christophe, le club et les intentions meurtrières de sa *yareah*. Je riais lorsque je remarquai son visage.

— Quel est le problème ?

— Vous croyez que c'est drôle ? Ils vous ont enlevé, enchaîné et kidnappé avec l'intention de vous tuer, mais pour vous, tout cela n'est qu'amusement et jeux.

— Détendez-vous, dis-je en bâillant, indiquant la rue de la salle de restaurant. Si je devais être bouleversé à chaque fois que quelqu'un m'avait battu, chassé ou tenté de me violer, je serais en train de pleurer dans mes céréales tous les matins. Personne n'aime les pleurnichards.

Il saisit mon bras et me retourna pour lui faire face.

— Vous êtes maintenant la *reah* de la tribu de Mafdet. Celui qui vous touche devra en répondre devant Logan en premier, puis devant moi ensuite.

Je fus soudain pris d'une violente crampe à l'estomac.

— Est-ce que Logan a fait quelque chose à Christophe à cause de moi ?

— Logan a fait quelque chose à Christophe à cause de ce qu'il a fait, pas à cause de quelque chose que vous avez fait.

— Oh, mon Dieu, qu'a-t-il fait ?

J'étais plus agacé qu'inquiet. Je n'avais jamais voulu que quelqu'un punisse en mon nom, comme si j'étais parfait.

Les yeux de Yuri devinrent froids et durs.

— Christophe ne savait pas que Logan vous avait marqué ; vos cheveux couvraient la marque et parce que Logan n'a pas... Vous ne sentez pas comme lui, alors grâce à cela, sa vie a été épargnée. Mais ne vous méprenez pas : un *Semel* a osé toucher le compagnon d'un autre *Semel* et il sera puni pour cela, Jin.

— Mais je ne suis pas son compagnon.

— Tous les félins, même les *Semels* et les *yareahs* doivent avoir une cérémonie d'accouplement pour sceller le lien entre eux. Mais lorsqu'un *Semel* trouve sa *reah*, et une fois que la marque est apposée, ils sont une paire accouplée. Vous appartenez à Logan Church tout aussi sûrement que le reste d'entre nous.

— Et parce que Christophe m'a touché…

— Son choix résidait entre rencontrer Logan dans la fosse ou accepter toute autre punition que Logan jugerait bonne de donner.

— Et qu'a-t-il choisi ?

— La punition, bien sûr, dit-il comme si j'étais fou. N'avez-vous jamais vu Logan Church sous sa forme de panthère ?

— Non, quand aurai-je pu ?

— Ouais, eh bien, si vous étiez Christophe, vous n'auriez pas voulu vous battre contre lui non plus.

— Alors qu'est-ce qu'a fait Logan ?

— Pas assez.

— Dites-moi.

— Il a réuni la tribu de Christophe, puis il l'a giflé.

Je pris un air renfrogné et regardai Yuri.

— Je sais. Les choses qu'il fait parfois… Je ne comprends tout simplement pas.

— Il l'a giflé ?

— Ouais, il a juste…. Je veux dire, il était là. Il se tenait juste là et a dit à Christophe de ne jamais toucher quoi que ce soit qui soit à lui et l'a giflé sèchement comme s'il n'était rien. Comme s'il n'était rien de plus que de la merde sous sa chaussure.

— Christophe a dû être humilié.

— Qui s'en soucie ? L'humiliation ne va pas lui faire mal.

Mais elle le ferait. Face à toute la tribu de Christophe, Logan l'avait giflé et fait paraître faible. Christophe aurait dû rencontrer Logan dans la fosse s'il avait voulu garder le respect de son peuple. Au lieu de cela, en permettant à Logan de le frapper face à eux, il avait perdu la face. Je me demandais comme il pourrait retrouver leur respect et même s'il le retrouverait un jour. Un chef devait paraître fort, puissant et intouchable. Logan avait dépouillé le *Semel* de la tribu de Pakhet de tous ces attributs d'un seul coup.

— Je l'aurais tué.

— Et Christophe serait devenu un martyr au lieu de devenir le chef pathétique qu'il va être maintenant, l'informai-je. Logan est brillant.

Il plissa les yeux en me regardant.

— Peut-être que c'est pour ça que vous êtes son compagnon ; vous comprenez comment son esprit fonctionne.

Je ne voulais pas en débattre avec lui.

— Allons manger.

À l'intérieur du restaurant, je commandai un petit déjeuner et Yuri prit un énorme hamburger. Il appela Logan vers la fin de notre repas et lui expliqua qu'il me ramenait. Quand il raccrocha, il avait l'air misérable.

— Quel est le problème ?

— Il m'a engueulé pour ne pas avoir appelé à la seconde où je vous ai trouvé.

— Pourquoi ?

— Il veut vous voir maintenant.

— Mais il n'est pas en colère contre vous, pas vraiment.

— Non, vous venez juste de le frustrer au plus haut point.

Je ne pouvais pas m'empêcher de faire cet effet-là.

Le trajet en voiture jusqu'au sommet de la montagne fut si reposant que je faillis m'endormir. Yuri ne semblait pas d'humeur à parler et je ne l'étais pas vraiment non plus. Lorsque nous arrivâmes devant la porte d'entrée de la maison de Logan, je sentis mon estomac faire un nœud. C'était drôle de vouloir être là tout en voulant être ailleurs en même temps. Je décidai de rester à l'extérieur, sur le porche, au lieu de suivre Yuri à l'intérieur. Je n'étais pas tout à fait prêt à faire face à Logan Church.

— Jin.

Me retournant, je trouvai mon compagnon à la porte.

— Salut, lui dis-je en souriant.

Je le vis déglutir difficilement, vis comme ses yeux avaient l'air rouges et à quel point il semblait épuisé et hagard. Il était complètement défait.

— Je suis désolé. Je ne voulais pas t'inquiéter.

Ses yeux passèrent sur moi, de la tête aux pieds.

— Je vais bien, lui dis-je doucement, en tendant les bras. Viens voir.

Il se déplaça tellement vite, bien plus vite que je l'aurais imaginé et lorsqu'il m'écrasa contre son torse, ses bras se refermant sur moi, il enfouit son visage dans mon épaule et je réalisai alors que sa simple présence me calmait. Cet homme m'appartenait et il n'y avait aucun moyen de contourner cela.

— Regarde-moi.

Ma tête s'inclina vers l'arrière afin que je puisse voir son visage.

— Quelqu'un t'a-t-il fait du mal ?

Je secouai la tête.

— Je t'ai déjà dit que non.

— As-tu été touché ?

— Non, je…

— Qu'est-ce ? grogna-t-il, remarquant mes poignets, les tenant serrés. Les menottes qu'ils ont utilisées contenaient de l'argent ?

— Il n'a pas délibérément essayé de me faire mal, dis-je doucement. Les menottes étaient juste en argent parce qu'il joue probablement à des jeux de bondage avec d'autres panthères. S'il n'utilisait pas de l'argent, où serait le plaisir dans tout cela ? Si tout le monde peut se libérer facilement, où est le jeu ?

— Jin…

— Il a fait une erreur, Logan, lui dis-je, essayant de calmer la douleur et la rage que je vis dans ses yeux.

La fureur frémissante était là, juste sous la surface. Je compris qu'il tenait à moi.

— Il n'avait aucune idée, lorsqu'il m'a fait enlever, que tu m'avais déjà marqué. Il n'aurait jamais fait une telle chose s'il l'avait su.

— Ce sont des conneries et nous le savons tous les deux. Il veut ma *reah* et il ne peut pas t'avoir. Tu es à moi.

Je posai mes mains sur son visage.

— Oui.

Il prit une inspiration tremblante.

— Pourquoi es-tu parti la nuit dernière ?

Je me raclai la gorge, m'éloignant de lui.

— Je me suis réveillé juste à temps pour entendre ton père. Il semblait assez contrarié.

— Je vois.

Il plissa les yeux, croisant ses bras sur sa large poitrine.

— Alors, même si tu m'as laissé te marquer, ton plan était de t'enfuir ?

— As-tu entendu ton père ? Ce n'était que le début. Ta tribu va réagir de la même façon lorsqu'ils découvriront que je suis un homme.

101

— Et pourquoi devrais-je m'en soucier ?

Je secouai la tête.

— Le premier devoir d'un *Semel* va à sa tribu.

— Vraiment ?

— Tu le sais. Tu as beau jouer au mec cool et me poser des questions toute la journée, cela n'y changera rien. Tu ne peux pas avoir un mâle pour compagnon.

À la façon dont il prit une profonde inspiration, je pensai pendant une seconde qu'il allait se résigner à mes paroles, mais quand il attrapa mon bras, me traînant derrière lui à travers le porche, je compris que nous étions loin de sa capitulation.

— Logan !

Il s'arrêta et me tira vite près de lui afin que je puisse voir son visage.

— Soit tu montes à l'étage avec moi maintenant, soit je te jette par-dessus mon épaule. Que préfères-tu ?

Sa voix était glaciale.

— Je peux marcher, lui assurai-je.

— Alors fais-le.

Je le contournai et même si j'entendis des gens m'appeler, dont Crane, je ne m'arrêtai pas. Je traversai le salon puis montai l'escalier qui menait au deuxième étage. J'entendis Logan juste derrière et me précipitai. Je pris le long couloir jusqu'au bout et vis les doubles portes qui conduisaient à sa chambre. Je trottai vers elles et en ouvris une, me glissai à l'intérieur sans la fermer, traversant les portes vitrées qui donnaient sur le balcon. Je me retournai pour lui faire face et le vis verrouiller les portes derrière lui.

— Tu veux parler… Parle.

Il reprit son souffle.

— Tu me rends dingue.

Ce n'était pas ce à quoi je m'attendais.

— Vraiment ?

— Ouais, grogna-t-il. Tu es ma *reah*, pas ma *yareah*, pas une personne que j'ai choisi. Tu es né pour être à moi et au lieu d'accepter ce fait, tu te bats contre moi. Pourquoi ? Pourquoi ressens-tu le besoin de te battre contre moi ?

Il était vraiment irrité et je trouvai cela vraiment attachant.

— Et si tu veux vraiment me quitter, tu n'as qu'à partir, déclara Logan, attirant mon attention sur lui. Mais ne pars pas sous de faux prétextes. Si tu pars, c'est parce que tu ne veux pas être ici, non pas parce je ne pourrais pas, soi-disant, supporter les conséquences de ma décision d'aimer mon compagnon.

Aimer son compagnon ? Son plan était de m'aimer ?

— Comment peux-tu parler d'amour alors que je te connais depuis moins d'une journée ? Tu ne peux pas…

— Parce que j'aime mon compagnon, sombre idiot ! tonna-t-il, son cri remplissant la pièce. C'est comme ça, un point c'est tout !

Je restai là à le regarder.

— Pourquoi ne m'as-tu pas dit que tu n'étais pas gay ?

— Je ne comprends pas ce que cela a à voir avec quoi que ce soit. Tu es un homme, et tu es mon compagnon, par conséquent, à partir de maintenant, je suis gay. Pourquoi devons-nous même discuter de ça ? demanda-t-il avec irritation.

— Tu ne peux pas devenir gay comme ça.

— Qui a dit ça ?

— Tu ne peux pas, tout simplement.

— Oh, je ne peux pas, tout simplement. Eh bien, c'est très logique.

— Logan…

— Écoute. Je suis le même homme que j'étais hier matin lorsque je me suis réveillé. La seule chose qui a changé, entre hier et aujourd'hui, c'est que maintenant, j'ai un compagnon.

— Mais, tu…

— Je n'ai jamais eu d'amant masculin avant, c'est vrai, mais je n'ai jamais eu de compagnon avant, non plus. Tout ce que je peux te dire, c'est que lorsque je te regarde, mon cœur s'arrête.

Je refusai de laisser ses mots prendre racine dans mon cœur. Ils étaient beaucoup trop dangereux.

— Tu allais prendre Simone comme *yareah*…

— Ce qui signifie bien évidemment que tu as raison, n'est-ce pas ? demanda-t-il, les muscles de sa mâchoire se crispant.

— Ouais. Cela signifie que tu es hétéro et que ton plan était de prendre UNE partenaire.

— Tu aurais préféré que je sois bisexuel, parce que cela t'aurait mieux convenu ? Ce serait plus logique ainsi que je puisse avoir envie de toi ?

Je hochai la tête.

— Parce que, tel que c'est maintenant, tu dois être en train de te dire que je ne veux pas vraiment de toi comme compagnon. Peut-être que je veux coucher avec toi pour avoir une nouvelle expérience, mais qu'il n'y a pas moyen que je veuille te garder ?

C'était comme s'il avait lu dans mes pensées.

— Et si tu me laissais t'avoir, alors tu risquerais de perdre ton cœur dans le processus.

Je restai là et ne répliquai pas, même s'il venait juste de dépouiller mon âme.

— Je t'assure que lorsque je t'amènerai dans mon lit, tu ne seras pas le seul qui le perdra.

Comment pouvait-il dire de telles choses, provoquer de tels sentiments en moi ? Pourquoi avais-je du mal à respirer alors qu'il avait ses yeux fixés sur moi ?

— Tu es tout ce dont je pouvais rêver.

Il en pensait chaque mot. Je le savais du fond de mon cœur. Cet homme ne pourrait jamais me mentir, je pouvais lire en lui comme dans un livre ouvert. Il ne pourrait rien me cacher. J'étais son compagnon, après tout.

— Alors s'il te plaît, reste avec moi.

— Personne ne veut que je reste.

— Si, moi.

Il soupira lentement.

Vu la façon dont il me regardait, je frissonnai. Je ne pouvais pas m'en empêcher.

— Tu devrais me fuir.

Il m'envoya un lent sourire paresseux et très sexy. Il savait qu'il était magnifique et avait parfaitement compris l'effet qu'il me faisait.

— Je ne me suis jamais enfui de ma vie.

Je n'en doutais pas. Il était un roc.

— Et je ne m'enfuirai jamais, jamais loin de mon compagnon.

Je pouvais sentir le rayonnement qui émanait de son corps alors qu'il s'approchait de moi.

— Je ne veux pas te compliquer la vie et je ne suis pas certain que tu aies pensé à tout.

— Écoute…

Il passa ses doigts sur le côté de mon cou avant de les faire courir sous mon menton, inclinant ma tête pour que je puisse regarder dans ses magnifiques yeux d'ambre.

— Ma décision est prise, tu es à moi… Tu m'appartiens.

Je secouai la tête.

— Mais ta famille et ta tribu ne vont pas m'accepter.

— Toute personne est libre de quitter ma tribu à n'importe quel moment, dit-il, faisant glisser sa main droite sur ma joue.

Il me fallut tout ce qui me restait de self-control pour ne pas me pencher dans sa caresse.

— Toute personne qui ne comprend pas que son *Semel* veut sa *reah* n'est pas quelqu'un que j'accepterais non plus. La stupidité n'est pas un trait de caractère que j'admire.

Je poussai un petit soupir.

— Ouais, mais…

— Non, dit-il d'une voix basse et rocailleuse. C'est fait. Tu m'appartiens.

— Logan, ce n'est pas aussi simple. J'ai entendu ce que ton père a dit et je sais que tu as des responsabilités…

— La nuit dernière, quand nous avons trouvé Crane à l'extérieur et qu'il nous a dit que tu avais été enlevé, je ne pouvais même plus penser, ce qui ne m'était jamais arrivé avant. Je suis toujours calme, rationnel, logique… C'est ma force ; mais tout avait disparu, sauf ma rage. Je n'avais jamais été en colère à ce point-là et même maintenant, je ressens le besoin de déchirer Christophe en morceaux pour avoir osé mettre ses mains sur toi.

— Ce n'était pas lui qui…

— Sur ses ordres. Tu as été enlevé sur ses ordres. Toute la responsabilité lui en incombe.

Je hochai la tête.

— Tu es mon compagnon. Comment ose-t-il même encore te parler sans ma permission ?

La rage s'enroulait autour de sa voix comme un serpent. Il pouvait exploser violemment à tout moment.

— J'ai appris ce que tu avais fait, dis-je doucement. C'est assez. Laisse tomber.

Je le vis prendre une inspiration rapide et la lumière qui emplit ses yeux me déchira le cœur. Seigneur, c'était horrible. Je ne voulais pas seulement qu'il me fasse des choses, je l'aimais bien également. Nous pourrions être amis. Je pouvais le sentir.

— Alors, tu penses qu'on pourrait se fréquenter ?

Il leva les yeux au ciel comme si j'étais juste la chose la plus énervante au monde avant de se pencher et m'embrasser. Le baiser était profond et dévorant, ses doigts s'enfouissant dans mes cheveux pour me maintenir la tête afin que je ne puisse plus bouger. Comme si je voulais m'éloigner ! Je voulais juste me noyer en lui, ramper à l'intérieur de sa peau, dans son cœur et y vivre pour le reste de ma vie. Quand il sourit contre ma bouche, je soupirai dans la sienne.

— Mon compagnon, soupira-t-il alors qu'il éloignait ses lèvres des miennes.

La façon dont il me regarda, si possessive, m'assécha la bouche.

— Écoute, à partir de maintenant, tu ne vas…

Il s'arrêta, respirant profondément, me sentant et essayant d'adoucir son ton mais sans paraître moins autoritaire pourtant. Il avait l'habitude de donner des ordres aux personnes qui l'entouraient, mais il savait instinctivement que ce n'était pas la meilleure façon de se rapprocher de moi.

— J'ai besoin que tu m'écoutes.

Je hochai la tête.

— Tu es mon compagnon. C'est tout ce qui importe, tout ce qui compte. J'ai mon entreprise à gérer, ma tribu à conduire, ma famille à soutenir et maintenant, j'ai mon compagnon. Ma vie est réglée. Il n'y a rien de plus dont je veuille ou dont j'ai besoin.

Sa voix était grave, sûre et mortelle.

— D'accord ?

Je hochai rapidement la tête.

— Je ne veux pas te 'fréquenter', ni te voir les nuits où tu ne travailles pas, ni faire n'importe lesquelles des millions de choses stupides que je suis sûr, tu as prévu. Je te veux avec moi tout le temps. Je veux que tu prennes ta place à côté de moi dans notre tribu et que tu dormes dans notre lit tous les soirs. Tu m'appartiens. Tu as besoin de t'enfoncer ça dans la tête.

J'essayai de ne pas trembler.

Son sourire était chaleureux avant qu'il ne s'éloigne de moi pour se diriger vers la porte.

— Maintenant, je vais aller te chercher quelque chose à manger.

Je n'avais pas besoin de manger.

— Je viens déjà de manger.

— Quelque chose à boire, alors ? On dirait que tu es sur le point de t'évanouir.

106

J'aurais dû attendre. Il me laissait le temps de m'adapter à lui, parce que c'était un homme d'honneur, un homme bon, un homme patient. J'aurais dû prendre les choses lentement, mais après deux années de célibat et vu la façon dont son parfum me donnait envie de déchirer ses vêtements, je frissonnais, pris d'un besoin frénétique. Je savais ce que je voulais, ce qui m'était nécessaire et il m'était impossible de le nier d'autant plus que cet homme m'appartenait et que c'était tout simplement stupide. Lorsque je l'appelai, il se figea et se retourna vers moi.

— Quoi ?

Je me raclai la gorge.

— S'il te plaît, marque-moi encore.

Il fit un bruit qui provenait du fond de sa gorge avant de se précipiter vers moi et je le reçus à bras ouverts. J'étais enveloppé de ses bras et il m'écrasa contre son torse alors que je relevai ma tête pour quémander un baiser.

— En es-tu sûr ?

— Fais-moi tien.

Le son étouffé qui fit vibrer sa poitrine se répercuta en moi, amenant tout mon sang dans mon aine. Je ne pouvais plus respirer.

Je fus retourné, poussé en avant de plusieurs pas, puis mon visage fut aplati contre mur, mes jambes écartées alors qu'un genou se plaçait entre mes cuisses. Ses mains étaient partout sur moi.

— Je suis désolé… J'aimerais pouvoir y aller lentement, mais si je ne te prends pas tout de suite, si je ne montre pas à tout le monde que tu es à moi et lié à moi et que n'importe qui te touche… Pas moyen que je puisse même me retenir de… C'est donc le seul moyen, parce qu'une fois que tu sentiras comme moi, personne ne viendra près de toi.

Il m'arracha ma parka, déchira mon pull en morceaux, déchiqueta également mon tee-shirt à manches longues qui rejoignit le reste de mes vêtements en un petit tas sur le sol. Mon jean fut baissé au niveau de mes genoux, mon caleçon suivit. J'haletai lorsque sa main s'enroula autour de mon sexe palpitant.

— Ce doit être comme ça. Tu dois te soumettre.

Tout ce qu'il voulait. Toute ma concentration était sur la main qui empoignait mon membre, glissait sur ma peau. Des palpitations de plaisir vrillèrent tout mon corps et je me tortillai contre lui.

— Tu es à moi.

J'allais dire quelque chose, n'importe quoi, mais il y eut le bruit d'un papier froissé et l'anticipation noya ma raison. Mon sexe était humide dans sa main et il frotta le liquide pré-éjaculatoire sur mon gland avec son pouce. C'était incroyable.

— J'ai besoin du lubrifiant qu'il y a sur le préservatif, me dit-il d'une voix profonde et séduisante. Mais je ne vais pas l'utiliser. Je ne suis pas malade, ni rien d'autre. Je te montrerais… C'est dans mon bureau… Plus tard.

Je lui faisais confiance. Il était mon compagnon.

— J'ai besoin de sentir chaque centimètre de mon sexe s'enfoncer en de toi.

Tellement brûlant – cet homme était si… foutrement… sexy.

— Tu trembles, gronda-t-il avant que sa bouche se referme sur l'arrière de mon cou, sur la marque qu'il avait fait la veille, la suçant, la léchant, appuyant mon front contre le mur.

J'étais épinglé, retenu, complètement immobilisé. Puis, il sépara mes cuisses et m'empala d'un mouvement de rein puissant. La morsure fut oubliée ; il y avait seulement la chaleur cuisante de son membre en moi alors que je criais son nom et que mes muscles se tendaient, protestant pendant quelques instants avant de se détendre et de l'engloutir. Il était si dur, sa longueur me remplissait, son épaisseur m'étirait et sa main accélérait ses mouvements, provoquant des tremblements de plaisir à travers tout mon corps.

— Putain ! Tu es si étroit…

Je criai son nom comme il se reculait pour mieux se repousser en avant, aussi durement qu'il l'avait fait la première fois. Ses coups de butoir claquaient contre mes fesses, encore et encore, alors qu'il chantait mon nom comme une prière.

— Tu es si bon, grogna-t-il, passant sa main dans mes cheveux emmêlés, tirant ma tête en arrière et la tournant sur le côté pour trouver ma bouche.

Il était enivrant d'être à ce point désiré et son besoin et son désir s'entendaient dans sa voix, dans la façon dont il me serrait et la façon dont sa langue glissait sur la mienne. Il mordit ma clavicule, puis la suça, la lécha, embrassa mon cou, ma mâchoire, avant de me pincer de nouveau et de me lécher, déposant des baisers possessifs, me dévorant alors que ses mains me malaxaient et me caressaient les fesses, la poitrine. Il était enterré au plus profond de moi, bien plus loin que je le croyais possible, toujours aussi dur. J'étais sûr de pouvoir le sentir jusque dans mon estomac. Il me martelait si fort que mes pieds ne touchaient plus le sol.

— Peux-tu me prendre ? demanda-t-il en me tenant si serré, son souffle chaud et humide à côté de mon oreille, comme il me pilonnait encore et encore.

— Oui, criai-je, sentant l'aiguillon de chaudes larmes sur mon visage.

J'étais si proche de l'orgasme, souffrant dans mon besoin de jouir.

— Dis mon nom. Dis que tu es à moi.

— Je t'appartiens, Logan. Je suis ton compagnon, ta *reah*.

Il se balança dans ma chaleur maintenant glissante, mon canal retenant son sexe alors qu'il me faisait de nouveau décoller les pieds du sol, me pénétrant toujours plus profondément, frappant ma prostate à chaque fois. Il était impossible que je retienne les gémissements qui m'étaient pratiquement arrachés.

— Seigneur ! La façon que tu as de me prendre, gronda-t-il, sa voix devenant presque un grognement comme il déplaçait son poids et se penchait vers moi.

Je pouvais sentir son cœur battre dans sa poitrine qui était collée à mon dos.

— Je dois te goûter... Je...

Il soupira mais j'entendis une frustration et une nécessité douloureuse dans sa voix.

Je tendis mes mains vers l'arrière, caressant Ses fesses fermes, mes doigts glissant sur sa peau chaude, tirant ses hanches vers moi, essayant qu'il me pénètre plus profondément encore. Lorsqu'au contraire il se retira, je voulus crier. J'ouvris la bouche, prêt à le supplier, mais il me retourna face à lui, sa main revenant instantanément sur ma verge, la caressant.

Je le regardai alors qu'il tombait à genoux et me prenait dans sa bouche dans un mouvement fluide. Je ne connaissais personne qui pouvait avaler un sexe comme ça, comme s'il suffisait d'ouvrir sa gorge et de l'enfourner, mais j'étais sûr que je n'avais jamais rient ressenti de tel de ma vie. Sa bouche était si chaude, si humide. Sa langue caressa chaque centimètre de mon sexe, passa dans la fente, appuya sur la hampe alors que je me balançai dans sa bouche. Je sentis mes testicules se resserrer, mon orgasme monter et commencer à tinter à travers moi comme une vague déferlante.

Il était frénétique dans ses mouvements, ses doigts glissant en moi par derrière, poussant profondément dans mon canal étroit alors qu'il continuait à me prendre au fond de sa gorge, son aspiration incessante et forte. Je criai son nom ; mes mains s'enfouirent dans ses épais cheveux blonds, et je maintins sa tête alors que je baisai sa bouche. J'essayai de le repousser avant de jouir, mais ses doigts agrippèrent mes cuisses afin que je ne puisse plus bouger. Il voulait tout et je le regardai avaler et manquer de s'effondrer sous la force de mes convulsions avant que je sois retourné et à nouveau poussé face au mur.

— Tu es à moi, dit-il de sa voix rauque, si profonde que je tremblai rien qu'à l'entendre.

Je sentis ses mains écarter mes fesses, son sexe se presser contre mon ouverture pendant une seconde avant qu'il me remplisse de nouveau.

— Je dois être à l'intérieur de toi… Je dois te marquer… Je te veux…Tu es mien.

Je tremblai fort et il recula avant de revenir, plus profondément, me noyant dans d'exquises sensations, sa langue léchant le côté de ma gorge avant de me mordre une fois de plus sur la nuque.

— Mon compagnon, ma vie, grogna-t-il dans mes cheveux et c'était de loin, la plus possessive, la plus merveilleuse chose que j'avais jamais entendu de ma vie. Personne d'autre ne viendra jamais à l'intérieur de toi, promit-il, la férocité de son assertion associée à ses dents qui s'enfonçaient dans mon cou ainsi qu'à la poussée brutale qu'il exerça précipita une chaleur torride à travers mon corps.

Je criai et il me tira en arrière, posant sa main sur mon ventre, sentant mes muscles se crisper ; ma tête retomba sur son épaule alors que mes jambes se dérobaient sous moi. Ses bras forts me gardèrent contre lui, m'empêchant de glisser le long de son corps, vers le sol. Il se mit à jouir dans un rugissement, chancela contre moi et enfouit son visage dans mon cou. Je me sentais dévasté, en état d'apesanteur et c'était le paradis. Heureusement qu'il était là pour me maintenir les pieds sur terre sinon j'aurais pu partir à la dérive. Nous restâmes là, chevauchant les répliques de nos orgasmes, haletants et tremblants, ses doigts toujours enfoncés dans ma peau, s'assurant que je ne puisse pas me déplacer.

— Tu sens tout ça ?

Je sentais tout.

— Tu sens comme ton corps essaie de me retenir à l'intérieur ? Tu ne peux pas que je parte.

Mes muscles se serraient et se desserraient autour de son sexe, les spasmes m'envoyant des vrilles de douleur et de plaisir le long de la colonne vertébrale. Je repris mon souffle alors qu'il se retirait avec précaution, doucement.

— Peux-tu te tenir debout ?

Je hochai la tête.

Il me lâcha lentement, léchant une nouvelle ligne sur le côté de mon cou, jusque derrière mon oreille.

— Je dois te nettoyer.

Je déglutis difficilement, ma bouche complètement sèche.

— Tu es si beau.

Mon corps sursauta au son brut de sa voix. La façon dont il me regardait, possessif, les yeux pleins de chaleur... je pouvais à peine le supporter.

— J'aime te voir dégouliner.

Son sperme glissait sur l'intérieur de mes cuisses. Les autres hommes voulaient généralement me voir disparaitre et propre aussitôt l'acte terminé. Logan Church, comme je le compris clairement, appréciait de me voir ravagé.

— Je veux prendre soin de toi. Ne bouge pas.

Je restai là où j'étais, figé et il partit pour être de retour en quelques secondes avec un gant de toilette tiède et une autre serviette. Lorsque je fus propre, il remonta mon caleçon et mon jean de mes cuisses jusqu'à mes hanches. Je reçus un baiser sur le front avant qu'il ramène le tout dans la salle de bain.

— La chemise et le pull sont fichus, dit-il en revenant dans la chambre, m'amenant ce que je réalisai être une chemise à manches longues.

Après l'avoir enfilée, il enroula ses bras autour de moi.

— Mais je ne m'excuserais pas.

J'entendis l'amusement dans sa voix et je reçus un baiser sur la nuque. Cela me faisait encore mal, mais ne ressemblait plus à un coup de poignard lorsqu'il avait planté ses crocs dans ma chair. Je refermai mon jean et me retournai. Lorsque je le regardai, je remarquai qu'il me regardait également, ses yeux dorés brillant.

— Quoi ? demandai-je en lui souriant.

Il secoua la tête avant de me faire signe d'avancer.

— Embrasse-moi.

J'entrai dans le cercle de ses bras et enroulai le mien autour de son cou, le tirant vers moi. Je glissai ma langue sur sa lèvre inférieure et il s'ouvrit pour moi, poussant un soupir, son souffle chaud se répandant dans ma bouche. Je laissai ma langue l'explorer alors que je le réclamai. Les bruits qui montaient de sa gorge, la voracité avec laquelle il me retourna mon baiser, la façon dont

111

il se poussa contre moi, se serra contre moi... tout me dit qu'il était là où il voulait être. Quand il releva la tête, s'écartant à peine, sa bouche planant au-dessus de la mienne, je le sentis frissonner violemment.

— Tu devrais voir tes yeux.

Je me hissai contre lui, glissant de nouveau ma langue dans sa bouche et le goûtai encore une fois, savourant la sensation de sa réaction alors qu'il tremblait à mon contact. La note de besoin dans son gémissement, ses doigts s'enfonçant dans mon dos, la façon dont il me tenait dans ses bras, me moulant contre son grand corps dur – tout cela me montrait la force de son désir. Lorsque je pus entendre mon cœur battre dans mes oreilles, je rompis le baiser pour reprendre un peu d'air.

— Je peux sentir mon odeur sur toi.

Sa voix était rauque, pleine d'un désir primaire.

— Est-ce une bonne chose ?

— Oh, putain, ouais !

Ses yeux ne pouvaient pas briller plus.

Je m'écartai un peu puisque l'air entre nous était épais et chaud.

— Je pense que maintenant, nous devrions prendre une douche.

Il agissait déjà comme si je lui appartenais.

— Viens ici, dit-il refermant la petite distance entre nous et inclinant sa tête pour poser sa bouche sur la mienne.

Le baiser était possessif et dur, sa main empoignant mes cheveux afin que je ne puisse plus bouger.

La façon dont il me malmenait, dont il m'embrassait... je devais faire attention ou il pourrait facilement devenir tout mon univers. Quand il recula, je me contentai de le regarder dans les yeux.

Après plusieurs minutes de silence, il sourit lentement, le coin de sa bouche se relevant de façon séduisante.

— Quoi ?

— Tes yeux sont vraiment beaux, lui dis-je.

Ses mains furent instantanément partout sur moi. Il heurta mon menton avec son nez et embrassa ma gorge avant de la mordre doucement.

— Tu es celui qui est beau... mon compagnon... tes yeux... si gris... Ils deviennent sombres et foncés quand tu me regardes.

Sa voix était comme du miel.

Mon cœur battit à tout rompre.

— Nous devons allez chez toi.

J'avais l'impression de me noyer.

— Pour aller chercher tes affaires.

— Attends.

J'essayai de reprendre mes esprits, ce qui était difficile quand il était si près de moi.

— Je ne peux pas… J'ai un propriétaire et un emploi et…

Défendre ma vie quotidienne devant lui me fit réaliser à quel point j'avais été fou de croire que je pouvais abandonner la nouvelle famille que je m'étais faite au travail. Mon patron, mes amis… les abandonner aurait été fou. Pourquoi mon premier instinct était toujours de m'enfuir ?

— Tu es mignon quand tu es énervé.

J'avais besoin de prendre mes marques et il ne me laissait pas faire.

— Allons chercher tes affaires, répéta-t-il.

Il ne demandait pas. Il ordonnait. C'était attachant et agaçant en même temps.

— Écoute, je pense que nous devrions ralentir un peu la cadence, dis-je, prenant plusieurs respirations avant de le contourner, m'éloignant de lui.

— Vraiment ? dit-il rapidement, envahissant à nouveau mon espace personnel.

Il toucha mes cheveux, les repoussant de mon visage, faisant courir ses doigts de ma joue à la jointure de mes épaules.

— Après ce que tu viens de m'autoriser à te faire, tu veux ralentir ?

Comment pourrais-je expliquer ce qui s'était passé quand je n'en étais pas sûr moi-même ? Il serait difficile de lui dire que je n'avais jamais fait quelque chose d'aussi dangereux ou de fou quand c'était tout ce qu'il connaissait de moi. Je faisais attention, je n'étais jamais téméraire, sauf quand cet homme était concerné. Pour mon compagnon, je pouvais être sauvage.

— Seigneur, tu réfléchis tellement ! dit-il en riant en se penchant pour embrasser mon front, mes yeux, mon nez et enfin, ma bouche.

Lorsqu'il suça ma lèvre inférieure, je me pressai contre lui pour lui rendre son baiser. Le son d'une voix sèche venant de l'autre pièce aboyant son nom me fit vaciller dans ses bras. Mon cœur se retrouva instantanément au bord de mes lèvres.

— C'est bon, dit-il pour me calmer alors qu'il allait à la porte et se faufilait dans la pièce attenante.

J'attendis et lorsqu'il recula, il me dit qu'il devait descendre. Il y avait des gens avec qui il devait parler.

— Je dois trouver Crane aussi, lui dis-je.

— Non, reste ici et je vais te l'envoyer.

Je hochai la tête et traversai la pièce pour m'asseoir sur le lit. Je fus surpris lorsqu'il se dirigea vers moi, se pencha et m'embrassa le nez.

— Ne quitte pas cette chambre, bébé.

— Je ne suis pas ton bébé, lui dis-je en souriant.

Il me rendit mon sourire, ses yeux s'attardant sur mon visage avant de se retourner et de quitter la pièce.

Resté seul, je recommençai à m'inquiéter. Lorsqu'un coup retentit sur la porte, je faillis me briser en mille morceaux rien qu'au son. Quand Crane se glissa dans la chambre, je pus respirer à nouveau.

— Est-ce que tu vas bien ? lui demandai-je.

Ses yeux étaient écarquillés lorsqu'il me regarda.

— Quoi ?

— Tu plaisantes ?

Je plissai les yeux, ne sachant pas ce qui n'allait pas avec lui.

— Par où dois-je commencer ?

Je gémis bruyamment et me pris la tête entre mes mains comme il fulminait après moi. Comment avais-je osé ne pas lui dire où j'étais ? À quoi donc avais-je pensé ?

C'était un flot ininterrompu de sons, de cris et lorsqu'il me gifla l'épaule, je réalisai que j'avais l'esprit ailleurs.

— Merde ! lui dis-je sèchement, lui rendant son coup. Ne me frappe pas.

— Tu es un tel emmerdeur !

Je ne pouvais pas le contredire.

— Quand allais-tu me parler de Logan Church ?

— Tu plaisantes ? criai-je à mon tour, me sentant à nouveau moi-même maintenant que j'étais en face de lui. Tu ne crois quand même pas que tout cela était prévu ?

— Je ne sais pas, ça l'était ?

Je le regardai.

— Bon, d'accord, cela ne l'était pas, dit-il en s'asseyant à côté de moi sur le lit, retirant son chandail et son tee-shirt.

— Que fais-tu ?

— Cette chemise est trop grande pour toi, dit-il en me passant son tee-shirt. Mets ça.

Je retirai la chemise de Logan et enfilai le tee-shirt de Crane. Il était encore chaud.

— Merci.

— Et alors ? Nous restons ou non ?

— Pour l'instant.

— Alors, nous déménageons ici ?

— Non... Je ne sais pas, soupirai-je.

— Eh bien, nous ne pouvons pas rester dans notre appartement, parce que ce gars, Domin rôde toujours autour. Et je pense que lorsqu'il découvrira que tu es le compagnon de cet homme, il va vraiment essayer de baiser avec toi.

— Probablement.

Je soupirai à nouveau en m'allongeant sur le lit.

— Donc, allons chercher toutes nos affaires et ramenons les ici.

Je fis rouler ma tête sur le côté et le regardai.

— Tu vas rester ici avec moi ?

— Si ton *Semel* le permet.

Il me sourit.

— Tais-toi.

— Tu ne comprends pas, dit-il en riant. Tu es une *reah* accouplée maintenant. Tu es le compagnon d'un *Semel* avec toute une tribu derrière toi. Cet effrayant *sheseru* de Logan, Yuri... quel que soit son nom, m'a dit de ne pas rester trop longtemps parce que Logan veut que tu te reposes.

— Quelle heure est-il d'ailleurs ? demandai-je en bâillant, soulevant le bras pour regarder ma montre.

Crane saisit mon poignet pour vérifier l'heure lui-même.

— Il est un peu plus de cinq heures.

— Alors pourquoi suis-je fatigué ?

Je bâillai encore une fois.

— Oh, je ne sais pas, dit-il en souriant avec ironie. Seigneur, tu es un idiot.

Je n'avais même pas l'énergie de lui crier dessus. Je voulais juste m'endormir à côté de Logan. Je voulais qu'il m'enveloppe dans ses bras et me tienne serré contre lui.

— Houhou, pouvons-nous nous concentrer ? Veux-tu que j'aille chercher nos affaires ou pas ?

— Oui.

— D'accord. Je pense que Delphine a une voiture. Laisse-moi le temps de me renseigner pour savoir si je peux l'emprunter et j'irai chercher nos affaires et reviendrai ici. Il n'y a que nos deux sacs à dos.

— Ce sont d'énormes sacs de randonnée, imbécile, dis-je, me traînant pour me remettre sur mes pieds et regarder dans la chambre très masculine, à la recherche de ma parka.

— Là, indiqua-t-il.

Une fois enfilée, je le regardai et réalisai qu'il n'avait pas fait le moindre mouvement.

— Nous y allons ?

— Es-tu sûr que tu devrais venir ?

— Qu'est-ce que tu racontes ?

— Tu ne dois pas demander d'abord ?

— As-tu perdu l'esprit ?

Son sourire était énorme.

— Désolé. J'ai oublié à qui je parlais.

IX

JE CONDUISIS jusqu'à la maison sur pilote automatique et me garai dans la ruelle sombre, derrière notre immeuble. Crane voulait juste récupérer nos bagages et partir, mais j'avais besoin de prendre une douche et me changer. Je sentais le sexe. Me dirigeant vers la salle de bain, je dus saisir le chambranle alors que mes jambes vacillaient sous moi.

— Que t'arrive-t-il ? cria Crane comme il se précipitait vers moi, me saisissant et me hissant contre lui, me tenant contre son grand corps musclé.

— C'est juste que... ces deux derniers jours ont été très éprouvants.

— Ça va aller sous la douche ?

— Bien sûr. Ne sois pas idiot.

Il avait l'air sceptique, mais il me laissa y entrer seul.

Je restai sous l'eau chaude jusqu'à ce qu'elle devienne glacée. La morsure de Logan me faisait encore mal lorsque je me lavai et elle saigna à nouveau, mais elle cessa au moment où je sortais et m'affalais sur mon canapé. Je demandai à Crane à quoi elle ressemblait et il me répondit qu'elle ressemblait à une morsure par quelque chose d'énorme.

— C'est vraiment une bonne description. Merci.

— Ce n'est pas beau, en tout cas ; tu as dû beaucoup saigner.

— Je pense que oui, mais en fait... Oh ! C'est vrai !

— Quoi ?

— Il l'a bu.

— Qu'est-ce que tu dis ?

Je souris à Crane parce qu'il avait l'air horrifié.

— Quand un *Semel* marque sa *reah*, il boit le sang de la blessure.

— Comme un vampire.

— Les vampires n'existent pas.

— Permets-moi d'en douter, parce que, vu d'ici, j'ai l'impression que Logan a dû boire beaucoup de ton sang.

— Pas tant que ça. Rien que je ne puisse guérir.

— Alors guéris ; transforme-toi.

Mais j'étais trop fatigué ; je bâillai à la place. Après quelques minutes, je me rendis compte qu'il me souriait.

— Quoi ?

— C'est juste que c'est drôle. Toi avec une marque alors que tu avais toujours juré que tu ne l'accepterais jamais et que tu n'en avais même pas envie.

Je lui fis un geste de la main avant de me retourner et de fermer les yeux.

J'ai dû m'assoupir, parce que, lorsqu'on frappa à la porte d'entrée, cela me surprit. Je n'avais même pas à demander qui c'était. Son odeur était imprimée dans mon cerveau, même en un laps de temps aussi court.

— Jin !

Je bâillai alors que Crane allait ouvrir la porte.

— Ouvre cette putain de porte !

Je fus surpris que son hurlement ne brise pas simplement la porte en deux.

— J'arrive, cria Crane avant de l'ouvrir.

Il devint muet lorsqu'il fut soudainement confronté à Logan. Sa grimace était glaciale.

— Désolé.

Logan se tint là, en silence, les mains enfoncées dans les poches de son manteau. Il portait un épais chandail et un jean. Il s'était douché et changé, mais cela avait été fait rapidement, ayant manifestement enfilé les premiers vêtements qui lui étaient tombés sous la main. Il avait été pressé de me rejoindre. Ses cheveux étaient encore humides. Debout derrière lui, toujours menaçant, se tenait Yuri.

— Quoi ?

Ses yeux s'obscurcirent, prenant une teinte d'or bruni et ses sourcils se froncèrent alors qu'il entrait dans l'appartement.

— Quoi ? C'est tout ce que tu as à me dire ?

— Nous allions rentrer tout de suite. Nous sommes juste venus chercher nos affaires.

Aussitôt, son visage changea d'expression, comme s'il était surpris.

— C'est exactement ce que j'ai dit, s'exclama Yuri en levant les yeux au ciel, passant de Logan à Crane. Ramasse tes affaires, gamin, nous rentrons. Madame Church t'a déjà fait préparer une chambre.

Il sourit à Yuri, mit son sac sur l'épaule et me dit qu'il me reverrait à la maison. Il expliqua à Yuri, alors qu'ils partaient, combien il avait toujours détesté ce petit appartement minable. Quand Logan retourna ses yeux sur moi, son air renfrogné réapparut.

— Tu pensais quoi ? Que je m'étais enfui avec Crane ?

— Son odeur était sur notre lit.

Sa voix était basse et menaçante.

— Notre lit ?

— Oui, notre lit, gronda-t-il et je pouvais voir qu'il était en colère car il persistait dans son ton, la crispation de ses larges épaules et dans la violence contenue dans son regard.

Je hochai la tête.

— Et alors ?

— Tu as retiré ma chemise.

— Parce que j'avais l'impression de porter une tente, dis-je en riant et en lui souriant, voyant ses yeux s'adoucir alors qu'il me regardait.

Plusieurs minutes s'écoulèrent avant qu'il parle.

— J'étais jaloux.

— Tu n'as pas à être jaloux de Crane. C'est mon ami. Je le connais depuis toujours. Nous avons grandi ensemble.

— Il ne devrait jamais y avoir un autre parfum que le tien ou le mien dans notre lit.

— Très bien, acquiesçai-je, parce que c'était plus que raisonnable. Jusqu'à ce qu'il y ait des enfants.

Sa mâchoire se crispa, les muscles de sa gorge se tendirent et il hocha rapidement la tête.

— Oui.

— Tu veux des enfants un jour, n'est-ce pas ?

— Oui et toi ?

— Bien entendu, répondis-je.

Nous gardâmes le silence pendant plusieurs minutes avant qu'il reprenne la parole.

— C'est rapide pour toi, je le sais.

— Ouais, c'est vrai, mais je suis sûr que tu ressens la même chose.

— Je veux juste essayer de tout comprendre et nous pouvons le faire lentement, mais je ne peux pas t'autoriser à t'éloigner de moi alors que nous le faisons.

— Ça veut dire quoi ?

— Cela signifie que tu peux avoir tout le temps dont tu as besoin pour être à l'aise avec l'idée d'être mon compagnon, mais tu le feras tout en dormant dans mon lit.

Je me mis à rire.

— Quoi ?

— Cela n'a aucun sens.

— Tu es mon compagnon. Tu vis avec moi. Fin de l'histoire.

Il toussa. Maintenant où sont tes affaires ?

Je lui montrai mon sac à dos.

— C'est tout ?

— C'est tout.

Il hocha la tête avant de s'avancer et le ramasser, puis se retourna et se dirigea vers la porte d'entrée sans dire un mot de plus. J'avais enfilé un sweater et avais mis le sac contenant mon ordinateur portable sur mon épaule quand il revint quelques minutes plus tard. Je remarquai qu'il fronçait les sourcils.

— Quoi ?

— Comment as-tu pu ne pas voir toutes ces marques, là dehors ? Il y en a de partout !

Il semblait jaloux de nouveau et je souris malgré moi.

— Tu as tout pris, même ce qu'il y avait dans la salle de bain ?

— Ouais.

— Fais un dernier tour quand même.

Il ne pouvait pas s'empêcher d'aboyer des ordres. C'était dans son sang.

— D'accord.

Je lui souris avant de quitter la pièce. Lorsque je revins, il se tenait à la fenêtre qui donnait sur l'escalier de secours.

— Tu es prêt à y aller ?

Il n'y eut pas de réponse.

— Tu as changé d'avis ? Tu ne veux plus de moi, après tout ?

J'étais terrifié à l'idée qu'il soit revenu à ses sens. Rien que l'idée d'être sans lui me terrifiait et j'avais le cœur blessé.

Lorsqu'il se retourna, je vis à quel point il avait l'air furieux.

— Quel est le problème ? demandai-je, traversant la pièce pour le rejoindre.

Dans sa main, je vis le tee-shirt que je portais la nuit où Ben m'avait attaqué. Il était couvert de tâches de sang.

— Où as-tu trouvé ça ?

— Là, derrière l'armoire. C'est quoi, ça ?

Il me semblait l'avoir jeté à la poubelle, mais apparemment, ce n'était pas le cas.

— Ce n'est rien, dis-je en le prenant et en le jetant à la poubelle. L'ex petit ami d'une fille avec laquelle sortait Crane a fait irruption et m'a attaqué, mais il est loin maintenant.

Après un moment, il hocha la tête, se calma et me tendit ses bras. J'allai vers lui et il me tint serré, le visage enfoui dans mes cheveux.

— Ne t'inquiète pas à propos de choses qui se sont passées avant que tu sois là.

Il laissa échapper un profond soupir.

— Tu sais, j'ai toujours été le seul à ne jamais me battre. Je suis connu pour cela. Je fais des compromis et des concessions. Je ne veux jamais mettre qui que ce soit en danger.

— C'est une bonne façon d'être.

— Non, cela ne l'est pas, et maintenant, entre les marques de Domin sur ta porte et ce putain de tee-shirt, j'ai l'ai compris. Telles que les choses sont maintenant, ce n'est pas sûr. Tu n'es pas en sécurité, ma famille n'est pas en sécurité, ma tribu… parce que je ne suis pas effrayant, tout le monde est en danger.

— Le respect est mieux que la peur.

— Je suis d'accord, mais sans conséquences, le respect ne veut rien dire.

— Je ne comprends pas, soufflai-je, m'éloignant de ses bras pour lever les yeux vers son visage.

— Cet homme qui t'a attaqué, pourquoi l'a-t-il fait ?

— Parce qu'il pensait que j'étais Crane.

— Oui, mais aussi, il pensait qu'il pouvait attaquer Crane, qu'il était faible, c'est pourquoi il est venu après lui.

— Pas nécessairement. Il était tout simplement aveuglé par…

— Il pensait que Crane était faible. Les gens qui ont l'air faibles sont attaqués. Domin pense que je suis faible parce que je veux la paix. Lorsqu'il attaque ceux de mon peuple, je ne vais pas après lui avec ma tribu, à la place, je le défi à un combat dans la fosse, ce qu'il n'accepte jamais.

— Parce qu'il sait qu'il va se faire botter le cul.

— Mais en attendant, ma tribu craint la sienne.

— Ouais, mais tu ne devrais pas simplement lui proposer un combat à un contre un.

— Je devrais aller le voir, parce que maintenant, je suis comme le reste des membres de ma tribu. J'ai quelque chose à perdre.

Je lui souris.

— Tu ne vas pas me perdre.

— Non, dit-il et sa voix était si inquiète que je fus surpris. Viens avec moi.

Je sortis de l'appartement et descendis l'escalier avant de sortir dans la ruelle.

— Comment se fait-il que tu n'aies pas plus d'affaires ?

— J'ai des affaires, dis-je en le taquinant. Ce que tu as descendu, ce sont mes affaires. Lorsque je suis arrivé ici, il y a six mois, tout ce que j'avais, pouvait tenir dans un petit sac à dos, du type qu'on utilise pour aller à l'école.

Il ne semblait pas content.

J'étais inquiet que l'on m'ait volé la jolie petite Lexus de Delphine lorsque je ne la vis pas, mais Logan me dit que Yuri l'avait prise pour renter à la maison.

— Mais j'ai les clefs.

Il haussa un sourcil.

— J'aurais pu la ramener, murmurai-je.

De toute évidence, il avait plusieurs jeux de clefs des voitures qui étaient garées dans son garage.

— Non, dit-il en me conduisant à limousine garée au bout de l'allée.

Lorsqu'il m'ouvrit la porte, je montai à l'intérieur, passant devant lui.

— Voulez-vous que je prenne le chemin le plus rapide ou le plus long ? demanda le conducteur du siège avant, veillant à établir un contact visuel avec moi et en me souriant.

— Prends le chemin le plus long pour que Jin puisse voir nos terres.

— Très bien, répondit-il avant de faire remonter la glace de séparation entre l'avant et l'arrière.

— Nos terres ?

Logan se retourna vers moi.

— Tout ce qui est à moi est à toi, aussi bien la maison, les terres, l'entreprise, les voitures… tout.

— Comment peux-tu me faire confiance aussi vite ? Que feras-tu si je suis quelqu'un de mauvais ?

Son sourire était large. Je l'amusais, c'était évident.

— Tu es mon compagnon. Tu ressens exactement les mêmes choses que moi. Tu es la seule personne au monde dont je ne douterai jamais parce que tu es fait pour moi et je sais que je peux te faire confiance avec tout ce que j'ai et avec mon cœur.

Je me retournai pour regarder par la fenêtre, afin qu'il ne puisse pas voir à quel point ses paroles m'avaient atteint. C'était trop d'honnêteté d'un seul coup.

— Pourquoi es-tu parti sans me prévenir ?

Sa voix, après un long moment de silence, me fit sursauter.

Je me raclai la gorge avant de me retourner vers lui.

— Je n'ai pas à te demander l'autorisation.

— Je pense que si.

— Hors de question, je ne le veux pas, répondis-je sèchement. Je vais aller et venir comme je l'entends. Je ne veux pas rester à la maison. J'ai un travail. Si tu es à la recherche d'un partenaire traditionnel, tu devrais peut-être repenser au fait de vouloir vivre avec moi.

Nous nous regardâmes, l'un l'autre pendant plusieurs minutes avant qu'il se fende d'un sourire.

— Pourquoi souris-tu ?

— Parce que tu es transparent, dit-il en riant, les yeux brillants.

— Quoi ?

— Tu cherches n'importe quel prétexte pour t'enfuir, dit-il en se penchant pour m'embrasser le cou avant de glisser de son siège pour se mettre à genoux devant moi, posant ses mains sur mes cuisses, me tirant vers lui. J'ai l'intention de te donner autant de liberté que tu en as besoin.

Je le regardai alors qu'il tendait la main pour retirer l'élastique qui retenait mes cheveux, les laissant retomber par-dessus mon épaule.

— C'est bien mieux. Ils ne devraient jamais être attachés.

— C'est pénible, lui assurai-je, même si je sentais ses doigts passer dedans.

Mes cheveux étaient plus longs qu'ils ne l'avaient jamais été, tombant sur mes épaules, mais pas beaucoup plus loin.

— J'allais les faire couper ce week-end quand j'ai eu…

— Non, dit-il doucement. Je te le défends.

— Tu le défends, le taquinai-je en riant. Tu penses que tu peux me dire ce que je dois faire avec mes propres cheveux, Monsieur Church ? Que viens-tu de dire à propos de la liberté ?

— Je sais ce que j'ai dit.

Il hocha la tête, enveloppant sa main dans mes cheveux puis les regardant glisser à travers ses doigts.

— Je reprends ce que j'ai dit. Tes cheveux sont à moi, tu es à moi et je vais te dire ce que tu peux ou ne peux pas faire à partir de maintenant.

— C'est vrai ? demandai-je en relevant un sourcil.

Son sourire était énorme, faisant briller ses yeux.

— S'il te plaît, je t'en prie, ne coupe jamais ces magnifiques et beaux cheveux noirs dans lesquels je veux enfouir mon visage pendant que je dors à tes côtés.

Bien sûr, demandé comme ça…

— D'accord, murmurai-je.

Ses yeux me parcoururent de haut en bas.

— Seigneur… mon compagnon, soupira-t-il, avec un peu de crainte dans la voix. Parle-moi de ta famille, de l'endroit où tu es né.

Il était si impatient de me faire parler de moi.

— Puis-je te poser une question à la place ?

— Non, dit-il, retirant son manteau, puis son chandail, révélant une peau lisse et dorée, des épaules larges, des abdominaux et un torse musclés qui auraient mérités d'être mis sous verre quelque part dans un musée.

J'essayai de m'assurer que je respirais toujours.

— Je veux mes réponses en premier, dit-il.

— Je suis de Chicago.

— Est-ce que ta famille vit toujours là-bas ? demanda-t-il, ses yeux rivés aux miens. Je peux les trouver là-bas ?

— Oui.

— D'accord, dit-il, posant ses grandes mains sur ma ceinture.

Je le regardai défaire ma boucle, puis défaire le bouton de ma braguette avant de faire descendre la fermeture éclair.

— Maintenant, je peux poser ma question ?

J'étais très fier que ma voix soit restée stable.

— Quoi ? demanda-t-il en ouvrant les pans de mon jean et en passant sa main sous la ceinture de mon caleçon.

— Était-ce sans risque, ce que nous avons fait plus tôt ?

Il me sourit.

— J'ai un morceau de papier à la maison qui te prouvera que je n'ai rien, que je suis sain. Je te le montrerai lorsque nous serons de retour.

Je me sentis mal d'avoir douté.

— C'est bien que tu me l'aies demandé à nouveau, dit-il, le dos de ses doigts se déplaçant de haut en bas sur ma gorge. Je n'aurais pas dû précipiter les choses. J'aurais dû y aller plus lentement, de sorte que tu puisses comprendre tout ce que cela sous-entendait et que ce n'était pas seulement une baise rapide que je pourrais oublier.

Mon cœur et mon âme voulaient sortir de mon corps pour vivre dans le sien. Je sentis un besoin urgent tel que je n'avais jamais éprouvé de ma vie : l'envie de me rendre et de m'abandonner totalement à quelqu'un.

— Je suis celui qui a tout précipité, lui rappelai-je.

— Ouais, mais je voulais que tout soit parfait pour toi et ce que j'ai fait était…

— Fabuleux, le coupai-je. Tu étais incroyable. Ne te sous-estime pas.

— Je pourrais être étonnant encore, dit-il avec espoir.

Mon estomac se retourna et mon sexe durcit dans sa main.

— J'ai vraiment besoin d'être de nouveau en toi.

Juste là, comme ça, mon corps se retrouva enflammé.

— Mets la main dans le tiroir de côté, là.

Je me penchai vers la gauche et ouvris le petit tiroir intégré au siège. La seule chose qu'il y avait était une bouteille de lubrifiant.

— Je vois que tu es prêt à tout.

— Regarde-la bien. Elle a été mise là pour toi.

Le goulot était encore scellé.

— Alors quoi ? Tu t'es arrêté en cours de route alors que tu venais à mon appartement pour acheter du lubrifiant ? Est-ce pourquoi tu as pris la limousine ? Pour que tu puisses me baiser à nouveau ?

— Oui, dit-il honnêtement, écartant mes cuisses.

Je ne pouvais que sourire. Il savait ce qu'il voulait.

— Tu me coupes le souffle, avoua-t-il, sa voix rauque devenant murmure.

Mes yeux se rivèrent sur les siens alors qu'il caressait doucement mon membre.

— Je n'avais aucune idée que je pourrais me sentir comme ça, dit-il en souriant tout à coup. C'est extraordinaire.

J'écoutais à peine, trop consumé dans les sensations de mon sexe dans sa main et les frissons électriques qui parcouraient mon corps.

— Que vois-tu lorsque tu te regardes dans un miroir ? Je ne connais pas de femme qui soit plus belle que toi.

Je l'entendais, mais plus que tout, je ressentais. Sa main glissait facilement avec les gouttes qui perlaient de ma verge, l'humidifiant, et lorsque sa langue lécha mon gland, je gémis bruyamment.

— Regarde ce que je peux te faire.

Je tremblai lorsqu'il me prit dans sa bouche, poussant mon membre dans sa gorge comme il me faisait glisser vers l'avant, si bien que je me retrouvai à moitié allongé sur le siège. C'était si bon, sa bouche était si chaude, si humide, sa langue tourbillonnant sur ma peau sensible comme il me suçait avec application. Ma tête retomba contre le siège, mes yeux se fermèrent alors que je me noyais dans les sensations. Il savait ce que je voulais, ce dont j'avais besoin : être dominé sans me sentir impuissant.

— Jin... souffla-t-il et j'entendis le bruissement du plastique, puis le claquement du bouchon de la bouteille.

Deux doigts lubrifiés glissèrent au fond de moi, passant l'anneau serré de mes muscles, et la pression – combinée à l'aspiration de mon sexe – m'envoya sur orbite. C'était l'extase et je jouis dans sa bouche comme il le voulait, frissonnant lors de ma libération.

Il avala tout, déglutissant difficilement tandis qu'il ajoutait un autre doigt aux deux déjà présent dans mon orifice, les enfonçant profondément alors que je me tordais contre lui.

— Regarde.

Je ne pouvais pas ouvrir les yeux.

— Regarde.

Sa voix contenait un ordre précis.

Je relevai lentement les paupières et me rendis compte qu'il avait sa main sur mon poignet. Mais ma main n'était pas vraiment la mienne car il y avait des griffes longues et sombres là où auraient dû se trouver mes ongles. Mes yeux fixèrent les siens mais s'arrêtèrent sur son cou où se trouvaient des traces de griffures. Il saignait.

— Oh, mon Dieu, je suis tellement désolé, haletai-je en me débattant sous lui pour essayer de me libérer.

Mais je fus soudain empalé sur ses doigts et mon dos se cambra alors que je faillis avaler ma langue. Tout ce qu'il me faisait était si bon, je me sentais si bien, c'était incroyable.

— Il n'y a qu'avec moi, ton compagnon, que tu peux te laisser aller, dit-il doucement avec un sourire malicieux et je sentis une morsure à l'intérieur de ma cuisse. Et pour moi, te voir comme ça, crocs sortis, tes lèvres gonflées et tes yeux de panthère… d'un noir de jais… de savoir que c'est moi qui t'ai fait ça, mon compagnon… Je brûle d'autant plus pour toi.

Je sentis ses lèvres sur ma peau, au-dessus de mon sexe puis le regardai alors qu'il léchait et suçait un chemin jusqu'à mon ventre, puis ma poitrine et enfin ma gorge. Ses doigts se déplaçaient plus profondément en moi et je me levai du siège pour pousser ma peau contre sa bouche brûlante. Je vis ses crocs pendant une seconde, juste avant qu'il les plante en moi. La douleur était atroce, mais mon attention alla immédiatement à ses doigts qui se retiraient. Il posa ses deux mains sur mes hanches et me releva, me faisant passer du cuir frais à ses genoux.

Son long membre épais glissa facilement entre mes fesses, chercha mon entrée et poussa à l'intérieur. J'haletai parce qu'il était si gros, si dur, m'étirant instantanément, douloureusement ; j'étais si serré.

— Je t'ai fait mal ?

— Oui… et non.

La douleur s'estompait déjà et je changeai de position contre lui, m'empalant plus profondément, sachant que la douleur serait sans conséquence une fois remplacée par le plaisir.

— J'essaie d'être doux.

— La douceur n'est pas ce dont j'ai besoin, gémis-je, essayant de l'amener à bouger.

À vingt-quatre ans, ma libido ne connaissait pas de limites et rien que sa peau touchant la mienne me rendait fou. J'étais prêt à tomber raide mort avant de prendre une douche, mais de voir cet homme, sa bouche sur moi, m'avait réveillé.

Son grognement fut instantané quand il saisit mes cuisses, faisant glisser son membre gonflé plus profondément en moi alors que ses doigts s'occupaient du mien qui durcissait à nouveau.

Je me soulevai, sentant le glissement du lubrifiant et chaque centimètre de pression qui s'allégeait avant que sa respiration faiblisse et se coupe tandis que je m'abaissai lentement sur lui, le retenant par le resserrement de mes muscles.

— J'ai besoin d'être au plus profond de toi.

— S'il te plaît, réussis-je à haleter.

À la seconde où il frappa contre la vitre qui nous séparait du conducteur, la voiture ralentit puis s'arrêta. Il se désengagea de moi, ouvrit la porte à toute volée, m'arracha de la voiture, me forçant à le suivre. Il faisait nuit noire à l'extérieur et il n'y avait personne sur la route à part nous. Les phares de la voiture illuminaient les arbres sur le côté opposé de la route.

Il me jeta contre le côté de la voiture. J'haletai lorsque mon estomac et ma poitrine frappèrent l'acier froid, mes mains à plat sur la vitre, mon visage tourné pour essayer de le voir dans l'obscurité qui le dissimulait.

— Ne me regarde pas, gronda-t-il et sa voix était profonde, si basse, presque gutturale.

Je retournai mon visage vers l'obscurité alors que ses cuisses touchaient les miennes, ses mains saisissaient mon cul, écartant mes fesses, le bout de son sexe se présentait contre mon entrée pendant une seconde avant qu'il s'enfonce en moi.

La douleur était phénoménale, puis il recula seulement pour revenir et claquer en moi à nouveau, cette fois plus profondément, plus violemment.

Je criai et il pompa plus vite en moi, la douleur devenant plaisir à chaque poussée. Comme mes muscles se détendaient et qu'une douce chaleur montait petit à petit en moi, je criai son nom. Son bras passa devant moi et sa main, plus animale qu'humaine, se colla à la fenêtre, ses griffes cliquetant sur le verre, glissant dessus sans trouver pas de prise. Il voulait changer de position, voulait que je sois sous un angle différent, plus bas, afin qu'il puisse être enfoncé en moi comme il le voulait. Soudain, son autre main saisit ma gorge et je sentis de longs couteaux effilés mordre ma chair. Il essayait d'être doux ; je le sentais se retenir, son corps trembler alors qu'il se battait pour garder le contrôle.

— Laisse-moi bouger, murmurai-je en posant ma tête sur son épaule, alors que sa main encore fraîche à cause du froid de la vitre, s'enroulait autour de ma verge.

C'était quelque chose de si primitif et d'effrayant à voir lorsque ses griffes acérées glissèrent sur mon membre. Il pouvait me mutiler, me tuer, mais il voulait seulement me baiser.

— Logan, laisse-moi bouger !

Mais il était perdu, son corps plongeant dans le mien, gémissant et grognant, frustré ne de pas pouvoir être plus profondément en moi, mais refusant de sortir et de s'arrêter, refusant de quitter la chaleur de mon corps. Je me jetai sur le côté, essayant de revenir vers la portière, mais il m'arrêta, me claquant de nouveau contre la voiture.

— Il te suffit de rester à l'intérieur de moi, dis-je pour l'apaiser, entendant ses gémissements dans mon oreille et sachant que son besoin de jouir était désespéré. Suis-moi, bouge avec moi.

Je m'approchai de la lumière et il resta en moi, même lorsque je tombai dans la voiture, dans la chaleur, mes mains m'empêchant de m'écrouler sur le cuir, me relevant à la force de mes bras et je me penchai. Ses mains griffues s'enfoncèrent dans mes hanches comme il se poussait si fort vers l'avant que mes pieds ne touchèrent plus terre.

— Oh, mon Dieu ! criai-je, le sentant si profondément en moi que j'en étais étourdi.

— Jin, grogna-t-il, et je sentis ses griffes couper ma peau alors qu'il me martelait, prenant un rythme si rapide, que je n'étais pas assez fort pour le contrer.

Mes bras lâchèrent, mais il m'empêcha de m'effondrer en passant une main autour de ma taille, l'autre se posant sur le siège, supportant tout son poids et le mien. Ses muscles se tendirent puis, une seconde plus tard, je vis que sa peau était recouverte d'une fourrure dorée. Son visage se blottit dans mes cheveux et je sentis son souffle chaud avant qu'un poignard ne s'enfonce dans mon épaule. Un liquide chaud coulait sur ma poitrine et je me rendis immédiatement compte que c'était du sang. Ma verge était si dure et gonflée dans sa main, puis il frappa une dernière fois ma prostate et mon orgasme rugit à travers moi. Je criai lorsque mon sperme éclaboussa sa main et que je me laissai glisser sur le siège. . Je me ramollis entre ses bras comme il poussait mon visage vers le bas, les fesses en l'air, mes genoux sous moi. Son long membre glissait à l'intérieur et hors de moi, encore et encore et je savais que j'étais sur le point de m'évanouir. Je n'avais jamais été baisé si fort, si longtemps et le fait était qu'il voulait s'enfoncer davantage encore.

— Stop, dis-je doucement, d'une voix à peine audible.

J'avais le sentiment que je devais agir rapidement. Ce qu'il pensait vouloir et ce dont il avait besoin étaient deux choses différentes. Il pensait qu'il devait me déchirer, mais je savais que tel n'était pas le cas. Il avait besoin que je le lui montre.

— Non, gronda-t-il, paraissant plus bête qu'humain.

— Si… arrête.

Son contrôle, même parti comme il l'était, fut noyé dans une frénésie de besoin et était absolu. Mais je lui avais dit de s'arrêter alors il se figea et je glissai hors de son membre et me recroquevillai sur le sol.

Je roulai sur mon dos et relevai les yeux vers lui, regardant l'homme à moitié humain qui me dominait maintenant. Il était recouvert d'une fourrure dorée, arborant toujours le même visage, mais plus grand, plus large, ce qui permettait à ses énormes crocs acérés et puissants d'être sortis. Ses épaules étaient plus larges et son cou s'était épaissi par des muscles, mais il était quand même Logan. Il était juste plus grand, plus fort et beaucoup plus musclé et encore plus puissant. Son sexe était toujours le même, toujours humain, encore long, épais, circoncis et magnifique. Il était étonnant de voir sa transformation et j'aurais pu passer des heures à le regarder mais ses yeux étaient pleins de douleur, de colère et de besoin.

— Viens ici.

Il secoua la tête.

Nous étions au-delà de la parole à cet instant. Je tendis les bras pour l'accueillir.

— J'ai envie de toi, lui dis-je, le regardant dans ses yeux, maintenant complètement changés, devenus complètement dorés. Viens ici.

Il fondit sur moi si vite que je tremblai dans ses bras comme il léchait un chemin de ma gorge à ma mâchoire et finalement mes lèvres. Il aspira mon souffle haletant et gentiment, mordit ma lèvre inférieure avant que sa langue pénètre ma bouche, glissant en profondeur, comme il s'allongeait sur moi, m'épinglant au sol. Ses bras s'enroulèrent autour de mon dos alors qu'il continuait à réclamer ma bouche. Jamais, je n'avais été aussi désiré, aussi nécessaire, aussi voulu, aussi sollicité. Et même plus, j'étais en sécurité. Cet homme ne me ferait jamais de mal et j'étais certain de ça pour des raisons que je ne comprenais pas vraiment mais que j'acceptais néanmoins.

Sa langue s'emmêla à la mienne, alors qu'il soulevait mes jambes pour les poser sur ses épaules et qu'il s'avançait sur ses genoux, guidant son membre vers mon entrée.

— Baise-moi, soupirai-je alors qu'il se glissait en moi.

Nous nous figeâmes tous deux en un clin d'œil, le temps qu'il reprenne ses marques, avant de pousser à nouveau aussi loin où il pouvait aller, ses puissantes poussées en avant et ses hanches trouvèrent juste le bon angle pour remplir mon monde de battements, d'une dévorante béatitude.

Je criai son nom, exigeant qu'il ne s'arrête pas… jamais. Je tendis la main pour tenir le visage de l'animal qu'il était, vis ses paupières lourdes, ses yeux emplis de désir et de luxure, entendis son grognement satisfait alors qu'il plongeait profondément en moi.

Je voulais lui faire promettre de ne jamais me laisser partir, mais je ravalai mes mots. Ma langue était gonflée dans ma bouche, mon corps lourd et enflammé alors que ses griffes s'enfonçaient de nouveau dans mes hanches, me tirant au niveau de son aine, son membre enterré si profondément dans mon corps. Ses dents furent sur ma clavicule, me mordant, me léchant, me suçant alors qu'il me marquait. J'allais être couvert de bleus dans la matinée.

— Jin, dit-il lentement, tournant sa tête pour me regarder, sa voix rauque et profonde, si sexy et tellement lui.

Je ne pouvais que le regarder, l'homme étant revenu totalement à sa forme humaine.

— Comment le savais-tu ?

— Quoi ?

Sa lèvre se releva dans un sourire sensuel et paresseux alors que ses doigts s'enfonçaient dans mes cuisses, l'animal n'ayant pas complètement disparu.

— Que j'avais besoin que tu m'acceptes à la fois en tant qu'homme et en tant que bête ?

— C'est juste que… Je te connais.

Il hocha la tête.

— Je ne me suis jamais transformé de cette façon pour n'importe qui d'autre, seulement avec toi. Il n'y a que toi pour faire voler en éclat mon contrôle et il n'y a que toi pour me permettre de le retrouver. Tu es ma force maintenant et c'est le fardeau que tu auras à porter pour le reste de ta vie. Tu es responsable de moi, pour moi. Comprends-tu ?

Ma voix avait disparu. Je n'essayai même pas de parler.

— Ne me quitte jamais… jamais.

Mes yeux dérivèrent. Je ne pouvais soutenir son regard. Il était tellement plus fort que moi, de l'intérieur comme de l'extérieur.

Il poussa profondément de moi et mon dos se cambra. J'avais oublié pendant un moment qu'il était toujours enfoui en moi, mais il me le rappela, durement.

— À moi, pour toujours.

J'absorbai ses mots, la gravité de ce qu'il disait, la menace aussi bien que la promesse.

— Seigneur ! Vas-tu me regarder ? Ne détourne pas ton regard.

Lorsque je relevai les yeux vers lui, il se pencha et écrasa sa bouche sur la mienne, sa langue glissant entre mes lèvres, m'embrassant profondément, me montrant à qui j'appartenais. Personne ne m'avait jamais voulu comme lui, le désirait.

— À moi, grogna-t-il dans mes cheveux, frottant son visage contre eux.

J'avais tellement à dire au fond de moi, mais la sensation de lui me remplissant en même temps qu'il me fixait du regard, sans jamais se détourner, me scrutant, inébranlable, c'en était trop. Je criai d'une voix rauque. Mon nom sortit comme un rugissement alors qu'il trouvait sa propre apogée bouleversante. Il prit soin, cependant, de ne pas m'écraser lorsqu'il s'effondra.

Nous repartîmes en silence, tous les deux rhabillés, moi étendu sur ses genoux alors que la voiture gravissait la route de montagne, vers sa maison. J'étais horrifié à l'idée que le chauffeur savait que nous avions eu des relations sexuelles à l'arrière de la voiture, mais Logan proclama que c'était naturel et qu'un *Semel* ne s'excusait jamais d'avoir réclamé son compagnon où et quand il le voulait.

Avant que je puisse lui faire connaître le fond de ma pensée, il m'avait posé sur ses genoux et m'avait enveloppé dans ses bras.

— Regarde dehors.

Je tournai la tête vers la gauche, et la fenêtre fut abaissée.

Une bouffée d'air froid souffla sur mon visage, mais ce fut la vue qui me coupa le souffle. Il y avait un petit lac encadré de pins géants sur la rive opposée et le reflet des rayons de la lune faisait comme si des millions de minuscules petits diamants brillaient sur la surface gelée, faisant un clin d'œil au ciel. Sur ma droite, il y avait un mur de glace pur qui était renforcé par le vent. Il brillait comme du verre gelé et semblait saupoudré d'une poussière irisée. La scène semblait sortir tout droit d'une carte postale et lorsque nous fîmes un arrêt, il n'y avait que l'air calme de la nuit et un silence infini. Je ne voulais pas parler, de peur de faire voler en éclat le monde, juste avec le son de ma voix. C'était un moment parfait.

La fenêtre de droite fut descendue, mais il n'y avait aucune possibilité que j'aie froid, pas avec Logan qui partageait sa chaleur, son grand corps dur et bouillant comme un radiateur.

— Du plus loin que tu puisses voir, tout est à moi. Pas à ma famille, à moi. Ils vivent tous à Reno, à l'exception de Koren et de Delphine, mais moi, je vis ici, sur la terre où nous chassons. J'ai la verrerie et à côté d'elle, il y a une salle d'exposition où…

— Pour montrer tes œuvres ? demandai-je en me retournant sur ses genoux pour que je puisse regarder son visage.

— Non, dit-il en riant. Je ne suis pas un artiste, mon amour, nous ne faisons que des verres. Nous ne faisons que des verres destinés à des bars, des chopes de bière et ce genre de trucs, mais maintenant, nous avons commencé à faire des verres fantaisie, comme des flûtes à champagne, des gobelets et…

— Des bijoux ?

— Quoi ?

— Des perles ?

— Je te demande pardon ? dit-il en riant, sa main revenant dans mes cheveux, faisant tournoyer une mèche autour de son doigt.

— Ne faites-vous pas des perles de verre pour des boucles d'oreilles et des colliers ou des anneaux en verre comme ils le font en Italie ? Faites-vous quelque chose comme cela ?

— Je… non.

Il me regardait d'un air absent.

— Quelque chose ne va pas ?

— Non, mais ce que tu viens de dire est brillant.

— Qu'est-ce que j'ai dit ?

— Faire des bijoux est vraiment une très bonne idée.

— Bien sûr ! Les femmes vont adorer les porter et elles sont bien le cœur de ta cible, non ?

Il plissa les yeux vers moi ?

— Laisse-moi deviner… Études de marketing à l'université ?

Je souris.

— Ouais. Ce dont tu as besoin c'est d'un site web.

Il hocha la tête.

— Je te laisse prendre soin de ça pour moi.

Je lui souris.

— Alors dis-moi tout sur toi à partir de maintenant.

Je secouai la tête.

— Non. Je refuse d'avoir notre première vraie conversation alors que je suis assis sur tes genoux. Si tu veux que je sois habillé, prenne un café dans ta cuisine et que je sois sérieux et tout, je veux bien. Mais, je ne mettrai pas mon âme à nu à l'arrière de ta voiture.

— D'accord, dit-il, ses mains glissant entre mes omoplates, puis le long de ma colonne vertébrale pour se poser sur la courbe de mes reins. Tu sens si bon.

— Tout comme toi, dis-je posant mes mains sur son torse sculpté, mes doigts se déplaçant sur la peau chaude et dorée, puis descendant sur le ventre plat et plus bas, à sa ceinture non fermée.

— Dis-moi quelque chose, dit-il et lorsque mes yeux se posèrent sur les siens, je réalisai que ses paupières étaient lourdes et qu'ils étaient à moitié fermés. Cela fait-il mal... avant... T'ai-je blessé ?

— Non, lui assurai-je, posant ma main sur son cœur. Je le jure.

Il hocha la tête, repoussant une mèche de cheveux de mes yeux.

— Je suis totalement fou de ton visage.

— Eh bien, j'aime assez le tien aussi.

Il eut un profond soupir avant que je voie une ombre traverser ses beaux traits ciselés.

— Parle-moi du gars qui t'a attaqué.

Je reculai, les yeux fixés sur les siens.

— Cela concernait Crane, pas moi. Je n'y ai été confronté que parce que le gars venait pour lui et m'a trouvé à sa place.

— Il n'était pas une panthère, n'est-ce pas ?

— Non.

— Alors, pourquoi y avait-il du sang ?

— Il m'a surpris pendant que je dormais. Dès que j'ai été réveillé, je m'en suis débarrassé.

Il hocha la tête.

— Mais je vais bien, tu peux le voir, non ?

Il m'attrapa soudain, m'enveloppant dans ses bras, me tenant serré, une main enfouie dans mes cheveux, l'autre sur mon dos, me serrant contre lui. Je sentis le frisson qui traversa son grand corps musclé.

— Tout va bien, dis-je avant d'embrasser la peau chaude de sa gorge. Et d'ailleurs… Je t'ai toi pour me protéger, maintenant.

— Oui, en effet, promit-il.

Je sentis des larmes perler à mes paupières.

— Tu as un cœur tendre, dit-il en m'embrassant profondément et lentement et c'était aussi sensuel et brûlant que lorsqu'il avait été rude et exigeant.

Je devais être très prudent ou je pourrais facilement tomber amoureux.

— J'ai une question pour toi, dis-je, alors que je me penchais en arrière, mes yeux dans les siens.

— Demande-moi tout ce que tu veux.

— Si je suis le premier gars avec qui tu sois allé, comment savais-tu quoi faire ?

Sa main se posa sur ma joue, la caressant.

— Je t'ai fait ce que j'aurais voulu que l'on me fasse.

— Avec ta bouche, clarifiai-je.

Son sourire était malicieux.

— Oui.

— Et le reste ?

— Je voulais être en toi, donc c'est ce que j'ai fait.

— Eh bien, je n'ai jamais connu d'homme hétéro aussi doué pour faire une pipe.

Il rit.

— Eh bien, je ne suis plus vraiment hétéro.

— Non, je suppose que non, soupirai-je, mon corps devenant plus lourd, mes yeux étant à peine capables de rester ouverts.

— Il n'y a pas à 'supposer', dit-il, me calant contre son torse et caressant mes cheveux. Mon compagnon est un homme, donc je ne peux être autrement que gay.

Il était incroyable, purement et simplement.

— Je vais te protéger maintenant… ainsi que ton ami énervant.

Il avait raison, Crane était énervant, mais qu'il l'ait inclus, sans poser de question, me rendit plus heureux que je ne pouvais l'exprimer.

— Repose-toi, bébé, je te tiens.

J'allais lui dire encore une fois que je n'étais pas son bébé, mais entre ses doigts qui massaient mon cuir chevelu, la chaleur de son corps et le rythme berçant de la route, je n'avais pas envie de discuter avec lui.

X

LOGAN ET moi restâmes éveillés jusqu'aux premières heures du dimanche matin, mais je finis par m'endormir dans ses bras. La dernière chose dont je me souvins, c'était de légers baisers le long de ma gorge. Lorsque je sortis du lit après dix heures, Logan avait disparu, alors après avoir pris une douche et m'être changé, je partis à sa recherche. En bas, dans la cuisine, je fus surpris par le nombre de personnes qui se tenaient là, parlant avec des assiettes remplies de nourriture entre leurs mains. Je réalisai que la maison était encore probablement remplie de personnes qui étaient venues pour la cérémonie d'accouplement prévue pour le lendemain et mon estomac se serra. Tout le monde s'attendait à ce qu'il prenne Simone comme compagne et j'étais là, comme un cheveu sur la soupe. Je serais retourné à l'étage si personne n'avait appelé mon nom. Lorsque je me retournai, Eva Church se trouva soudain à côté de moi.

— Bonjour, Jin.

J'essayai de sourire.

— Quel est le problème ?

Est-ce qu'elle plaisantait ?

— Mon cher ?

Je montrai les personnes présentes dans la cuisine.

— Tous ces gens sont ici pour voir Logan prendre Simone comme *yareah*, et je me sens juste…

Je m'interrompis tout à coup, voulant crier. Ne savaient-ils donc pas tous que cet homme m'appartenait ?

— Jin, dit Eva en riant, prenant ma main et la tenant serrée. Regardez-moi, mon beau.

Mes yeux se tournèrent vers son visage et je remarquai la façon dont elle me regardait, comme si elle était fière. Que se passait-il donc ?

136

— Jin, mon cher, personne ne s'attend plus à ce que Logan prenne Simone comme *yareah*. Il a fait une annonce. Tout le monde sait que vous êtes son véritable compagnon.

J'étais confus.

— Mais alors, que font tous ces gens ici s'ils ne sont pas venus pour la cérémonie d'accouplement ? Je ne comprends pas.

— Mon cher, tout le monde est ici pour vous voir.

— Moi ?

J'étais stupéfait.

— Oui. Je n'avais aucune idée… Je ne savais pas… Je veux dire, je savais que les *reahs* étaient spéciales et rares, mais je n'avais aucune idée qu'elles pouvaient être… Je n'ai pas été élevée pour comprendre que… Je ne savais pas que vous…

Elle s'interrompit, ses yeux s'adoucissant.

— Seigneur, Jin, je divague, mais je ne savais pas que le fait qu'un *Semel* puisse trouver sa *reah* était à ce point un miracle. Je ne savais pas qu'il y gagnait un titre spécial : qu'il devenait *Semel-Rê*, et c'est juste une des choses les plus enviées.

Je pris une profonde inspiration.

— Je n'en savais rien, ajouta-t-elle à nouveau.

Je lui souris lorsqu'elle me regarda à nouveau. Après quelques minutes, elle prit une grande inspiration.

— Eh bien, vous devez avoir faim, dit-elle en souriant, me serrant la main une dernière fois avant de me relâcher. J'ai cuisiné toute la matinée. Permettez-moi de vous préparer une assiette, d'accord ?

— Bien sûr, acquiesçai-je.

Je pris l'assiette qu'elle m'offrit qu'elle avait préparée, la remplissant de nourriture. Elle avait l'habitude de faire des portions pour l'énorme appétit de ses fils. Elle allait devoir apprendre la modération avec moi.

Je pris mon petit déjeuner et une grande tasse de café et traversai le trou que la foule avait fait pour moi, avant de me laisser tomber sur le canapé près de la cheminée. Avant que je puisse commencer à manger, j'entendis un raclement de gorge.

Je relevai les yeux et trouvai le père de Logan.

— Nous n'avons pas été présentés officiellement.

— Mais je sais qui vous êtes, dis-je, me relevant pour faire face à l'homme. Je vous offrirai bien ma main mais je sais que vous ne l'accepteriez pas.

Il secoua la tête.

— Je le voudrais, cependant. Je l'accepterais.

Étais-je en train de rêver ?

Il me tendit la main.

— Je suis Peter Church, le père de Logan et vous êtes sa *reah*.

— Je le suis.

Je hochai la tête, prenant la main de l'homme plus âgé et la serrai.

— C'est un plaisir, Monsieur.

— Oh, Jin.

Il sourit chaleureusement.

— Le plaisir est pour moi. Je ne peux même pas vous dire à quel point.

Ah bon ? Et depuis quand ?

— Puis-je vous parler, s'il vous plaît ? demanda-t-il, lâchant enfin ma main.

Je lui indiquai la causeuse en face de moi avant que je me laisse tomber en arrière.

— Jin, dit-il une fois assis, avant de se pencher en avant, les mains jointes. Vous devez me pardonner. Vous voyez, je n'ai jamais trouvé ma *reah*, et donc, même si je savais qu'elles existaient, je n'en avais jamais vu une moi-même. Je pensais vraiment qu'une *reah* était la même chose qu'une *yareah*. Je n'avais pas idée que c'était complètement différent. Je veux dire, comment cela pourrait-il l'être ? Prendre une compagne ou en trouver une, où est le problème ?

— Mais ceux-là, dis-je en montrant la foule de la salle, tous ces gens vous ont fait changés d'avis ?

— Oui.

— Alors, vous m'acceptez à cause de ça, dis-je, essayant de retenir la froideur contenue dans ma voix.

— Non, pas seulement à cause de ça, dit-il doucement. Je sais maintenant que votre présence est une bénédiction. Je n'ai pas compris ça hier.

Dans ses yeux, je ne vis que de la sincérité. La différence avec la veille était aussi énorme qu'entre la nuit et le jour.

— Pouvez-vous me pardonner mon aveuglement ?

— Oui.

Je hochai la tête avant de commencer à manger. Si je réussissais à avoir suffisamment de nourriture dans ma bouche, peut-être ne remarquerait-il pas que j'étais au bord des larmes. Je n'avais jamais été aussi émotif, mais depuis que Logan était entré dans ma vie, j'étais beaucoup plus sensible.

— J'avais peur que Logan perde notre tribu, mais ce matin, les gens ont commencé à se montrer.

J'essayai d'agir comme si je l'écoutais, mais il ne pouvait pas savoir que ses paroles n'avaient pas vraiment d'importance et que, seule la façon dont il me regardait, importait. Le père de mon compagnon était excité, il rayonnait de chaleur et d'acceptation. Je pouvais à peine tenir ma fourchette tellement mes mains tremblaient.

— Jin ? Est-ce que vous allez bien ?

Je hochai la tête, prenant une gorgée de mon café pour essayer de faire passer le morceau qui obstruait ma gorge.

— Tout cela doit être assez écrasant.

Il n'en avait aucune idée. Peu importe combien j'essayais de ne pas m'énerver, je pouvais sentir la rage monter en moi. Je blâmais Logan. En quelques jours, cet homme avait réussi à abattre tous les murs que j'avais mis des années à construire. J'étais si prêt d'avoir à nouveau une famille et j'avais peur de les laisser faire, peur de ne pas pouvoir le supporter.

— Vous avez été banni de votre ancienne tribu pour être une *reah* ou pour être gay ?

Je me raclai la gorge, mais ma voix était rauque et tendue lorsqu'elle sortit.

— Les deux.

— Je ne peux qu'imaginer. Vous deviez avoir quinze ou seize ans lorsque vous vous êtes métamorphosé pour la première fois, et là vous avez découvert que vous étiez une *reah*. Votre père a dû être terrifié.

Je secouai la tête.

— Il a été horrifié.

Il hocha la tête.

— Je suis tellement désolé.

Personne ne pouvait connaître l'étendue du désastre que cela avait été. En l'espace de quelques minutes, mon père était passé de la personne que j'admirais le plus au monde – mon professeur, mon ami, mon héros, mon protecteur – à l'homme qui avait essayé de me tuer, durant toute une après-midi alors que je n'avais que seize ans. Je m'étais déjà métamorphosé plusieurs fois sans rien dire à personne. Mes parents étaient tous les deux en attente du jour où je pourrais devenir une panthère, mais lorsque je l'avais finalement fait, et m'étais transformé dans un état intermédiaire, mi-homme, mi-bête, j'avais su que j'étais une *reah*. Cela avait une certaine logique, parce que même si j'aimais les filles, je n'avais jamais eu envie de leur faire l'amour. J'avais accepté le fait d'être une *reah* et lors de la chasse suivante, avant que nous n'ayons commencé, en face de mon père de mon *Semel* et de toute la tribu, j'avais annoncé que j'étais une *reah* et avait accepté avec joie d'être gay et j'étais passé à ma forme intermédiaire afin qu'il ne puisse y avoir aucune erreur.

J'avais anticipé la confusion, voire le choc, mais pas l'indignation ni la colère de mon père qui avait demandé que l'on me mette à mort. J'étais ignoble et dégoûtant. Ma mère m'avait traité d'abomination avant de s'enfuir, mon frère m'avait tourné le dos, prétendant que j'étais mort, refusant de me parler à nouveau et, alors que je les avais fixés des yeux et que des larmes coulaient sur mes joues, mon père m'avait attaqué par derrière, me prenant dans une prise d'étranglement et m'avait lancé au sol. Puis les coups avaient commencé. Je n'avais relevé la tête qu'une seule fois, pour regarder Crane, parce que je l'avais entendu crier. Il avait fallu trois hommes pour le maintenir. Je n'avais pas pu le regarder bien longtemps, puisque mon *Semel* avait été le premier à me donner un coup de pied en plein visage.

Il y avait certaines parties dont je me souvenais et d'autres que j'avais perdues. Il me fut ordonné de revenir à ma forme humaine, mais j'avais peur que sous cette forme, je puisse mourir, donc j'étais resté recroquevillé alors qu'ils me battaient presqu'à mort. J'avais sombré plusieurs fois dans l'inconscience et avais repris connaissance. Je m'étais réveillé une fois et, mon père que j'aimais, était en train de me couper les cheveux avec un couteau. Lorsqu'ils avaient vus que j'étais réveillé, ils m'avaient de nouveau frappé jusqu'à ce que je m'évanouisse. La deuxième fois que je m'étais réveillé, mon *sheseru*, le père de Crane, avait hurlé aux hommes réunis autour de moi. Il voulait m'enterrer vivant, avait-il rugi, avant que quiconque puisse me violer. Il leur avait dit que s'ils me violaient, ils ne vaudraient alors pas mieux que moi, une perversion. J'avais compris qu'il m'avait épargné cette horreur bien qu'il se soit occupé de me casser le bras à deux endroits avec une batte de baseball. Jamais de ma vie, je n'avais connu une telle douleur.

Je m'étais enfin réveillé sur le bas-côté d'une route, nu, ensanglanté, du gravier enfoncé sous ma peau, d'autres morceaux de peau manquaient puisque j'avais été traîné derrière une voiture, m'avoua plus tard Crane. Lorsque j'avais entendu des bruits de pas qui couraient, venant vers moi, j'avais pensé qu'ils allaient finir ce qu'ils avaient commencé, mais lorsque j'avais relevé les yeux, j'avais trouvé Crane. Il n'avait pas su où me toucher, mais il était venu me chercher, tâchant tous ses vêtements de mon sang et m'avait porté jusqu'à sa voiture. Il m'avait caché avec des amis qui n'avaient pas compris pourquoi je n'étais pas allé dans un hôpital mais, étant jeunes, ils ne lui avaient pas posé de questions. Crane était l'aîné de notre groupe, il avait dix-huit ans, le reste d'entre nous étions plus jeunes et c'était pourquoi on s'adressait à lui, sa popularité jouait en notre faveur donc tout le monde resta calme et accepta mes blessures comme étant normales. Nous connaissions beaucoup de gosses de riches avec des parents qui étaient toujours au loin. Il avait été facile de se cacher dans des cabines de piscine, des cabanes de jardin ou des abris divers. Il m'avait fallu un bon mois pour guérir de toutes mes blessures.

Crane et moi avions été exilés, considérés comme morts et nous n'aurions jamais pu revenir à la tribu, mais parce qu'elle aurait eu à répondre aux questions posées par les autorités extérieures, les services de la protection de l'enfance, notre principal, nos enseignants ou la police, un appartement avait été loué à notre nom au centre-ville, à proximité de notre école. Mais c'était tout ce qui avait été fait. Nous avions dû nous débrouiller pour payer le loyer, nous chauffer, nous nourrir, nous vêtir et aller au lycée puis à l'université. Cela avait été difficile pour nous, alors âgés de seize et dix-huit ans, de travailler à plein temps et d'aller à l'école, mais nous nous étions sentis capable de le faire. J'avais donc travaillé de nuit dans un magasin de photocopies et Crane avait accepté un emploi en tant que garde de la sécurité. Nous avons tous les deux obtenus nos diplômes grâce à des bourses en athlétisme : je pouvais nager comme un poisson et Crane était un incroyable joueur de ligne défensive. Nous sommes partis pour l'Arizona dès que nous l'avons pu. J'avais décidé de m'éloigner le plus loin possible de Chicago et de ne plus jamais me préoccuper de quoi que ce soit concernant le fait que nous étions des panthères. Mais maintenant, à cause de Logan Church, tout avait changé.

En quelques jours, Crane et moi étions passés de n'appartenir à nulle part à faire à nouveau partie d'une tribu. C'était trop beau pour être vrai et pour le moment, je m'autorisais à être heureux, j'étais terrifié que quelque chose d'horrible ne tourne vraiment mal. Je n'avais jamais baissé ma garde, je n'avais jamais fait confiance à une panthère après ce jour-là, lorsque j'avais seize ans et je n'avais jamais soufflé mot à quiconque sur le fait que j'étais une *reah*. Lorsque Crane ou moi entrions accidentellement en contact avec d'autres panthères, nous partions rapidement avant qu'ils sentent que quelque chose sortait de l'ordinaire. J'avais toujours fait attention, au point d'en être obsédé – Crane me l'avait souvent dit – jusqu'au jour où j'avais souri à Yuri Kosa. Cela avait été la première fois en huit ans que j'avais volontairement révélé ce que j'étais.

— Jin.

Je sortis de la brume de mes souvenirs pour regarder le visage du père de Logan.

— Je suis désolé que vous ayez entendu mes paroles dures à propos de vous lorsque je parlais à Logan. Si je pouvais les reprendre, je le ferais, mais je ne peux pas. Je vais seulement vous demander de bien vouloir m'accorder une deuxième chance.

Je hochai la tête, parce que j'avais peur de parler.

— Tout le monde fait des erreurs.

— Oui, soupirai-je.

— Et maintenant, regardez.

Je relevai les yeux, vis le plaisir alors qu'il montrait la foule amassée dans la pièce et Logan s'approcher vers moi en souriant largement. Je réalisai qu'il me suffisait de voir cet homme pour que mon cœur se mette à gonfler.

— Bonjour, dit-il en prenant un siège à côté de moi, se penchant pour embrasser mon front. Peux-tu croire ça ?

Je plissai les yeux vers lui, et il se retourna pour regarder son père.

— Tu n'as rien à lui dire ?

— J'y arrivais. Je voulais m'excuser d'abord.

— Non, vous n'avez pas à vous… lui dis-je.

— Si, il le doit, déclara catégoriquement Logan, sa voix devenant grave, presque un grognement. Tu as eu peur de rester avec moi à cause de ce que mon a dit. Il doit faire amende honorable.

— Jin.

Le père de Logan se leva puis s'agenouilla devant moi.

— Quand tout le monde a entendu dire que Logan avait trouvé son compagnon, ce qui signifie sa *reah*… Soudain, ils ont voulu rejoindre notre tribu. Vingt personnes étaient déjà là avant même que quiconque ne soit éveillé ce matin. Je me suis levé et les ai trouvées gelées sous le porche.

Il me sourit.

— Et depuis, de plus en plus de gens arrivent, chacun d'entre eux attendant simplement l'opportunité de vous voir, de vous rencontrer.

Il reprit son souffle et me regarda.

— J'avais oublié qu'un *Semel* qui avait pu trouver sa *reah* était considéré comme un *Semel-Rê* et que toute panthère pourrait choisir de le suivre.

Je me doutais que cela n'allait pas être aussi facile. Les choses n'étaient jamais faciles avec moi.

— Bébé, regarde-moi, ordonna Logan.

Je me retournai pour regarder dans les yeux couleur de miel de mon compagnon.

— Grâce à toi, notre tribu va devenir plus grande que celle de Christophe ou de Domin, même si elles s'unissent. Tout le monde veut être dans la tribu avec un *Semel* et une *reah*.

— Pourquoi ?

— Un *Semel* en mesure de trouver son compagnon est un homme béni et il en va de même pour sa tribu. Un *Semel* avec une *reah* est le genre d'homme que les gens veulent suivre.

Je hochai la tête.

— Alors maintenant, je n'ai qu'à rencontrer Domin dans la fosse et tout sera terminé.

Il me fallut une seconde.

— Qu'est-ce que tu dis ?

Il prit ma main, se penchant pour me regarder dans les yeux.

— Il a finalement accepté mon défi.

Même si j'avais peur pour lui, je savais que Logan pouvait le battre. À cet instant, j'étais prêt à le soutenir.

— Il y a une condition cependant.

Mon cœur s'arrêta.

— Quelle condition ?

— Il m'a demandé d'être accompagné des fils de quelque chose.

Il haussa les épaules.

— Ce n'est pas important. La seule chose qui compte, c'est qu'il ait accepté. Je vais le battre et alors tout sera parfait.

Je pouvais à peine respirer.

— Il m'a promis, devant témoins, que si je gagnais, il laisserait partir les personnes de sa tribu qui voudront se joindre à la mienne et il s'est engagé à ne jamais attaquer aucun membre de ma famille ou de ma tribu. Tout le monde sera en sécurité.

Il avait l'air si heureux, complètement ignorant de sa situation périlleuse, sa préoccupation, comme toujours, était de faire passer les autres avant lui-même.

— N'est-ce pas incroyable ?

J'absorbai ses mots et je savais qu'il était trop tard pour me préserver moi-même d'aimer l'homme. La pensée que je pouvais le perdre me faisait plus mal que tout ce que j'aurais jamais pu imaginer. Il était mon compagnon, mon autre moitié, la seule personne avec qui je pourrais partager le lien que je ressentais au fond de mon cœur. Et il venait juste de permettre de se faire tuer parce qu'il ne m'avait pas parlé avant qu'il passe son pacte avec le diable. Il n'avait aucune idée de l'avantage qu'il avait consenti à Domin Thorne.

— Logan, dis-je en hoquetant. Pourquoi ne m'as-tu pas parlé d'abord ?

— Jin, je…

— Tu aurais dû me consulter.

Mon cerveau bouillait, alors que j'essayais de me souvenir, aussi vite que je le pouvais, de tous les articles de loi que j'avais lus et de tout ce que mon père m'avait enseigné.

— Non, dit-il catégoriquement, les sourcils froncés. Je n'aurais pas dû. Je fais toujours les choses comme je le sens, pour ce qui est le meilleur intérêt pour la tribu et ces décisions ne te concernent pas.

— Tout dans cette tribu me concerne.

— Jin…

— Surtout quand cela te concerne personnellement.

— Bébé…

— Tu n'as aucune idée de ce que tu as fait, lui dis-je, sentant brusquement un vent glacé me traversé. Tu as changé mon destin tout aussi sûrement que tu viens de changer le tien.

Je vis instantanément de l'inquiétude dans ses yeux.

— Qu'est-ce que tu racontes ?

— Sais-tu ce que 'les quatre fils d'Horus' signifie ?

— C'est bien de ça qu'il a parlé, me répondit-il en souriant.

— Sais-tu ce que cela signifie ? lui demandai-je sèchement.

Son sourire vacilla, puis s'effaça comme il me regardait.

— Je ne sais même pas ce que… Non, je…

— Tu viens d'accepter de laisser Domin Thorne entrer dans la fosse avec quatre de ses lieutenants. Tu ne seras pas seulement confronté à Domin, mais probablement à son *sheseru*, son *sylvan* et deux de ses *khatyu*.

Logan absorba ce que je venais de lui dire.

— D'accord.

— D'accord ? m'écriai-je. C'est tout ce que tu as à dire ?

— Il ne va pas gagner.

— Il ne peut pas perdre, le corrigeai-je.

Logan m'attrapa la main et la tint serrée dans la sienne, son sourire se voulant rassurant.

— Bébé, je vais gagner, je le promets.

Mais il ne pouvait pas. Contre un, peut-être même deux, mon compagnon l'aurait emporté, mais à un contre cinq… Il serait en infériorité numérique, recevrait bien trop de coups de crocs, de griffes… Il y aurait bien trop de façons de l'acculer, de le clouer au sol, de le tromper. Il serait abattu.

— Et s'il gagne ?

— Il ne gagnera pas.

— Et s'il gagne ? répétai-je, en criant cette fois, me mettant debout, le fixant dans les yeux.

On aurait pu entendre une mouche voler dans la salle.

— Il ne va pas gagner ! rugit-il à son tour, se remettant debout en un mouvement fluide, près de moi. N'as-tu donc aucune foi ?

— J'ai la foi, répondis-je et j'entendis que ma voix tremblait. Quand c'est équitable.

— Jin.

Il prit une profonde inspiration, tendant la main vers moi.

— Allons parler…

— Selon la loi, s'il gagne, il peut t'arracher le cœur, dis-je en faisant un pas en arrière.

— Oui, mais…

— Il peut te maintenir à terre et utiliser ses griffes et le sortir de ta poitrine.

Les mots étaient plus pour moi que pour lui, les entendre à voix haute me permis de prendre conscience de leur poids et de tout ce qu'ils impliquaient. Dis à haute voix, je compris à cet instant tel qu'il était : entre la vie et la mort. Mon compagnon pouvait être dépecé vivant quand et s'il perdait son invincibilité. Je ne pouvais même plus respirer.

Logan saisit mon bras et me tira contre lui.

— Il ne gagnera pas. Si je meurs, nous serons séparés et je ne peux permettre cela.

Ses mots étaient si confiants, destinés à exprimer ses sentiments pour moi, mais il parlait encore comme si ce n'était que lui et Domin dans la fosse, il ne comprenait toujours pas les risques qu'il allait prendre. Moi si, cependant. J'avais compris que le combat serait un véritable bain de sang, rien de plus, avec la torture et le massacre de mon compagnon. Et ça, jamais, jamais je ne pourrais le permettre.

Je le repoussai, faisant plusieurs pas en arrière.

— Quand aura lieu le combat ?

— Ce soir. Que…

— Si c'est ce soir, où est son *sheseru* ?

— Il est là.

— Et Yuri est avec Domin ?

— Oui.

Il me regarda, énervé.

— Tout est fait selon la…

— Où est son *sheseru* ?

Il regarda par-dessus son épaule et cria.

— Markel !

Un homme traversa la pièce pour venir vers nous. Il était grand, fin, avec un visage bien défini. Il était habillé tout en noir. Il ressemblait à un personnage d'anime japonais, un beau travail de mangaka, quelque chose qui ne pouvait pas exister dans la nature, trop fragile et trop parfait.

— *Reah*, souffla-t-il, ses yeux bleu cobalt m'engloutissant. J'avais tellement envie de vous rencontrer. Je n'ai jamais vu quelqu'un comme vous avant.

— Nous nous sommes déjà rencontrés.

Je plissai les yeux.

La nuit où vous avez poursuivi Delphine, nous nous sommes rencontrés.

Il écarquilla les yeux alors même qu'il se moquait de moi.

— Si j'avais su que vous étiez une *reah*, je vous aurais pris moi-même et seulement après je vous aurais présenté à mon *Semel*, une fois que je vous aurais apprivoisé.

Apprivoisé ? Il parlait de viol.

— Vous vous oubliez, aboya Logan.

Il se moqua de lui.

— Je ne voulais pas vous manquer de respect, Logan. C'est juste la vérité. Je ne devais pas être assez proche de lui sinon je l'aurais su.

— Non, crachai-je. Vous avez couru comme un chien. Vous me rendez malade !

Je rugis et il tressaillit lorsque je le chargeai.

Le bras de Logan sur ma poitrine m'empêcha de parvenir jusqu'à lui.

— Il est tellement passionné, *Semel*, dit-il en souriant à Logan. Vous devez en profiter.

Je sentis les battements du cœur de Logan contre mon dos, sentis combien ils étaient stables. Cela me calma suffisamment pour que je puisse sortir les mots qui avaient besoin d'être dits.

— J'en appelle à la loi de Bast.

La tête de Markel se redressa brusquement et ses yeux s'écarquillèrent alors qu'il me regardait.

Je la répétai en grec ancien, histoire qu'il ait bien compris.

— Non, dit-il en secouant la tête.

— Nous savons tous les deux que ce n'est pas à vous d'en décider.

— Quoi ? demanda Logan, me retournant dans ses bras. Qu'est-ce que la loi de Bast ? Qu'est-ce que c'est ?

Mais mon attention était fixée sur Markel. J'avais ma tête éloignée de Logan afin que je puisse le voir.

— Vous devez accepter… Domin devra l'accepter.

— Mais, *reah*, savez-vous ce que…

— Dites-le !

Je l'injuriai. Il n'avait pas à retarder l'inévitable. Ce n'était pas à lui d'accepter.

— J'accepte la loi de Bast, au nom de mon *Semel*, Domin Thorne, prononça-t-il, les yeux fixés sur moi. Qui se tiendra comme *aset* ?

— Simone.

Il hocha lentement la tête. Son expression qui avait été si confiante et pleine de mépris quelques instants auparavant, était maintenant attristée, tout sourire effacé de son visage, remplacé par un regard plein de confusion.

— Pourquoi ?

— Parce que Domin ne peut pas avoir son cœur. Il est à moi.

— Mais, *reah*, il y a sûrement…

— Sortez ! hurlai-je. Renvoyez Yuri ici en toute sécurité ou vous votre *Semel* subirez la sanction prévue par la loi.

— Je connais la loi ! Ne pensez pas m'apprendre quoi que ce soit sur la loi !

Je tremblai de rage et lui aussi.

—Profitez du temps qu'il vous reste tant que vous êtes en vie, *reah* ! Je prendrai votre chair moi-même.

Je crachai sur lui et il se jeta sur moi. Logan l'attrapa à la gorge et le tint au sol.

— Vous vous oubliez, Markel, l'avertit-il d'une voix glaciale. Il est mon compagnon, ma *reah*. Vous pourriez être massacré pour cette transgression.

Il pâlit parce que c'était vrai. Toute personne qui menaçait le compagnon d'un chef de tribu était considérée comme ayant renoncé à sa vie.

— Sortez de ma maison, grondai-je, laissant voir mes crocs alors que Logan le libérait. Délivrez mon défi à Domin et rendez mon *sheseru* !

Il se retourna et courut vers la porte, et d'autres que je ne savais même pas être avec lui, le suivirent.

— Regarde-moi, cria Logan en me secouant.

Je levai les yeux vers lui.

— Qu'est-ce que la loi de Bast ? Qu'as-tu fait ?

Je me libérai de ses mains, reculai et lui fis face.

— Ta première préoccupation est ta tribu. La mienne, c'est toi. Tu n'as jamais eu de *reah*, donc tu ne le sais pas, mais je suis ton protecteur.

Il fit un pas en avant, je reculai d'autant.

— Bordel, que se passe-t-il ? cria Logan en saisissant mon bras, me ramenant vers lui. Qu'as-t-u fait ?

— Je suis ton protecteur.

— Pourquoi répètes-tu cela ? dit-il sèchement. Yuri, mon *sheseru*, est mon protecteur.

— C'est ton exécuteur, le corrigeai-je. Seul moi, ton compagnon, ta *reah*… je suis le seul protecteur que tu aies, Logan Church.

Il fronça ses sourcils.

— Qu'est-ce que la loi de Bast ?

Je pris une profonde inspiration.

— La loi de Bast dit que je vais me battre à ta place.

Ses yeux s'écarquillèrent, il était stupéfait, et j'utilisai cette seconde pour me libérer et m'éloigner de lui de plusieurs pas. Il y avait d'autres personnes autour de nous maintenant : Mikhaïl, son père, Koren et Russ. Je vis Crane traverser la pièce pour venir vers moi.

— Je ne le permettrai pas.

— Tu n'as rien à dire, rétorquai-je.

— Ma parole a force de loi ! cria-t-il, essayant de m'attraper.

Je me mis hors de sa portée.

— Sauf en ce qui concerne ta *reah*, le corrigea son père, d'une voix douce, presque triste. La voix de Jin vaut autant que la tienne.

— Qu'est-ce que tu racontes ? Seuls mes mots…

— Les ordres d'une *reah* valent ceux d'un *Semel* dans tous les domaines, sauf pour ce qui concerne la loi tribale, lui expliqua Mikhaïl. Tu le sais.

— C'est la loi ! rugit-il.

— Cela ne concerne pas la loi, l'assura son père. C'est un défi personnel.

— Nous n'avons pas eu notre cérémonie d'accouplement, cria Logan. Il n'est pas encore ma *reah*.

— Il porte ta marque, lui rappela Koren. Aux yeux de la tribu, par les lois et les coutumes de toutes les tribus, il est ta *reah*.

— Je dois sortir d'ici, dis-je en ayant du mal à respirer et en me dirigeant vers la porte.

— Jin ! rugit Logan derrière moi. Ne t'avise pas de t'éloigner de moi !

— Je ne suis plus autorisé à te voir, lui répondis-je en m'emparant du bras de Mikhaïl au passage. Vous devez le tenir éloigné de moi.

— Quoi ?

Son visage changea de couleur.

— Êtes-vous fou ?

— Non, cria le père de Logan derrière moi. Empêche ton *Semel* de le voir, Mikhaïl. C'est la loi.

Il ressemblait à un animal acculé.

J'essayai de le calmer de ma voix.

— Je dois être séquestré avant mon combat, dis-je doucement en m'approchant de lui. Il est de votre devoir de me protéger, de me permettre de trouver mon chemin vers la sérénité. Je retourne à ma chambre. Gardez votre *Semel* éloigné de moi.

Il était blême et tremblait.

— Que je tienne mon *Semel* éloigné de vous ? Son compagnon ?

— C'est la loi, dis-je solennellement, en regardant Logan par-dessus mon épaule alors qu'il m'avait presque rejoint.

— Je ne comp…

— Votre *Semel* a accepté le défi d'un homme qui en sait beaucoup plus que lui à propos de nos lois et maintenant, il sera épargné parce que moi, en revanche, j'en sais plus que Domin. Je vous rends votre *Semel* et vous ne devez faire que votre devoir et le garder loin de moi. La prochaine fois qu'il me verra, ce sera dans la fosse.

Son visage donnait l'impression que je l'avais frappé.

— Je suis désolé, murmurai-je en le contournant. Vous n'avez pas le choix.

— Jin.

La voix de Mikhaïl se fissura.

— Vous ne pouvez pas faire cela.

— C'est lui qui l'a fait, en agissant avec précipitation.

Tout s'estompa subitement et je devais sortir de la salle avant que je craque devant tout le monde. Je ne ferai pas honte à Logan avec un tel étalage de faiblesse.

— Tenez-le éloigné de moi.

— Jin ! hurla Logan.

Avant qu'il ne puisse m'atteindre, Mikhaïl et quatre autres hommes le ceinturèrent. Il me cria dessus, hurla mon nom, mais je quittai la salle sans un regard en arrière. Cela ne nous ferait aucun bien, ni à l'un, ni à l'autre.

J'ÉTAIS SUR le balcon couvert, à l'extérieur de la chambre de Logan, assis tranquillement avec Crane sur une chaise à côté de moi. Je regardai la neige lorsque Peter Church me trouva. Tout était silencieux à son arrivée, à l'exception du hurlement du vent.

— Logan veut vous voir.

— Je ne peux pas. C'est la loi, lui dis-je, sans détourner mes yeux de la blancheur aveuglante qui recouvrait les montagnes, les arbres, et toutes les terres aux alentours.

Il soupira profondément.

— Je ne lui ai jamais appris toutes les lois. Il ne savait rien à propos de la loi de Bast.

— Ni sur celle des fils d'Horus, lui rappelai-je.

— Non.

Je hochai la tête.

— C'est de ma faute, Jin, pas la sienne.

— Sa défaillance vient de sa témérité, répondis-je à son père. S'il avait consulté son compagnon, j'aurais alors pu lui expliquer le danger que cela impliquait pour lui et il aurait pu refuser de commettre un tel acte de suicide. Tel qu'il était, il n'a pas du tout pensé à moi.

— Il pensait à sa tribu.

— Et ce faisant, il se serait fait tuer.

— Il est le *Semel*, Jin. Il ne pensera jamais à vous en premier.

— Un véritable *Semel* pense à sa tribu à travers sa *reah*, consulte sa *reah* comme il le ferait avec son *sheseru* ou son *sylvan* et ouvre son cœur à son compagnon à tout moment.

— Comment le savez-vous ?

— Je le sens.

Il n'avait aucun argument à apporter contre cela car il ne savait pas. Il n'avait jamais trouvé sa *reah*.

— Il aurait dû venir me voir d'abord, avant d'accepter quoi que ce soit.

— Cette union ne date que d'une journée, Jin. Il a besoin de temps pour changer sa manière de penser.

— Malheureusement, il n'aura plus le temps de le faire.

Peter se tut pendant quelques minutes avant de reprendre la parole.

— Dites-moi, votre père est un *sylvan* ?

— Oui.

— Alors il vous a enseigné toutes les lois.

— Oui.

— Je devrais appeler votre père, Jin, juste au cas où…

Il ne voulait pas prononcer les mots 'au cas où je mourrais' mais nous savions tous les deux que ce serait probablement le cas.

— Faites ce que vous voulez, dis-je.

— Dites-moi où il se trouve.

— Logan le sait. Demandez-le lui, répondis-je, me retournant pour regarder Crane.

Il était fatigué et se soucier de moi ne l'aidait pas. Il était pratiquement endormi.

— Il n'a pas l'air préoccupé, jugea Peter Church.

— Les apparences peuvent être trompeuses.

Nous gardâmes le silence à nouveau avant d'être interrompus par Koren qui arriva à grandes enjambées vers le balcon. Il avait la même démarche que son père et son frère, comme s'il était roi, comme si tout ce qu'il regardait lui appartenait, était là précisément pour son plaisir.

— Y a-t-il quelque chose que vous vouliez ?

— Ouais, dit-il en se mettant accroupi à côté de la chaise sur laquelle j'étais allongé. Je voulais vous dire que je n'ai jamais eu de problème avec vous, juste au cas où vous penseriez le contraire.

— Non ?

— Non, m'assura-t-il. Vous êtes la *reah* de mon frère et c'est tout ce qui compte. Point final.

Je regardai dans les yeux vert olive du jeune frère de mon compagnon. Logan était l'aîné, puis il y avait eu Koren et enfin Russ. J'aurais aimé en apprendre plus sur les frères et sœur de Logan si j'avais eu plus de temps.

— Je voulais juste que vous le sachiez.

— Merci.

— De rien.

Il hocha la tête, son regard s'adoucissant comme il me regardait.

— Yuri est de retour.

— Est-ce qu'il va bien ?

— Oui. Voulez-vous le voir ?

— Oui.

— Simone est là, intervint rapidement le père de Logan. Vous l'avez nommée *aset*, vous devriez donc la voir si vous vous sentez prêt.

— Je vais la voir.

— Je vais aller les chercher, offrit Koren, sortant de la salle.

Cela mettait les gens mal à l'aise de rester à côté de quelqu'un qui allait mourir. Je serais parti aussi.

Je pensais que Peter était parti avec son fils, mais lorsqu'il se racla la gorge, je réalisai qu'il était toujours là. Je tournai la tête pour pouvoir le regarder.

— S'il vous plaît, pardonnez-moi, Jin. Je n'avais aucune idée du genre d'homme que vous étiez.

Je haussai les épaules.

— Ce n'est pas grave.

— Ne parlez pas comme si vous étiez déjà mort, m'ordonna-t-il.

Mes yeux se posèrent sur les siens.

— Et pourquoi pas ?

152

Sa mâchoire se crispa et je vis une lueur de douleur passer dans ses yeux. Je ramenai mon regard sur le paysage serein et l'oubliai. Quelques minutes plus tard, Yuri me rejoignit. Il avait l'air mal en point, ses yeux trahissant son inquiétude.

— Pourquoi agissez-vous comme ça ? lui demandai-je. Vous préférez que ce soit moi plutôt que votre *Semel*. Ne le niez pas.

— Je ne veux pas perdre l'un d'entre vous. Nous avons été bénis avec votre arrivée, ma *reah*.

Je lui souris.

— Depuis quand suis-je devenu votre *reah* ?

— Lorsque vous avez accepté la marque de mon *Semel* et que vous êtes devenu son compagnon. Dès cette seconde, vous êtes devenu la *reah* de ma tribu. Je suis aussi engagé auprès de vous que je le suis auprès de lui.

Je le regardai dans les yeux et vis que sa douleur était réelle. Me perdre allait être dur pour lui, d'autant plus parce qu'il devrait y assister et qu'il ne pourrait rien faire. Il devrait se tenir là, figé, sachant qu'il pourrait me sauver à n'importe quel moment, mais qu'il lui était interdit de le faire.

— Je ne sais pas si je pourrais le supporter.

— Vous allez le supporter parce que Logan aura besoin de vous.

Je le fixai.

— Je m'attends à ce que vous et Markel fassiez respecter la loi. Appelez Christophe et demandez-lui d'envoyer *sheseru* Avery également, voyez s'il veut venir en personne avec son *sylvan*. Je sais qu'il déteste Logan en ce moment, et le fait de le voir perdre sa *reah* pourrait le réconforter.

— Jin, ne…

— Plus il y aura de personnes là-bas, mieux ce sera. Je ne veux pas que Logan s'en prenne à Domin une fois que je serai mort.

Les muscles de sa mâchoire se crispèrent, ses yeux étaient bordés de rouge comme s'il se retenait.

— S'il vous plaît, ne parlez pas comme si vous…

— Assez de conneries, dis-je, irrité. Cinq d'entre eux seront dans la fosse avec moi. Je ne peux pas espérer gagner, je ne peux qu'espérer que, par mon sacrifice, Logan sera en sécurité.

Il avait l'air dubitatif.

— Si je ne meurs pas pendant le combat, ils vont effectuer un vannage. Markel me l'a déjà dit.

Sa tête se releva brusquement et ses yeux étaient terrifiés alors qu'il me regardait.

— S'ils le font devant Logan, vous devrez le retenir.

Yuri s'assit, complètement effondré et immobile, à part ses yeux qui papillonnaient.

— Ils vont vous dépecer vivant.

— Ils m'entailleront avant, ou utiliseront peut-être un fouet, répondis-je aussi froidement que je le pouvais, travaillant durement pour ne pas laisser échapper la moindre émotion. Je ne sais pas, mais lorsque ce sera fini et que... finalement, ils me trancheront la gorge... J'ai besoin que vous soyez le *sheseru* que personne ne devrait jamais avoir à être et que vous reteniez votre *Semel*. Il se peut que cela puisse prendre des jours avant que vous ne soyez en mesure de le libérer. M'avez-vous bien compris ?

Il hocha la tête.

— Domin va prendre ma vie et il devra être payé ou des terres devront lui être données. Je ne me souviens pas de combien. C'est dans l'ode de Sekhmet, mais je ne sais plus où.

— Je sais où c'est.

— Bien. Donc, vous le paierez et vos deux tribus devront coexister sans la moindre hostilité. Le contentieux entre lui et Logan sera réglé.

— Vous croyez honnêtement que Logan ne tuera pas Domin ?

— Oui, je le crois, parce que *vous* ne le laisserez pas faire. C'est votre rôle, le vôtre et celui de Mikhaïl de ne jamais le laisser s'approcher de Domin aussi longtemps que l'un des deux sera encore en vie.

Des larmes glissèrent sur ses joues.

— C'est *Maat*. Vous savez que ça l'est. Logan ne peut pas tuer Domin et c'est la seule façon qu'il a d'arrêter de tourmenter la tribu de Logan. Je ne peux pas regarder Domin tuer Logan et sans votre *Semel*, la tribu est morte.

— Oui.

— Alors, c'est tout ce que je peux faire pour sauver l'homme que j'aime.

— Vous l'aimez ?

Je réalisai que j'avais dit les mots à voix haute.

— Merde !

— L'avez-vous dit à Logan ?

Je détournai mon regard.

— Jin ?

— Allez-vous en, je suis fatigué.

— Jin, je…

— Allez-vous en, Yuri.

— C'est juste que… Je ne veux pas que vous…

— Jin !

Nous nous retournâmes vers Simone, comme elle se ruait vers le balcon. Elle tomba à genoux devant moi, saisissant mes mains dans les siennes, le visage tourné vers moi, comme si elle priait.

— Bon sang, que se passe-t-il ? grogna Crane de l'autre chaise.

La voix de Simone l'avait réveillé.

— Ce que vous avez pris, vous l'avez remplacé. Que Dieu vous bénisse, *reah* !

— Est-ce que vous allez bien ? lui demandai-je.

— Je ne sais pas ce que je suis ou ce que je dois ressentir. Être choisie comme *aset* est un grand honneur, mais la raison pour ça est barbare et… Je veux que vous viviez.

Je m'assis et fit de la place pour elle sur ma chaise.

— Je n'ai jamais vraiment voulu vous causer de tort. Cela n'a jamais été mon intention.

— Je le sais.

Sa voix se brisa comme ses yeux se remplissaient de larmes.

— Et je sais que vous ne me l'avez pas volé. Vous êtes son compagnon, son véritable compagnon et je n'étais que le choix qu'il avait été obligé de faire. Ce n'est pas du tout la même chose.

— Mais maintenant, tout est différent.

Elle hocha la tête, ses larmes rendant son discours difficile.

— Écoutez, dis-je doucement. Lorsque je serai tombé, il sera à vous et je m'attends à ce que vous le protégiez comme je l'aurais fait, jusqu'à votre mort.

Ses larmes coulaient toujours sur ses joues.

— Que je vive ou que je meurs, votre place est assurée. Vous êtes *aset*, le trône et vous ne pouvez pas être pris par quelqu'un qui n'est pas un *Semel*. Comprenez-vous ? Une *aset* a la même position qu'une *reah*.

— Je sais. Je connais la loi.

Elle tremblait et ses mains étaient crispées sur les miennes, sa voix chutant jusqu'à devenir murmure.

— Pardonnez-moi pour ce que j'ai dit hier. S'il vous plaît, *reah*, je suis tellement désolée.

— Vous étiez inquiète au sujet de votre place et de ce que les gens diraient, l'apaisai-je en souriant. Et d'ailleurs... Vous ne vouliez pas le perdre car il est très sexy et tout.

Elle haleta et posa sa main sur sa bouche.

Je souris doucement et elle posa tout à coup ses mains sur mon visage.

— Je suis votre servante, maintenant, avant qui que ce soit d'autre, avant mon frère, avant Logan... Il n'y a que vous, Jin. Vous avez fait de moi une *aset* par votre sacrifice et je ne pourrais jamais vous rembourser pour cet honneur.

Je l'attrapai et nous nous enlaçâmes.

— Je vous promets que je ne voulais pas de lui comme ça, si j'avais su ça hier, que votre cœur était comme...

Elle recula pour me dévisager.

— J'aurais juste fait un pas sur le côté, sans dire un mot. Pourquoi n'avons-nous pas parlé hier ?

Je lui souris.

— Nous aurions pu être amis.

Elle me serra contre elle, enfouissant son visage dans mon épaule.

— Nous sommes amis maintenant.

Je lui donnai une dernière étreinte avant de me lever et de me diriger vers le bord du balcon. Quelques secondes plus tard, Crane me rejoignit, restant immobile et silencieux.

— Je veux que tu restes ici, même après, d'accord ?

— Je ne pense pas que je pourrais, dit-il lentement. Ce sera l'endroit où tu seras mort, Jin et je me rappellerai ce fait chaque jour.

— Mais c'est aussi l'endroit où j'ai été le plus heureux, répliquai-je. Pense-y comme ça à la place.

Il prit une profonde inspiration.

— Tout sera différent après.

— Tu ne le seras pas.

Je forçai un sourire.

— Tu resteras le même.

— Je ne le serai pas, dit-il sèchement. Je serai différent après t'avoir vu mourir. Nous le serons tous.

Nous nous tûmes après cela et j'en fus heureux. J'avais besoin de calme pour me préparer. Ce n'était pas tous les jours que vous mourriez.

156

XI

JE SORTAIS de la salle de bain après avoir pris une douche et là, dans ma chambre, se tenait une énorme panthère. Elle était plus grande que n'importe laquelle que j'avais jamais vue, comme si elle avait été taillée pour chasser les mammouths. Puissamment musclée, élégante et solide avec la lumière du coucher de soleil qui inondait la pièce d'une lueur dorée, mon compagnon était magnifique. Quelle que soit la forme qu'il prenait, cet homme était à couper le souffle.

Il était passé par le balcon et je me précipitai à travers la pièce pour refermer la porte ouverte. Lorsque je me retournai, je me retrouvai là à le regarder pendant un moment, comme hypnotisé. Puis, il fit un pas vers moi. Instantanément, je reculai d'autant.

— Tu dois partir, lui dis-je. Tu n'es pas censé me voir avant le combat.

Au lieu de partir, il s'accroupit, s'allongeant sur le sol, me montrant qu'il n'était pas une menace. Comme je le regardais, il releva la tête, étira son cou en une invitation pour que je m'approche plus près. Il était si difficile de rester loin de lui, mais je résistai, sachant intuitivement que le toucher ne ferait que me torturer.

— Va-t'en, s'il te plaît, le suppliai-je, prenant un peu de recul vers la salle de bain.

Il releva la tête et inspira profondément, alors qu'un ronronnement fort et profond sortait de sa gorge.

— Comment es-tu entré ici ? demandai-je, même si je le savais.

Ils avaient dû le laisser seul pendant quelques secondes, qui que ce soit qui était chargé de le surveiller. Il avait dû attendre, regarder, sachant qu'il y aurait bien un moment où tout le monde serait occupé, famille, amis, tous leurs yeux loin de lui et pendant cette fraction de seconde, il s'était échappé pour venir vers moi.

157

— Logan, lui dis-je tout en faisant un autre pas en arrière. S'il te plaît, pars.

Il ronronna à la place, et une vague de chaleur me percuta alors que ses phéromones remplissaient la chambre. J'agrippai la bibliothèque pour me stabiliser. Je ressentais le besoin désespéré de me soumettre. Être dominé était chimiquement, émotionnellement et physiquement ancré en moi et lutter contre l'assaut que je ressentais à le voir et à le sentir, fut presque trop à supporter. J'avais besoin qu'il parte.

Il vint vers moi, ses yeux ne quittant jamais les miens et, parce que mes jambes ne pouvaient plus me soutenir, je me laissai glisser sur le côté de la bibliothèque, jusqu'au sol. Je pouvais entendre mon cœur battre comme un lapin affolé alors qu'il s'avançait vers moi, mais je ne pouvais pas bouger, complètement figé là où j'étais, l'attendant.

Il s'étendit à côté de moi et mes mains plongèrent dans sa fourrure dorée, savourant la sensation de la texture soyeuse. Je ne pus m'empêcher de frotter mon menton sur le dessus de sa tête. Sa langue râpeuse me lécha derrière l'oreille, puis sur le côté de mon cou, mon épaule, me faisant frissonner. Lorsqu'il releva sa tête massive, frottant son menton sur mon aine à travers la serviette enroulée autour de mes hanches, je poussai un gémissement rauque, mes doigts saisissant sa fourrure. Rien que ce simple contact m'avait fait durcir.

Il bougea rapidement, de manière fluide, son corps aussi insaisissable que de l'eau coulant entre mes mains, alors qu'il me poussait sur mon dos, ses énormes pattes de chaque côté de ma tête. Je relevai mes yeux, croisai son regard affamé et sentis mon cœur battre à tout rompre dans ma poitrine. Il cogna mon menton de son nez, et je penchai ma tête en arrière, exposant ma gorge. La pression de sa langue râpeuse fit frissonner ma peau, provoquant de profonds tremblements. Lorsque son poids pesa sur moi, légèrement et non pas en m'épinglant au sol, il écarta mes cuisses et je me cambrai contre lui, ma peau brûlant de mon besoin de plus.

— *Reah.*

Le mot sortit comme un grognement.

Mes yeux – que je n'avais pas réalisé avoir fermés – s'ouvrirent et je les relevai vers son visage au regard concupiscent. Il s'était transformé très rapidement d'animal à sa forme intermédiaire. Ses mains griffues déchiquetèrent la serviette tandis que j'essayais de me tortiller pour m'éloigner, mais mes hanches furent saisies et soulevées alors qu'il me tirait en avant. Il engloutit mon sexe dans la chaleur torride de sa bouche. Son nom franchit ma gorge.

Il me suça si durement, sa langue tourbillonnant sur mon membre, rugueuse sur ma peau sensible, que je me tordis sous lui. Tout était humide et moite, sa salive descendant en glissant le long du pli de mes fesses par son attention soutenue. Je me figeai pendant une seconde lorsque ses crocs me touchèrent accidentellement, perçant ma peau juste un peu, mais la douleur électrisante fut bientôt surmontée par les besoins frénétiques de mon corps.

— S'il te plaît, Logan, le suppliai-je, mon devoir noyé dans mon besoin de mon compagnon. Baise-moi.

Mon membre fut libéré alors que ses bras glissaient sous mes jambes fléchies, ses griffes creusant dans mes hanches puis mes fesses alors qu'il les écartait et me pénétrait lentement. Mon corps eut des spasmes sous les sensations qui me traversaient et je repris mon souffle quand il se recula presque totalement pour revenir quelques secondes plus tard. Lorsque ses doigts se refermèrent étroitement autour de mon sexe dur et engorgé, je gémis bruyamment. Je n'avais jamais eu d'amant qui me voulait autant que Logan, n'en avais jamais eu un qui voulait entendre mes cris de plaisir, et jamais, jamais on ne m'avait fait l'amour au lieu d'être simplement baisé. Les larmes étaient inattendues, mais compréhensibles.

— Magnifique.

Sa voix était rocailleuse.

— Tellement beau.

Je sentis le changement de son rythme, de lent, sensuel et caressant à des battements durs, et il se mit à me marteler, à me percuter, me poussant vers l'avant sur le sol jusqu'à ce que mes mains attrapent le cadre du lit et que je me redressai un peu contre lui. Il rugit alors, tandis qu'il pouvait me pénétrer plus profondément, chaque coup de buttoir l'emmenant plus loin, son visage se transformant en une grimace de douleur avant qu'il renverse sa tête en arrière, perdu dans son plaisir.

Son corps massif était encore recouvert d'une fine fourrure dorée, mais en quelques secondes, il changea devant mes yeux. En quelques secondes, c'était un homme qui plongeait dans et hors de moi, ses yeux embués de désir, de passion et de douleur alors qu'il se penchait pour m'embrasser.

Ses lèvres touchèrent les miennes tandis que sa main empoignait mon sexe, glissant facilement dessus, pompant durement et rapidement. Le baiser

159

était féroce et possessif, sa langue suçant la mienne en gémissant dans ma bouche. Je ne pourrais plus jamais désirer aucun autre homme autant que lui.

— Mon compagnon, grogna-t-il possessivement, avant d'éloigner sa bouche de la mienne, changeant l'angle afin de pouvoir me marteler plus profondément.

Mon cul était rempli, sa langue brûlante emmêlée à la mienne et sa main comme un étau qui glissait sur mon sexe. Je fus pris de convulsions hallucinantes lorsqu'un orgasme commença à se former à la base de ma colonne vertébrale pour rebondir à travers moi, pour finalement exploser hors de mon sexe, éclaboussant sa main et son abdomen. Je sentis son sperme chaud se répandre en moi alors que Logan s'enfonçait si profondément en moi que je n'avais plus d'air pour pouvoir crier. Mon corps était désossé, en état d'apesanteur, alors que des tremblements incessants me balayaient. Je ne pouvais plus bouger. Je restai simplement là alors qu'il glissait hors de mon corps, me faisant rouler sur mon ventre. Lorsqu'il repoussa mes cheveux sur le côté, exposant ma nuque, je tremblai d'anticipation.

— Tu m'appartiens ?

— Oui.

— Tu penses être fort, mais je suis le plus fort.

— Oui, gémis-je, me tordant sous lui.

— Oui, quoi ?

— Oui, mon *Semel*.

— Je ne permettrai jamais à quiconque de te faire du mal, promit-il avant de me mordre.

C'était incroyable et le dernier tremblement de mon orgasme me déchira.

— Tu es à moi.

— Oh, mon Dieu, oui ! lui promis-je.

Je sentis son sourire avant qu'il me libère, me ramène vers lui pour me soulever dans ses bras. Il me transporta sur le côté du lit et se laissa ensuite tomber avec moi, m'épinglant rapidement sous lui afin que je ne puisse plus bouger. Ses mains étaient douces tandis qu'il repoussait mes cheveux de mon visage, me regardant avec plus d'amour et de tendresse que je ne l'aurais jamais cru possible.

— Je pensais que tu n'avais pas foi en moi, et au début et j'ai été furieux, mais ensuite, j'ai compris.

Je regardai dans ses yeux d'ambre et la douleur dans ma poitrine était presque écrasante.

— Tu ferais n'importe quoi pour me protéger, même sacrifier ta propre vie.

— Logan, tu…

Mais mes paroles furent avalées par son baiser. Ce n'était pas doux, plutôt brutal même, sa manière d'agiter sa bouche sur la mienne. Ses crocs me coupèrent les lèvres et le goût cuivré de mon sang était sur le bout de ma langue. Il se releva pour me regarder, et son sourire était très satisfait, presque béat.

— Tu as l'air complètement ravagé et le sang sur toi est très sexy.

Je ne pouvais que le regarder dans les yeux.

— Seigneur, les choses que je veux te faire… Tu auras de la chance si un jour tu parviens à sortir de ma chambre… Peut-être.

Je ne pus retenir le bruit qui sortit du fond de ma gorge.

— Bébé, doux bébé, gémit-il. Tu penses que tu es grand, fort et puissant, mais si tu pouvais juste te voir, juste une fois, tel que tu es vraiment… ton visage… si fragile et si beau.

— Logan…

— Je n'ai jamais eu d'amant comme toi… quoi que je te fasse, tu acceptes tout et tu en redemandes.

— Logan, l'apaisai-je. S'il te plaît, n'interfère pas avec…

— Tu es fait pour moi, dans tous les sens. Je suis tellement fier d'être ton compagnon. Il suffit que je te regarde pour être heureux. Tu es plus important pour moi que…

Il prit une grande inspiration, visiblement bouleversé.

— Comment diable peux-tu même penser à me demander de vivre une seconde plus longtemps que toi ? C'est complètement fou.

— Non, Logan, je…

Son baiser fut profond, humide et dur, durant plus longtemps que l'air que j'avais dans les poumons. J'étais essoufflé lorsque je le repoussai loin de moi et ses yeux brillaient dans les dernières lueurs du soleil.

— Je ne peux pas vivre sans toi. Les *reahs* protègent peut-être leurs *Semels*, mais cela va dans les deux sens.

— S'il te plaît, écoute…

Il m'embrassa à perdre haleine et j'étais à nouveau à bout de souffle, haletant sous lui. Lorsqu'il retira finalement ses lèvres des miennes, son rire profond, très masculin gronda dans sa poitrine et était immanquable.

— Je peux le faire toute la nuit si tu ne m'écoutes pas.

J'attendis alors que je reprenais mon souffle.

— D'accord.

Il sourit paresseusement.

— Voilà le truc : j'ai compris maintenant que j'avais non seulement un compagnon diablement sexy, mais qu'il était également beaucoup trop intelligent pour son propre bien.

J'avais trop peur pour dire le moindre mot.

Il attendit une minute, pour voir si j'allais de nouveau tenter ma chance. Lorsqu'il comprit que j'allais garder le silence, il m'adressa un sourire diabolique qui fit pétiller ses yeux avant de se pencher pour allumer la lampe de la table de chevet.

— Je ne permettrai pas à Domin, ni à qui que ce soit d'autre, de te toucher, sans parler de te blesser. Yuri ne pourra rien faire, en dehors de me tuer, pour m'éloigner de tes côtés.

Il s'arrêta alors que de chaudes larmes emplissaient mes yeux.

— Et autant que n'importe qui d'autre…

Il prit une profonde inspiration par le nez et je le vis lutter pour garder son contrôle, essayant de maintenir un sourire pour moi.

— J'ai lu la loi et j'ai demandé à Yuri à propos du vannage…

Il se racla la gorge et me serra tout à coup si fort que je me mis à haleter.

— JAMAIS et c'est mon dernier mot pour toi, je ne te permettrai de mettre un pied dans cette fosse.

Je secouai la tête.

— Je ne peux pas te laisser y entrer non plus, dis-je.

— Je sais.

Il hocha la tête et, brusquement, sa bouche se referma sur ma gorge et je sentis ses crocs percer ma peau. Je n'eus pas le temps d'être surpris, il était venu sur moi si vite, et je me débattis en vain. J'avais l'impression de me noyer, mais il n'y avait pas de panique, plutôt une bienheureuse sensation de chaleur qui remplissait mon corps. J'étais lourd et brûlant en même temps. Je ne pouvais pas garder mes yeux ouverts. C'était comme si je regardais un tunnel sombre qui diminuait petit à petit pour finalement ne laisser que l'obscurité.

XII

J'ETAIS FRIGORIFIE et mort de fatigue. Tout mon corps me faisait mal et je voulais dormir, mais j'avais déjà eu du mal à ouvrir les yeux et à reprendre conscience. J'avais besoin de me réveiller pour que je puisse tuer mon compagnon. Comment Logan avait-il osé me saigner au point de me rendre trop faible pour bouger ? J'étais censé le protéger et le sauver, mais au lieu de ça, il m'avait humilié face à sa tribu, avait fait de mon sacrifice une plaisanterie et trahi la confiance que j'avais en lui. Je le détestais et il allait le payer. Je roulai sur mon ventre et me transformai.

Je tendis tous les muscles de mon corps et me levai, sous ma forme humaine avant de me changer à nouveau et de revenir à ma forme de panthère. Chaque fois que je me transformais, mon corps était obligé de passer par la métamorphose qui obligeait mes muscles à s'étirer et de nouvelles vagues de sang pompaient furieusement en moi, se ruant dans mes veines. Avec chaque changement, je devenais plus fort, et si Logan avait pu me voir à cet instant, il aurait compris que son truc de suceur de sang n'allait pas marcher. Mais il ne connaissait rien de moi, pas vraiment, et à cette seconde, j'étais heureux de ne pas lui avoir avoué mon amour à haute voix. Avoir prononcé les mots, puis avoir souffert sa trahison, cela aurait été beaucoup trop.

Je chancelai jusqu'à la porte vitrée qui conduisait à l'extérieur, sur le balcon et l'ouvris, me tenant là pendant une minute pour concentrer ma force avant de faire un pas en avant. Au moment où je me mis debout, en équilibre sur la rambarde de pierre, j'étais une panthère noire. Depuis le balcon, je franchis d'un bond la grande distance entre la maison et l'énorme chêne qui poussait à côté d'elle, et de là, je me mis à courir sur son tronc avant de me réceptionner au sol. Cela ne me prit que quelques secondes. Instantanément, je relevais la tête et inhalai profondément. L'odeur de mon compagnon était là, faible dans le vent, je n'avais plus qu'à la suivre.

Je courus dans toutes les directions jusqu'à ce que je retrouve son parfum, d'abord juste une trace puis, alors que je commençais à courir, je pouvais presque le goûter. Il était plus proche que ce que je l'avais imaginé. Peu importe là où se trouvait la fosse de la tribu de Mafdet, c'était sur les terres de Logan. Même avec les rafales de vent et la neige qui tombait, j'aurais pu la trouver. Je m'arrêtai soudain, me changeant une dernière fois avant de repartir à nouveau. Je me sentais mieux, ayant presque entièrement récupéré, et au moment où je trouverais Logan, je serais prêt à me battre contre lui pour le droit d'affronter Domin et les autres. Comme je courrais dans la forêt, je sentis des odeurs alarmantes de peur, de panique et de sang. La fosse était très proche.

L'amphithéâtre avait été construit sur le flanc de la montagne afin qu'il y ait un énorme mur de pierres d'un côté et du marbre lisse de l'autre. Il n'y avait qu'un seul moyen d'entrer, par le sommet, de sorte que si vous étiez l'un de ceux qui devait lutter pour votre vie, vous deviez descendre l'escalier qui contournait les spectateurs pour arriver jusqu'au sol. Je me tenais dans l'ombre, près de l'entrée ; tout était illuminé par des centaines de lampe à pétrole. La façon dont les ombres tombaient, la manière dont les flammes vacillaient dans l'immense feu de joie au centre du cercle, le hurlement du vent et la neige ayant à peine le temps de toucher le sol – tout faisait paraître l'endroit primitif, presque hanté.

Les grognements et les grondements me firent grincer des dents lorsque je vis Logan se détacher à proximité du feu et se retourner pour faire face aux quatre autres. À cet instant, je réalisai que le défi avait commencé et que j'avais été inconscient plus longtemps que je ne l'avais pensé. Ce que j'avais présumé n'avoir duré qu'une heure était en réalité plus près de deux ou trois, et alors que je regardais Logan, je pus voir ce que le combat lui avait fait. Sa fourrure était trempée de sang, son allure générale était plutôt guindée, brisée et il ne pouvait pas lever la tête plus haut que son épaule. Comme les panthères s'avançaient sur Logan, telle une meute, je me rendis compte que Domin avait une taille proche de celle de mon compagnon et que les quatre autres panthères dorées à ses côtés étaient toutes aussi grandes que lui. C'était seulement une question de temps avant qu'ils ne tuent Logan. Ils étaient tout simplement trop nombreux.

Je vis Domin grogner et retrousser ses babines sur ses dents, vis les longs crocs acérés dégouliner de sang et au même moment, je compris la cause du boitement de Logan. Son épaule droite était déchiquetée et tout son poids était reporté sur sa patte avant gauche. Dès cette seconde, ma colère s'évapora, seul le fait de protéger mon compagnon comptait. Je dévalai l'escalier et arrivai derrière Domin, atterrissant sur son dos, le plaquant au sol, mes crocs enterrés à l'arrière de son cou, mes griffes à côté de ma gueule. Ses cris de douleurs firent s'arrêter et se retourner les autres. Chacun d'eux rompit sa position d'attaque et ils restèrent debout à me regarder au-dessus de leur *Semel* que j'avais épinglé au sol. Je resserrai les mâchoires et Domin gémit douloureusement, fort et longtemps.

Logan tremblait de fatigue, il m'était impossible de savoir depuis combien de temps il les affrontait seuls contre tous les cinq, surtout Domin, mais il ne s'était pas effondré. Il se tenait debout, les yeux rivés sur moi. Domin se transforma sous moi et je détournai mon regard de mon compagnon, mon adversaire essayant de bouleverser mon équilibre en réduisant et en changeant sa masse corporelle rapidement. Je pris ma forme intermédiaire avec lui et m'enroulai autour et sous lui, les griffes d'une main encore enfoncées dans sa nuque, l'autre grimpant sur sa poitrine. Il chancela et s'effondra sur moi. Si j'avais été seul dans la fosse, je n'aurais jamais pu le prendre par surprise, mais les autres étaient concentrés sur Logan et ne pouvaient donc pas lui offrir leur aide ni quoi que ce soit d'autre. Je relevai la tête et plantai mes dents dans sa gorge, goûtant son sang sur ma langue.

Lorsque Logan hurla, cela me prit par surprise.

Il y en avait d'autres qui se rapprochaient de la fosse. Si j'avais vraiment réfléchis à la manière dont se conduisaient ceux de la tribu de Domin, j'aurais dû y penser vu qu'ils étaient plus un ramassis de canailles plutôt qu'une famille et qu'ils allaient profiter de cette occasion pour tuer Logan. Il lutta vaillamment, mais ils étaient simplement trop nombreux. Il se tenait toujours debout, même s'il ne lui restait plus que trois bonnes pattes, mais avec ce nouvel ajout de cinq panthères, cela en faisait dix en tout qui étaient prêtes à le déchirer de leurs crocs et de leurs griffes. Il se retrouva donc au sol, enterré sous une montagne de fourrure. Aucun des membres de sa tribu ne vint l'aider, ils savaient qu'il n'accepterait pas que l'un d'eux meure pour lui.

Je n'avais pas de tels scrupules. Repassant à ma forme de panthère, je me lançai sur mes pattes arrière et balançai Domin si violemment qu'il alla percuter le mur de roche avec suffisamment de force pour provoquer un petit éboulement de cailloux. Il était inconscient lorsqu'il retomba sur le sol. Me retournant, je courus vers Logan. Je frappai la masse de muscles et d'os qui recouvrait mon compagnon et déchirai tout, mordant, griffant, tirant d'un coup sec, essayant de le libérer. Mais c'était sans résultat, j'étais seul pour essayer de déplacer tant de gros prédateurs. Je ne pouvais espérer avoir le moindre impact. Mais alors qu'ils étaient pris dans leur frénésie de soif de sang, j'étais lucide. Lorsque j'aperçus le feu du coin de l'œil, je sus instantanément ce que je devais faire.

J'utilisai mes puissantes pattes arrière pour prendre mon élan et sauter aussi haut dans le feu de joie que je le pouvais. Il y eut des cris et des hurlements et j'étais certain que tout le monde pensait que je me suicidais parce que je croyais que Logan était mort. Le sacrifice était normal et attendu d'une *reah*, un *Semel* étant assez fort pour survivre à son compagnon, pas une *reah*. Bien que ce soit romantique, très Roméo et Juliette, j'étais concentré sur la vie, pas sur la mort.

La chaleur caniculaire, l'air étouffant et la fumée essayèrent de m'étouffer et de m'asphyxier, mais je restai lucide, je savais comment rester en vie. Une fois au sommet de la montagne de bois qui se consumait, je me transformai puis repris ma forme de panthère, encore et encore, sans cesse, sans rupture de rythme. Homme, forme intermédiaire, panthère, passant rapidement de l'un à l'autre, suffisamment rapidement pour que le feu ne puisse pas m'attraper, ne puisse pas me brûler, ne puisse attaquer un corps avant qu'un autre ne prenne sa place. Je courus au sommet de la butte flamboyante ; mes jambes roussissaient sous moi puis changeaient, et ça faisait mal, mais pourtant, ce n'était pas une douleur dévorante, plutôt comme des chocs électriques qui disparaissaient presque aussitôt puisque mon cerveau n'avait pas le temps de les enregistrer.

Ma vision devint floue et j'eus l'impression que ma peau se liquéfiait alors qu'elle se déformait et se reformait rapidement, mon corps devenant énergie, perdant la mémoire de sa masse, n'étant plus solide. Le temps devint continu alors que je me sentais m'élever, flotter, devenant moins une créature de la terre et plus une de l'air. Seul le chant du nom de Logan me rattachait au sol, mon amour pour lui m'empêchant de succomber à l'ivresse de l'oubli. Il y eut une vague écrasante et mon corps s'engourdit d'épuisement, mais au même moment, je sentis la première hésitation, la faiblesse du brasier rugissant autour de moi. Lentement, d'abord quelques brandons et des brindilles, puis une avalanche de folles flammes dévorantes, et tout commença à s'effondrer sous moi. La montagne finalement, vacilla, culbuta et tomba.

Il me fallut faire un saut impressionnant pour me mettre en sécurité et j'étirai tout mon corps alors que les panthères attaquant Logan étaient recouvertes par un déluge de feu et de morceaux de bois. Les cris furent immédiats : leurs visages et leurs fourrures s'embrasaient, si bien que les attaquants de Logan reprirent forme humaine. Les gens affluaient de partout pour les sortir de là lorsque Logan surgit des flammes. Sa fourrure était roussie, son épaule droite exposait ses muscles et ses os et il y avait des empreintes de pattes sanglantes là il avait fait un pas, mais il était entier et il était encore sous sa forme de panthère. Qu'il ait pu maintenir sa bête et non pas revenir à sa forme humaine était le témoignage de sa force, et avec Domin inconscient et le reste de ses *khatyu*, ses combattants, qui hurlaient d'agonie, la victoire de Logan était évidente. Il était le champion incontesté et là, tout le monde pouvait le voir. Il me regarda, mais j'indiquai Domin de la tête et il boita vers lui.

Je courus vers le premier homme qui se tenait en bas et qui criait. Il avait des brûlures partout sur son corps, sombres et fissurées, suintant du sang, mais je l'arrêtai de ma patte, tournant mon visage vers le sien. Je me transformai de panthère à humain, puis recommençai. Je le fis deux fois avant qu'il cesse de crier et essaie. Il se transforma lentement ; quand il était sous sa forme de panthère, il était grièvement brûlé, mais lorsqu'il revint à sa forme humaine, les brûlures allaient mieux, non plus noircies et calcinées, mais rouges avec des cloques. Ses yeux étaient moins sauvages, moins fous de douleur et il hocha la tête dans la limite de ce qu'il pouvait faire. Le conseil fut lancé aux autres de se transformer. Ils ne le savaient pas et j'en étais stupéfait. Les métamorphes comptaient sur leurs corps pour guérir des dommages, mais ils n'avaient jamais pensé que cela aiderait à leur guérison. Plus ils se transformeraient, plus vite ils guériraient. Bien que la plupart d'entre eux ne puissent pas se transformer aussi vite que moi, chaque métamorphose aiderait leur guérison.

Comme je me retournais, il y eut des chuchotements et des murmures, quelque chose à propos de la *reah*, mais je n'entendis pas ce que c'était. J'étais fatigué et je me dirigeai du côté où se trouvait la tribu de Logan dans la fosse. Il était sous forme humaine, recouvert d'un long peignoir de soie matelassé que Mikhaïl et Yuri avaient drapé sur lui et son père était à genoux à ses pieds et attachait sa ceinture à sa taille. Cela le faisait ressembler à un roi ; le peignoir d'un bleu nuit n'était porté que par le *Semel* d'une tribu. Il se dirigea vers Domin qui avait maintenant un genou à terre, nu et grelottant de froid puisqu'il était revenu à sa forme humaine. Il s'arrêta devant lui et Domin releva les yeux vers Logan.

167

— Mon cœur est à toi. Prends-le rapidement.

Au lieu de cela, Logan fit un geste de la tête et son père apporta un autre peignoir matelassé, d'un rouge foncé. Après l'avoir pris, Logan le posa sur les épaules de Domin.

— La tribu de Menhit n'existe plus. Ta tribu a rejoint la mienne pour toujours et tu es maintenant *Maahes*, prince de la tribu de Mafdet et tu seras mon émissaire auprès des autres, ma voix, mon conseiller pour la paix. Le sang a été versé, laisse-le maintenant démontrer ainsi la parenté entre nous.

Les yeux bruns foncés se verrouillèrent sur les dorés. Logan le regarda fixement et, après quelques instants, je vis des larmes couler sur les joues de Domin.

— Veux-tu prendre ta place à mon côté ?

S'il le faisait, il ne dirigerait plus sa propre tribu. Il ne serait plus ni *Semel*, son *sheseru* et son *sylvan* redeviendraient de simples membres de la tribu. Seuls Mikhaïl et Yuri pouvait porter ces titres. Mais comme je regardais son *sheseru*, Markel et l'homme que je savais être le *sylvan* et tous les autres, dont l'étonnement pouvait se lire sur leurs visages, je savais que tout le monde voulait la paix. Ils avaient l'air brisés, ayant du mal à retenir leurs larmes dans leurs yeux rougis, leurs corps tremblants encore striés de sang, de suie et de brûlures. Tout le monde était fatigué, tout le monde souffrait et tout le monde voulait du réconfort. La querelle durait depuis si longtemps – le père de Logan avait combattu celui de Domin – mais maintenant, cela pouvait se terminer si seulement Domin pouvait ravaler sa fierté. Le silence était assourdissant alors que nous retenions tous notre souffle.

Une partie de moi espérait que Domin cracherait aux pieds de Logan, lui disant d'aller en enfer et ainsi, scellerait son destin. La tribu tomberait avec lui et il serait mort en quelques secondes. Je voulais qu'il souffre comme Logan avait souffert, mais en même temps, je ne pouvais rien imaginer de pire que de perdre son droit d'aînesse et sa tribu. Il serait pour toujours le serviteur de Logan s'il acceptait son nouveau rôle, et rien de plus.

Domin hocha la tête après un long moment et appuya sa joue sur le dos de la main de Logan. C'était le signe de sa soumission complète.

— Accepte-nous, *Semel*. Nous sommes une tribu. Je serai ton émissaire, parlerai en ton nom et serai ton loyal *Maahes*.

Il y eut des acclamations et des applaudissements instantanés, des sifflements et des hurlements alors que Logan retournait sa main et que Domin pressait sa joue contre sa paume. Lui et sa tribu appartenaient à Logan et il les protègerait tous. C'était fait. La querelle était enfin terminée, d'une manière dont on n'aurait jamais pu s'y attendre. En cet instant de joie, je me précipitai vers les marches et m'éloignai. Même par-dessus la cacophonie des voix, j'entendis la sienne. Il rugissait mon nom. Je baissai mon regard vers le sol de la fosse, et Logan me regardait, serrant son bras blessé. Ne s'étant transformé qu'une seule fois, il devait atrocement souffrir, mais il ne fit que grimacer lorsque quelqu'un le toucha, m'indiquant d'un geste de venir le rejoindre. Je le regardai longtemps et durement avant de relever la tête et de humer l'air.

—Non ! *Reah* !

Ma tête revint sèchement vers la fosse.

Le père de Logan tendait ses bras vers moi.

—Vous êtes une bénédiction, *reah* ! Ne nous laissez pas !

— Vous avez sauvé votre compagnon, cria une femme près de moi. Vous avez aidé ceux qui avaient essayé de le tuer. Vous êtes un don du ciel, *reah* ! Restez !

—Jin, s'écria Mikhaïl. Vous êtes une *reah* accouplée ! Vous ne pouvez pas laisser votre tribu.

—Jin, dit la mère de Logan en tendant ses bras vers moi, me suppliant des yeux. Viens ici, mon chéri. Laisse-moi être ta mère désormais.

Mon cœur me faisait mal.

—Jin, me cria Koren. Reste avec nous. Nous avons besoin de toi.

Il faisait savoir à tout le monde ce qu'il pensait de moi. C'était une belle preuve d'humilité, de foi et de confiance.

— Jin, bordel ! rugit Crane, essayant de se frayer un chemin dans la foule pour venir vers moi.

Mais il y avait tant de gens cependant, qu'il n'arriverait jamais à temps pour m'arrêter.

—Tu ferais mieux de ne pas bouger !

—Jin, éclata la voix cassée de Domin et je vis les larmes. S'il te plaît… notre tribu… S'il te plaît, ma *reah*.

Je ne pouvais pas le regarder. Il avait été si fier et maintenant, il était brisé. C'était difficile à voir.

—Jin.

Je tournai la tête et vis Delphine à côté de moi. Je ne l'avais même pas entendu venir.

—S'il te plaît, ne t'en va pas, Jin, dit-elle rapidement, forçant un sourire alors même qu'elle semblait sur le point de pleurer. Logan ne sera plus jamais

169

le même si tu pars. Tu aurais aussi bien pu le laisser se faire tuer si tu ne l'as sauvé que pour t'enfuir.

— Il m'a menti et a fait de mon sacrifice une farce. Il était censé me laisser le protéger.

— Oh, chéri, comment aurait-il pu faire ça ? Il est le *Semel*, après tout, il est le chef de file et tu es son compagnon. Tu as été seul et tu n'as eu personne vers qui te tourner depuis si longtemps que tu ne te souviens plus de ce que c'est que d'être aimé, protégé et chéri.

— Non, je …

— Ce qu'il a fait était stupide, irréfléchi, mais c'était tout ce à quoi il pouvait penser. Sur le moment, tu l'as surpris et c'est tout. Il en était malade par la suite, il était terrifié par ta réaction, mais tout ce qu'il savait, c'était qu'il devait te garder en sécurité. Penser à toi dans la fosse était la pire chose qu'il pouvait imaginer. Comprends-tu ? À la pensée de te perdre, rien que ça… Il n'y a rien de pire que ça pour lui.

Je me retournai pour le regarder et vis qu'il commençait à monter lentement l'escalier pour venir me rejoindre. Je n'avais aucune idée de ce qu'il fallait faire, mais quoi que ce soit, ce ne serait pas face à autant de gens.

— Non, Jin !

J'entendis Delphine pleurer avant que je ne sois en bas, de l'autre côté du ravin, les gens ne paraissant pas plus grands que quelques centimètres de là où j'étais. Je pris une grande inspiration, me retournai puis courus. Personne ne pourrait me rattraper et rien que de le savoir, cela me calma.

De retour à la maison, j'emballai mes affaire et pris la voiture de Delphine. Je n'avais pas à m'inquiéter pour Crane, il était en sécurité avec Logan et je le repoussai de mon esprit. Ma seule pensée était que je prenais la fuite devant mon compagnon. Rien n'avait de sens. Comment pouvait-il m'aimer et me trahir ? Comment avais-je pu être si prêt à lui faire confiance et puis, en un seul instant, voir cette confiance complètement brisée ? C'était comme avec ma famille, encore et encore. J'avais besoin de réfléchir et j'avais besoin de temps pour le faire. J'espérais qu'on me l'accorderait.

XIII

Lorsque Raymond Torres avait fait construire Paragon, au début des années quatre-vingt-dix, il avait inclus dans la conception, un petit studio d'une dizaine de mètres carrés derrière le bar du salon. Le but initial était d'avoir un endroit pratique pour lui, afin de pouvoir emmener des femmes qu'il invitait pour la nuit. Cela avait besoin d'une salle de bain et d'un lit, mais malheureusement, une fois la cabine de douche et les toilettes installées, il n'y avait de place que pour un petit lit jumeau. Il n'y avait pas de fenêtres, c'était étroit, tout petit. Cela ressemblait plus à une cellule de prison qu'à quelque chose de romantique et frais, cela ressemblait davantage à un endroit où harceleur aurait dissimulé son autel dédié. Situé derrière le bar, le bruit des tintements de verres, les bruyantes conversations des clients ivres et l'eau qui était tirée régulièrement, s'entendaient aisément à travers les murs aussi minces que du papier à cigarette, durant toute la nuit. C'était le dernier endroit où quelqu'un viendrait se reposer et le dernier endroit où quelqu'un viendrait chercher une personne qui en avait besoin.

Je m'enfermai dans la salle derrière le bar et personne, en dehors de Ray et moi, n'en avait la clef. C'était propre, même si c'était étroit, et je retirai ma parka et mes chaussures avant d'éteindre la lumière et de m'effondrer sur le lit, dans l'obscurité. Mes changements de formes m'avaient pris toute mon énergie et seule l'adrénaline m'avait permis de repartir de la fosse à la maison, puis au restaurant. J'avais appelé Ray une fois que j'étais dans le parking car je ne pouvais même pas sortir de la voiture. Il m'avait rejoint en quelques secondes et m'avait aidé à entrer. Je lui avais demandé s'il pouvait me faire une autre faveur.

Une faveur qui s'était transformée en trois, mais mon patron n'avait pas semblé s'en soucier. J'avais besoin d'un endroit pour dormir, j'avais besoin de manger immédiatement et j'avais besoin que quelqu'un ramène la voiture de

Delphine là-bas. Une heure plus tard, deux des serveurs avaient ramené la Lexus sur la route, devant la maison de Logan. Je ne voulais pas que quiconque la voie garée devant le restaurant, non pas que quelqu'un allait se mettre à ma recherche avant un certain temps. Si j'étais fatigué, Logan devait être épuisé. Il était probablement évanoui dans son lit. L'idée n'était pas réconfortante, parce qu'une partie de moi ne voulait rien d'autre que d'aller s'allonger à côté de lui et être enveloppé dans ses bras. C'était l'autre moitié qui posait problème. Celle qui n'arrêtait pas de me rappeler que j'avais déjà été trahi avant. Trop fatigué pour y penser davantage, lorsque Ray avait insisté pour que je dorme à l'étage, je ne m'étais pas battu avec lui. Je sombrai dans l'oubli et n'entendis même pas le moindre bruit.

Je me réveillai le lendemain soir, après avoir dormi pendant plus de seize heures d'affilée. J'avais fait en sorte de manger avant d'aller au lit, car il était dangereux de ne pas le faire. Après chaque métamorphose, les panthères avaient besoin de faire le plein et de s'hydrater, si bien que j'avais mangé un steak et bu ce qui semblait être des litres et des litres d'eau. J'étais encore trop fatigué pour marcher, mais, lorsque j'appelai Ray, il m'apporta un hamburger et des frites, un verre de lait et plus d'eau. Je lui dis qu'être servi par le patron était agréable. Il me rétorqua qu'il ne voulait tout simplement pas que n'importe qui apprenne pour la chambre, en dehors de nous deux. Il se foutait de mon état, il ne faisait que protéger son secret. Mais vu l'affection dans ses yeux, la façon dont il ébouriffa mes cheveux avant de s'éloigner, tout contredisait son affirmation. Nous nous étions assis et avions parlé, et je savais qu'il voulait me demander ce qui s'était passé, mais c'était une bonne chose qu'il ne l'ait pas fait. Il partit une demi-heure plus tard et je me rendormis en quelques secondes.

Le lendemain, je m'éveillai vers cinq heures de l'après-midi, à nouveau affamé, mais finalement capable de me lever du lit et de prendre une douche. Une fois changé, je descendis dans l'immense cuisine animée du restaurant. J'attendais des quolibets, mais réalisai que, techniquement, je n'avais même pas manqué une seule journée, puisque j'avais eu des congés supplémentaires pour avoir travaillé deux semaines consécutives. J'étais de retour à l'heure où je devais l'être, ce qui était drôle, en quelque sorte. Au milieu de batailles où il était question de vie et de mort, j'étais de retour au travail à l'heure.

Dans la cuisine, Ramon me fit asseoir sur le comptoir pendant qu'il me nourrissait. Un petit déjeuner pour le dîner avait toujours été ce que je préférais et, après une énorme omelette, un demi-kilo de jambon, du pain

172

grillé et au moins deux litres de jus de pomme, je me sentis mieux. Il me regarda mâcher et faire passer le tout avec de l'eau, et lorsque je me levai et le remerciai, il me demanda où était parti ce que je venais d'avaler. Il se faisait toujours un devoir de me dire qu'un jour, mon métabolisme serait différent et qu'à cause de mes habitudes alimentaires, je finirais en surpoids et pèserais près d'une tonne. Je lui dis de ne pas s'inquiéter à ce sujet.

Je sortis de la cuisine à temps pour que Ray puisse me demander si je comptais travailler ou non. Puisque l'alternative était de remonter dans la cellule de ma prison et de regarder le plafond, j'optai pour travailler. Lorsque Mike arriva une heure plus tard, il me demanda où était mon ombre et je répondis honnêtement. Je n'avais aucune idée de l'endroit où était Crane Adams.

La bonne chose à propos d'être occupé au travail était que le temps passait plus vite. Je courrais et c'était bon pour moi, car ainsi, je n'avais pas le temps de réfléchir. À la fin de la soirée, alors que j'étais occupé à nettoyer, j'entendis mon nom crié à travers la pièce. Je ne relevai pas la tête et continuai simplement à essuyer les tables jusqu'à ce que Crane s'approche de moi.

— Qu'est-ce que tu fous ici ?

Je me contentai de le regarder.

— Seigneur, Jin. Logan est en train de perdre l'esprit et tu travailles ?

J'allais le contourner, mais il se dressa en face de moi, me bloquant le chemin.

— Jin, ton *Semel* a besoin de toi !

Le repoussant de côté, j'allai vers le bar. Il était juste derrière moi.

— Que vas-tu faire ? T'enfuir à nouveau ?

Je ne lui répondis pas. J'étais trop en colère. En quelques jours, sa loyauté avait complètement changé, passant de moi à Logan.

— Je vais devoir lui dire où tu es.

— Je doute qu'il ne le sache pas déjà, dis-je sans même le regarder.

— S'il le savait, il serait déjà là.

— Non, dis-je doucement. Il me laisse le temps de réfléchir.

— Il ne va pas bien, Jin. Regarde-moi.

Je relevai la tête et vis que les muscles de sa mâchoire étaient crispés, ses sourcils froncés et ses poings serrés à ses côtés.

— Il n'a pas encore dormi, il ne veut pas se transformer afin de guérir ses blessures, il ne veut pas manger… Tu dois revenir à la maison ou il ne sera plus question de savoir s'il a gagné ou non – il ne resta plus rien de lui.

Je le regardai, parce que je ne l'avais jamais vu aussi sérieux et sincère de toute ma vie.

— S'il te plaît, Jin, même si tu ne veux pas rester… Fais-le manger et dormir. Nous savons tous les deux que personne ne pourra jamais te forcer à rester contre ta volonté.

Je m'éclaircis la gorge.

— Logan Church est un homme fort et un chef de file avant tout. Il a probablement mangé maintenant. Rentre chez toi, Crane et tu verras.

— Jin…

— Va-t'en, Crane.

Puisque je ne le regardais pas, je ne vis pas son expression mais j'entendis la porte claquer lorsqu'il sortit.

Une heure plus tard, j'étais en route, en direction d'un restaurant pour me prendre un café et manger un morceau de tarte quand une voiture roula à côté de moi. Elle ralentit mais ne s'arrêta pas et lorsque la vitre, côté conducteur, descendit, je vis Mikhaïl.

— Hé, dit-il doucement.

— Crane a une grande gueule.

— Oui, acquiesça-t-il sans argumenter.

J'enfonçai mes mains dans les poches de ma parka. Il faisait froid dehors et même avec mon manteau, mon bonnet et mon écharpe, j'étais encore gelé et mon souffle était visible lorsque je parlais.

— Logan est un *Semel* avant tout autre chose. Il connait son devoir. Il prendra soin de lui-même.

— Mais tu vois, il a déjà fait son devoir : il a sauvé sa tribu et sa *reah*, il a même sauvé Domin, rétorqua-t-il. Mais il ne s'est pas sauvé lui-même.

— Comment m'a-t-il sauvé exactement ?

— Tu serais mort si tu étais allé dans la fosse avec cinq panthères.

J'arrêtai de marcher et me retournai vers lui. Il appuya des deux pieds sur le frein et sortit de la voiture plus vite que je n'aurais pensé qu'un si grand homme pouvait le faire.

— J'étais prêt à le protéger !

— Tu te serais fait tuer, purement et simplement, cria-t-il, me poussant violemment au niveau de la clavicule pour appuyer son point de vue. Logan n'allait pas laisser ces chacals tuer son compagnon et, merde, tu aurais dû le savoir ! Et maintenant, tu le punis pour t'avoir sauvé la vie de la seule putain de manière qu'il connaissait !

— Je l'ai sauvé et non l'inverse !

— Il t'a sauvé !

— Donc, je n'ai rien fait.

Il saisit le revers de ma parka et me tira vers lui.

— Tu lui as sauvé la vie, et de par la loi, puisque tu avais déjà accepté le défi, tu étais le seul d'entre nous à pouvoir le rejoindre dans la fosse sans que tout ne soit annulé pour vice de forme.

— Jusqu'à ce que les autres aient triché, lui rappelai-je.

— Oui, soupira-t-il. Cela aurait pu provoquer une guerre totale à ce moment-là, mais nous savions tous que Logan aurait préféré mourir plutôt que d'avoir l'un d'entre nous dans la fosse avec vous deux.

— Je sais.

Il me libéra et je m'éloignai d'un pas de lui.

— Jin, tu as été incroyable, dit-il, sa crainte s'entendant clairement dans sa voix. Tu… Je n'ai jamais vu d'autre panthère comme toi. Je n'avais jamais vu quelqu'un se transformer aussi vite de ma vie. Je n'avais même aucune idée que cela soit possible, mais là encore… Logan s'est sacrifié parce qu'il est allé dans la fosse en premier, sans toi pour faire face aux cinq panthères parce qu'il ne voulait pas qu'ils s'approchent de son compagnon. As-tu compris cela ?

— Bien sûr, mais là n'était pas la question.

— C'est la seule question qu'il devrait y avoir.

— Non, ce n'est pas le cas.

— Jin, je sais que sans toi, mon *Semel* serait mort aujourd'hui, je le sais. Mais ce que tu dois comprendre, c'est que s'il ne dort pas bientôt, s'il ne mange pas et ne laisse pas son corps se nourrir de quelque chose d'autre que lui-même, s'il n'arrête pas de saigner… Il sera comme mort.

Je fixai Mikhaïl.

— Je ne veux pas rester là-bas.

— D'accord.

— Promets-le-moi.

— Tu es ma *reah*, déclara-t-il avec urgence. Personne ne peut t'obliger à faire quelque chose contre ta volonté.

Je vérifiai sa sincérité dans ses yeux bleu saphir et il soutint mon regard.

— Tu ne comprends pas que ta place est la plus élevée …

Je fis un signe de tête en direction de la voiture.

— Allons-y.

IL Y AVAIT beaucoup de gens dans la maison lorsque j'arrivai. Yuri, qui nous avait ouvert la porte d'entrée, marchait devant moi et Mikhaïl était derrière moi afin que personne ne puisse arrêter ma progression vers l'escalier. Lorsque Koren m'appela, je me dépêchai et les conseillers de Logan l'interceptèrent. S'ils ne me haïssaient pas tous auparavant, ce devait assurément être le cas à présent, parce que j'avais abandonné Logan. Je n'avais pas envie de me faire engueuler. Je voulais juste voir Logan par moi-même et m'assurer que la situation n'était pas aussi critique que tout le monde se plaisait à la dépeindre.

Il était calé dans son lit et je vis que les blessures qu'il avait reçues au cours du combat n'étaient pas guéries. Les draps du lit étaient tâchés de sang séché, sa peau avait perdu sa couleur dorée normale et était devenue grise et sa respiration était laborieuse. Le feu dans la chambre n'était pas assez grand pour le réchauffer, comme en témoignait ses lèvres bleuies. Je réalisai tout de suite que cela avait moins à voir avec moi et plus à voir avec le fait que personne ne prenait soin de lui. Je ne pouvais pas imaginer que quelqu'un ait empêché sa mère de venir près de lui. Je me retournai et criai pour l'appeler. Quelques minutes plus tard, elle apparut à la porte où je me tenais.

Son visage était crispé de douleur.

— Jin ?

— Préparez-lui de quoi manger, je vais m'occuper de le nourrir.

Elle me regarda dans les yeux et je ne pouvais pas, même si ma vie en avait dépendu, lire son expression.

— D'accord ?

Elle attrapa mon visage et son sourire était énorme.

— Je t'aime, tu sais.

Je fus surpris, ce n'était pas la réaction que j'attendais.

— Oh, Jin.

Ses yeux papillonnèrent rapidement dans une tentative désespérée d'éviter de pleurer.

— Je t'adore tout simplement.

Je l'embrassai sur le front, lui demandai de m'envoyer Russ et Koren et restai où j'étais. Quelques secondes après qu'elle m'ait quitté, les deux frères de Logan apparurent, mais ils ne se précipitèrent pas vers l'avant. Mes yeux glissèrent sur eux et je vis la colère sur leurs visages.

— Tu n'as pas à m'aimer, grognai-je à Koren. Nous devons juste le baigner et obtenir un feu plus grand...

— Tu ne me regardes pas, répondit sèchement Koren et lorsque mes yeux s'arrêtèrent sur son visage et je vis qu'il s'efforçait de ne pas s'effondrer. Je suis tellement reconnaissant de ta présence, *reah*. Il est le *Semel* de notre tribu et donc lorsque tu es parti, il n'y avait personne pour contredire ses cris ou ses vociférations. Il nous a ordonné de sortir de sa chambre... Tout ce que l'on pouvait faire était d'attendre qu'il nous appelle.

Je hochai la tête.

— Jin.

Mes yeux passèrent d'un frère à l'autre.

— J'ai besoin que tu m'écoutes.

La voix cassée de Russ se fit entendre alors qu'il tendait la main vers moi mais s'arrêtait de lui-même avant de me toucher.

— Nous sommes si heureux que tu sois ici. Après ce qu'il t'a fait... que tu sois quand même revenu... Merci, *reah*.

Je regardai les deux hommes, l'un après l'autre.

— Tu n'as aucune idée de ce que cela signifie que tu sois ici, m'assura Koren.

Je hochai la tête.

— Je vais faire couler le bain.

Une fois que l'énorme baignoire fut remplie d'eau chaude, j'appelai les deux hommes pour qu'ils m'aident à mettre Logan dedans. Lui ayant retiré le peignoir de cérémonie qu'il portait toujours depuis le combat dans la fosse, deux nuits auparavant, ils l'amenèrent dans la salle de bain. Je commençai à m'inquiéter lorsqu'il ne se réveilla pas, même lorsqu'il fut plongé dans l'eau, mais alors que je commençai à glisser mes doigts dans ses cheveux, je le vis frissonner. Je me relevai pour arrêter l'eau chaude et une main jaillit, s'enroulant autour de mon poignet pour m'arrêter. Tournant la tête, je vis ses beaux yeux couleur de miel.

— Mon compagnon, soupira-t-il et je le vis déglutir difficilement. Tu viens pour...

— Puis-je te laver les cheveux ? le coupai-je doucement.

Des larmes coulèrent de ses yeux alors qu'il hochait la tête.

— Russ, amène-moi un pichet, dis-je à son frère. Koren, aide-moi à l'asseoir.

— Je peux bouger, dit-il d'une voix rauque. Tu n'as pas besoin de Koren.

Je hochai la tête et soudain, nous fûmes seuls.

— Prends ma main.

Il la tendit vers moi et lorsque ma peau glissa sur la sienne, je le vis frissonner de nouveau.

— Tu as froid.

— C'est juste toi, dit-il, ses yeux passant partout sur moi. Je tremble toujours lorsque tu me touches.

— Non, ce n'est pas vrai, dis-je en souriant.

— Si, c'est vrai.

Il expira lentement.

— Normalement, j'arrive à le cacher.

Je pris une grande inspiration.

— Penche-toi.

Il fit ce que je demandais et je lui lavai les cheveux, utilisant le pichet que Koren m'avait apporté pour le rincer. Je vis l'eau claire se teinter de rose.

— Je vais vider l'eau et allumer la douche en même temps. Il y a trop de sang dans l'eau. Je ne veux pas qu'il se redépose sur ta peau.

— Peu importe, je m'en fiche, murmura-t-il. Il te suffit de laisser tes mains sur moi. S'il te plaît, ne t'en va pas.

— Peux-tu te lever ?

— Je peux faire ce que tu veux.

Mais la position debout s'avéra être plus difficile à tenir qu'il ne le pensait et je me retrouvai dans la baignoire, en jean, tee-shirt et bottes pour l'empêcher de tomber. C'était drôle, j'avais toujours pensé que j'étais plutôt grand, mais avec Logan debout devant moi, faisant une bonne tête de plus que moi, je me sentis soudain faible et fragile.

— Seigneur, tu as l'air bien tout mouillé, gronda-t-il de sa voix profonde et sexy, sa main gauche s'enveloppant dans mes cheveux comme il me faisait pencher la tête en arrière, exposant ma gorge. Tu es si beau... mon compagnon, ma *reah*.

Mais c'était lui qui avait un corps à mourir, pas moi.

Je sentis sa bouche sur ma peau avant même que je réalise qu'il s'était penché vers moi. Les baisers déposés ma clavicule étaient aussi légers qu'une plume.

— Tu dois retourner au lit.

— Tout ce que tu veux, dit-il d'une voix rauque, ses mains sur mes épaules. Il te suffit de rester ici.

Je ne répondis pas, l'aidant juste à sortir de la baignoire.

Enveloppé dans une serviette, Logan réussit à revenir lentement vers son lit grâce à la simple force de sa volonté. La chambre s'était réchauffée et de la nourriture avait été déposée sur un plateau à côté du lit – et avait une odeur incroyable. En voyant cela, cependant, je remarquai qu'il n'y avait pas assez de protéines. Je demandai à Koren, qui était en train d'attiser le feu, de descendre et de me ramener un peu de viande. Il me dit de lui donner mes vêtements et qu'il allait les faire sécher. Lorsque je commençai à retirer ma chemise, j'entendis Logan prononcer mon nom. Alors que je me retournai, je fus surpris de voir à quel point ses yeux étaient devenus sombres. Il avait l'air épuisé, complètement éreinté, à l'exception de ses yeux. Ils brillaient de colère.

— Va te changer dans la salle de bain et ramène-lui tes vêtements. Il y a une serviette là avec laquelle tu pourras te couvrir. Personne d'autre que moi ne doit voir ta peau nue, *reah*. C'est la loi.

Je savais qu'il avait raison, même si c'était ridicule. Être une *reah* accouplée allait de pair avec une longue liste de choses à faire et à ne pas faire. La plupart avaient été édictées pour éviter que le *Semel* ne ressente le besoin d'éventrer n'importe quelle personne qui se tiendrait trop près de sa compagne. Je réalisai que c'était la raison pour laquelle Russ et Koren ne m'avaient pas touché plus tôt. La *reah* devait donner son accord pour être touchée, et le *Semel* devait acquiescer ou non. Lorsque je vis la façon dont Logan regardait son propre frère, je compris la raison de ces règles. Le *Semel* était peut-être rationnel et logique en toutes choses, sauf en ce qui concernait son compagnon. La raison fuyait devant la force du lien d'accouplement.

Je m'élançai de nouveau vers la salle de bain, me changeai et revins enveloppé seulement dans une serviette.

— Je ne suis pas une femme, dis-je à Logan, donc beaucoup de ces règles archaïques ne peuvent s'appliquer à moi. Je n'ai pas besoin d'être entièrement recouvert devant tout le monde à part mon compagnon, et d'ailleurs j'étais nu devant toute ta tribu juste avant-hier soir.

Il émit un bruit du fond de sa gorge, montrant clairement sa frustration et lorsqu'il ouvrit la bouche pour parler, ses crocs avaient percés ses gencives, en haut comme en bas.

Koren prit cette seconde de silence pour s'enfuir hors de la chambre et nous laisser seuls. Je regardai Logan lutter pour reprendre le contrôle de son corps affaibli. Ses mains empoignaient les draps, les muscles de son cou et de sa mâchoire saillaient et il ferma les yeux.

— Arrête de le combattre, idiot, lui dis-je sèchement. Transforme-toi.

— Mais, je ne sais pas combien de temps je pourrai…

— Change !

— Je veux te parler.

— Fais ce que je te dis.

— Non ! *Tu* feras ce que je dis et tu ne partiras pas !

— Tu te fais du mal parce que tu es un crétin !

— Je dois te parler ! me cria-t-il, mais cela ressembla plus à un grognement, puisqu'il s'était transformé alors qu'il me parlait.

Cela fut rapide, pas en un clin d'œil comme pour moi, mais tout de même impressionnant.

— Eh bien, voilà ! dis-je en souriant, ma colère instantanément évaporée.

J'en connaissais la raison et c'était mesquin : il ne pouvait pas me parler sous forme de panthère. Il ne pouvait qu'écouter et c'était un soulagement.

— Comment peux-tu être aussi négligent, Logan ? C'était dangereux.

Il tourna son énorme tête pour me regarder et j'attrapai l'assiette de viande et lui tendit la première pièce de gibier.

— Tu es monté ici pour t'asseoir pendant une minute, seul, sans bruit, sans que personne ne te parle, avec l'ordre de ne pas être dérangé et tu t'es endormi.

Il avait terminé le premier morceau et je lui en donnai un deuxième, puis un troisième, avant de poser l'assiette devant lui. Tout disparu en quelques secondes, facilement un kilo de viande. Je me levai, allai à la porte et appelai pour demander un bol. Quelques secondes plus tard, Russ était là avec l'objet demandé.

— Je vais lui donner de l'eau du robinet pour l'instant, mais tu devras lui apporter beaucoup de bouteilles lorsqu'il se réveillera, plus tard.

Il hocha la tête, mais ne repartit pas.

— Quel est le problème ?

— Est-ce qu'il va bien ?

J'ouvris la porte en grand.

— Regarde par toi-même.

— Oh, souffla Russ, il s'est métamorphosé ! Dieu merci !

— Il ira bien, dis-je gentiment en regardant Logan.

Je fus surpris de le voir s'accroupir, aplatir ses oreilles contre sa tête et dénuder ses crocs.

— Allez, dépêche-toi avec l'eau.

— Étonnant, soupira Russ, hypnotisé par la vue de son frère sous sa forme de bête hargneuse qui grognait sur lui.

— Tu devrais y aller, dis-je doucement mais avec urgence.

— Regarde-le. Il n'a aucune idée de qui je suis. Sous cette forme, aussi fatigué qu'il soit, aussi épuisé, tout ce que je suis, c'est une menace. Tu es le seul qu'il reconnaît qu'il soit homme ou animal. Tout ce qu'il sait maintenant, c'est que tu lui appartiens et que je suis trop près de toi.

— Ouais, alors vas-y, lui dis-je en le poussant vers la porte avant de la refermer derrière lui. Toute une famille d'idiots, à part ta mère, murmurai-je en marchant près du lit.

Logan m'attendait, figé et lorsque je revins avec le bol maintenant remplit d'eau du robinet, il pencha la tête vers moi.

— Russ t'apportera des bouteilles d'eau d'en bas, plus tard, mais pour l'instant, tu dois boire tout ça.

Lorsqu'il ne bougea pas, je criai.

— Tu es un animal ! Bois cette putain d'eau !

Il se pencha et but dans le bol en métal. Lorsqu'il fut vide, je me levai et le remplis à nouveau. Comme je le regardais laper l'eau pour la deuxième fois, je réalisai à quel point il avait été proche de la mort. Lorsque je donnai un petit coup sur son museau, il recula d'un pas en grognant.

— Tu t'es endormi sans boire ni manger. À quoi pensais-tu ? On nous apprend tous la même chose après la première fois où nous nous transformons… *Vous devez vous assurer que le taux de sucre dans votre sang est à un niveau stable, vous devez manger une tonne de protéines et vous hydrater. Si vous oubliez, vous prenez le risque de tomber dans le coma et de mourir*, récitai-je. Et si tu ne le fais pas, c'est comme avoir la pire gueule de bois de ta vie. Tu sais tout cela et tu étais quand même assis là, comme un idiot et tu t'es presque tué. Cela démontre à quel point tu es fort puisque tu étais encore cohérent lorsque je suis arrivé ici.

Il essaya de poser sa tête sur mes genoux, mais je le repoussai.

— Au moment où tu as réalisé que tu étais en difficulté, tu étais trop faible pour faire quoi que ce soit à ce sujet, le grondai-je. Et tout le monde pensait que tu étais fâché après moi, mais ce sont des conneries et nous le savons tous les deux. Tu as merdé et maintenant, pour tout le monde, je suis la cause de toutes les choses qui peuvent t'arriver.

Il se pencha vers moi, mais je le repoussai de nouveau d'une tape sur le museau. Lorsqu'il gronda, je le claquai franchement.

— Bois l'eau, lui ordonnai-je.

Mon ordre fut immédiatement suivi.

Après plusieurs minutes à le regarder boire et manger, je me levai pour ajouter des bûches dans le feu, puis éteignis toutes les autres lumières. Je voulais qu'il dorme.

— Peux-tu passer à ta forme intermédiaire ?

En réponse, il devint mi-homme, mi-panthère et retomba lourdement sur le lit.

— Bien, dis-je alors que je m'asseyais près de lui, tirant la couette autour de ses épaules.

Lorsque j'essayai de me pencher en arrière, il prit ma main et la posa sur son cœur, l'appuyant dessus.

— *Reah*, dit-il d'une voix rocailleuse qui avait du mal à sortir, ressemblant plus à un grognement et à un ronronnement qu'autre chose. Ici, *reah*.

Je vivais dans son cœur et le mien était comme brisé.

— Tu as besoin de dormir, lui dis-je, en regardant dans ses yeux redevenus dorés, sans blanc du tout, juste d'énormes bassins dorés. S'il te plaît, dors.

Il secoua la tête, ce qui libéra ma main qui descendit lentement sur son torse, mon bras avec. Il voulait que je m'allonge près de lui.

— Je resterai jusqu'à ce que tu t'endormes.

Son grognement fut fort alors qu'il me tirait vers lui. Ma tête frappa sa poitrine tandis qu'une main griffue se posait sur mes fesses et l'autre se refermait autour de mon poignet. Je ne pouvais aller nulle part.

Je relevai la tête et mes lèvres effleurèrent son menton pendant que je parlais.

— Allez, dors.

La main sur mes fesses avait d'autres idées. Logan déchira la serviette jusqu'à ce que les griffes acérées glissent sur ma peau nue. J'entendis son gémissement de désir, mais je savais aussi qu'il n'allait pas juste dormir, il allait s'évanouir. Et si son corps était occupé, il partirait encore plus vite. Dans sa forme intermédiaire, il était beaucoup plus sensible à son appétit charnel. Tout ce que j'avais à faire était de le tenter, de l'exciter et de le satisfaire.

Embrasser son menton le fit ronronner de contentement et lorsque je léchai sa gorge, il pencha sa tête en arrière pour que je puisse mieux l'atteindre. Il me libéra pour que je puisse monter sur lui et l'embrasser du cou jusqu'à la clavicule. Je regardai ses mains griffer les draps lorsque ma bouche se referma sur son mamelon droit. Je le léchai et le mordis, avant de passer à l'autre, lentement, sensuellement, prenant mon temps, l'amenant à se torde sous moi. Descendant lentement, je fis courir ma langue sur son estomac, sur le sillon qui séparait les muscles de son abdomen et ma main se referma sur son membre tendu et dur. Lorsque je reculai, ses yeux étaient vitreux, il haletait et son corps n'arrêtait pas de trembler sous moi.

Ses gémissements et ses grognements augmentèrent alors que son corps se cambrait sur le lit, ayant besoin que je fasse plus, mais incapable de formuler sa demande à voix haute. Lorsque je me penchai en avant, passant ma langue sur le gland enflé de son membre dur comme de la pierre, il poussa un cri rauque. Il essaya de se soulager en s'enfonçant lui-même dans ma gorge, sans succès. Il n'était pas assez fort pour bouger davantage, épuisé au-delà de la raison. Il ne pouvait que se tortiller sous moi. Je l'engloutis profondément, suçant et léchant chaque centimètre de son long sexe épais, dans la fente, autour de la couronne, sur la veine proéminente qui courait sur toute la longueur et remontant lentement par en-dessous, jouant avec les pressions et l'effleurant de mes crocs.

Il était si beau, la tête rejetée en arrière, les yeux fermés, alors qu'il se tortillait toujours sous moi, gémissant bruyamment et son membre aussi dur que de l'acier gonfla dans ma bouche. Il était perdu dans d'exquises sensations, dans les pulsations qui traversaient son corps et j'étais la raison de son extase. C'était incroyable parce qu'il était si fort, si plein de chaleur et de puissance, et pourtant, j'étais celui qu'il suppliait, j'étais celui qui le faisait brûler. Il renonçait à tout son contrôle pour moi.

— Dis-moi ce que tu veux, demandai-je, léchant son membre, puis ses testicules, rendant le tout lisse, humide et chaud.

Tout ce qui sortit fut le mot 'dur', mais je compris. Il voulait que je suce son membre durement et ce n'était pas une demande, mais l'ordre d'un *Semel* à son compagnon. Je ne pouvais rien faire d'autre que de réaliser son désir. J'avalai son sexe jusque dans ma gorge, enfouissant mon visage dans son aine. De nouveaux gémissements sortirent de sa poitrine.

Je savais que c'était bon, je savais que je lui offrais une fellation phénoménale – on me l'avait dit plusieurs fois – et pourtant c'était différent avec lui parce qu'il m'appartenait. Comme je le prenais plus profondément – ce qui augmentait la force de la succion – son gland cogna contre le fond de ma gorge et je le sentis gonfler encore dans ma bouche. J'entendis mon nom sortir dans un rugissement lorsqu'il se mit à jouir, saisissant douloureusement mes cheveux pour que je ne puisse pas bouger, ni m'éloigner. Je déglutis difficilement alors qu'un petit jet de sperme chaud inondait ma gorge. Déshydraté comme il l'était, c'était logique qu'il n'y en ait pas plus. Il me serra contre lui alors que son corps frémissait sous son paroxysme.

Je le gardai dans ma bouche jusqu'à ce qu'il se détende et me lâche. Comme je me penchai en arrière, essuyant ma bouche, je vis la difficulté qu'il avait à s'accrocher à son état conscient. Épuisé comme il l'était, lorsque je lui souris, je vis un frisson se propager dans son corps avant que la lumière ne quitte ses yeux. Il s'évanouit, revenant instantanément à sa forme humaine, à nouveau homme, un qui était totalement épuisé. Me glissant doucement hors du lit, je me tenais au-dessus de lui, caressant ses cheveux lorsqu'un léger coup retentit à la porte.

— Entrez !

Koren se glissa dans la chambre, mes vêtements dans ses bras. Je les pris, le remerciai avant de me précipiter vers la salle de bain. Revenant au chevet de Logan quelques minutes plus tard, je remarquai le rythme lent de sa respiration. Il dormait profondément et le resterait pendant un certain temps. Cela me réconforta de savoir que tout allait bien se passer.

En bas, j'attendis Mikhaïl dans l'alcôve, à côté de l'escalier.

— Jin.

Je tournai la tête et vis Peter Church.

— Jin, vos bottes sont encore humides. Elles ne seront pas sèches avant des heures, pourquoi ne resteriez-vous pas jusqu'à ce qu'elles le soient ?

— Non, dis-je en secouant la tête et en reculant vers la porte. Je dois y aller.

— Pourquoi ?

— J'ai beaucoup de choses auxquelles penser. Je suis juste venu pour m'assurer qu'il allait bien.

— À la seconde où il sera réveillé, il partira à votre recherche.

Je haussai les épaules.

— À la seconde où il se réveillera, il aura une tribu nouvellement formée à s'occuper. Où est Domin, au fait ?

— La dernière fois que Koren est allé vérifier, il dormait encore. Je suis surpris que ce ne soit pas votre cas.

Je haussai les épaules.

— Je guéris vite.

— Et vous vous transformez tout aussi rapidement et vous courez encore plus vite. Je n'ai jamais vu quelqu'un comme vous.

— En plus d'être une *reah* mâle, comment pourrais-je être plus bizarre ?

Je lui souris alors que Mikhaïl s'avançait vers moi. Je me retournai pour y aller, mais sa main sur mon épaule m'arrêta.

— Revenez bientôt à la maison, Jin. Logan n'est pas le seul à avoir besoin de vous.

C'était agréable à entendre.

— Faites-moi une faveur.

— Tout ce que vous voulez, dit-il sincèrement.

— Pouvez-vous surveiller Crane ?

Il hocha la tête.

— Bien sûr. Il est dans la maison des invités et veut vous voir. Peut-être voulez-vous rester pour lui parler et manger quelque chose... Eva meurt d'envie de vous nourrir.

Il essayait tant bien que mal de me retenir. Je lui souris et posai une main sur son épaule.

— Non, assurez-vous qu'elle le nourrisse et gardez-le en sécurité.

— Je le ferai, Jin. Je vais bien prendre soin de lui.

— Je vous remercie, Monsieur, dis-je doucement, marchant vers la porte que Mikhaïl maintenait ouverte pour moi.

Marcher dans la neige avec le *sylvan* de Logan à côté de moi était paisible, jusqu'à ce qu'il commence à parler.

— Il a raison. Nous avons tous besoin de toi et nous voulons tous que tu restes avec nous. Maintenant que nous savons que nous pouvons avoir un *Semel* accouplé avec une *reah*, c'est dur que tu ne sois pas là. J'ai l'impression d'être vide à l'intérieur et qu'un vent froid souffle par rafales à travers moi.

Je me retournai lentement vers lui, haussant un sourcil.

Il me retourna la même expression puis me sourit largement.

— Un peu trop poétique, n'est-ce pas *sylvan* ?

Il laissa échapper un profond soupir.

— Tu te moques de l'amour que je ressens et j'ai envie de te dire d'aller en enfer, mais lorsque tu souris, je ne peux pas te résister. Te voir suffit à m'apporter de la joie. Ce doit être écrasant pour Logan.

Je gardai le silence.

— Il doit être sous ton emprise.

— Je ne sais pas.

— Il t'aime. N'est-ce pas assez ?

Je n'étais pas sûr que cela puisse suffire.

XIV

VENDREDI SOIR au boulot, j'essayai, comme d'habitude de ne pas penser à Logan Church. Toute une semaine était venue et repartie sans un mot. Bien que ce soit bon – j'avais déménagé dans un nouveau studio puisque Crane n'était plus mon colocataire, accepté le poste de gestionnaire des restaurants et embauché cinq nouveaux serveurs – mais malgré tout ça, je n'arrivais pas à me sortir mon compagnon de la tête. Je m'étais dit que lorsque les choses se seraient calmées pour tous les deux – le travail pour moi, la tribu pour lui – nous pourrions nous revoir et discuter. C'était ce que je me répétais chaque soir lorsque je rentrais chez moi et me retrouvais face à un lit vide.

Je sortais de la cuisine, dans mon processus habituel de contrôle que tout allait bien pour tout le monde, me dirigeant vers le bar, lorsque je fus intercepté par une de mes nouvelles serveuses.

— Hey, patron, dit Tanya Greely en souriant. Deux gars vraiment sexy sont à l'accueil et vous demandent.

Je regardai par-dessus son épaule et vis Domin, un cure-dent pendu à ses lèvres et Koren, debout, renfrogné à côté de lui, les bras croisés, attendant. Je trottinai vers eux, traversant la salle de restaurant et fut accueilli par une accolade de la part des deux hommes. C'était surprenant, d'autant plus de la part de Domin qui affichait un changement radical dans son attitude, la chaleur ayant remplacé la ruse, et il arborait un sourire engageant et des yeux brillants. Debout, du haut de son mètre quatre-vingt-huit, les cheveux bruns épais et ondulés, ses yeux marron chocolat me souriaient et il n'avait jamais eu l'air aussi bien.

— Hé, dit-il chaleureusement et je fus frappé par l'aisance qui rayonnait de lui. Tu nous manques, *reah*.

— Que faites-vous ici, les gars ? demandai-je, les amenant à l'extérieur, sous le porche qui faisait le tour du bâtiment.

187

— Nous avons juste pensé venir te dire au revoir avant de quitter la ville, répondit Koren, posant sa main sur mon épaule et la serrant doucement. Comment vas-tu ?

Il ressemblait tellement à son frère que, pendant une minute, je le dévisageai. Mais là où Koren Church était un homme magnifique, c'était l'aîné des frères Church qui m'avait fasciné. Seuls les yeux de Logan pouvaient me brûler.

— Jin ?

— Désolé. Que disais-tu ?

— J'ai demandé comment tu allais.

— Je vais bien.

Je toussai.

— Où allez-vous ?

— New-York. Nous allons rencontrer un ami de Logan, un *Semel*, répondit Koren, étudiant mon visage de ses yeux vert olive.

Le scrutement était agréable, comme s'il s'inquiétait.

— Pourquoi avez-vous besoin de parler à un autre *Semel* ?

— Pour Simone, dit Domin en bâillant, m'indiquant ainsi à quel point cela l'ennuyait. Elle a besoin d'un compagnon et comme tu en as fait ton *aset*, le seul compagnon qu'elle peut avoir maintenant est un *Semel*.

Je regardai Koren qui retira sa main de moi.

— Mais pourquoi accompagnes-tu le *Maahes* ? La loi ne prévoit pas qu'il soit escorté lorsqu'il se rend à des rendez-vous pour former des alliances avec d'autres tribus.

— Parce que je n'ai pas confiance en lui, rétorqua Koren, d'un ton sec. Dieu seul sait ce qu'il va promettre pour obtenir ce qu'il veut.

Je regardai Domin.

Il m'adressa un sourire malicieux.

— Il n'a pas confiance en moi. Il pense que j'attends juste le bon moment pour baiser Logan, que je lui tourne le dos.

— Est-ce le cas ?

Il remua exagérément les sourcils.

— N'aimerais-tu pas le savoir ?

— Tu vois ! dit Koren en le pointant du doigt. C'est pourquoi je n'ai pas confiance en lui.

Mais quand je regardai à nouveau Domin, je vis le coin de sa lèvre se relever lentement, ses yeux se fermer à moitié et un profond soupir s'échapper de sa gorge. Il taquinait Koren et adorait manifestement le faire. Il était un homme de Logan maintenant et il n'allait pas trahir sa confiance. Mais pour une raison obscure, il voulait que Koren pense le contraire.

— Donc, parce que ce gars est un coyote et non une panthère, je ne vais pas le laisser hors de ma vue.

Mes yeux se posèrent à nouveau sur Domin.

— Coyote ?

— Escroc.

Il me sourit en haussant un sourcil.

— Oh ! dis-je en hochant la tête. Alors, quelle est ton intention ?

Ses yeux brillèrent.

— Mon intention est d'organiser à mon ami ici présent, un très bon moment, pour qu'il se décoince un peu et tu sais, voir si Ethan Locke, le *Semel* de la tribu de Tefnut, veut d'une *aset* pour compagne. Nous verrons si nous pouvons le convaincre de venir nous rendre visite pour la rencontrer.

— On dirait un bon plan, dis-je en fixant Domin, le regardant tourner la tête pour regarder Koren.

Et je me demandai pourquoi ; si Domin avait bien attaqué Koren, comme ce dernier l'avait raconté à tout le monde, pourquoi est-ce qu'il choisissait maintenant de voyager avec lui ? Et pourquoi Koren avait-il pris soin de Domin après le défi dans la fosse ? Cela n'avait pas de sens, pas plus que la manière dont le frère de Logan le regardait. Il avait l'air plus anxieux qu'en colère. Domin le rendait nerveux et je me demandais pourquoi.

— Allons-y, dit Koren sèchement au moment même où son téléphone sonnait.

— Tu ferais mieux de répondre, dit Domin pour le taquiner.

Koren poussa un petit soupir d'exaspération pure en se détournant pour répondre.

— Hé.

Je regardai Domin.

— Regarde.

Il m'indiqua l'orée des arbres de l'autre côté du restaurant et je vis le flash d'yeux irisés dans l'obscurité avant que l'ombre d'une énorme panthère ne se déplace, puis disparaisse hors de ma vue.

— Jin, Logan était là, à t'attendre. Il ne peut pas faire ce qu'il a besoin de faire jusqu'à ton retour. Il ne peut pas penser, il ne mange pas et tu as besoin de faire le point avec lui, avant que la tribu s'écroule. Il doit être fort, sinon, il va tout perdre.

— Domin, je …

— Ainsi que le reste d'entre nous.

Je ne savais pas quoi dire.

— Arrête toute ces conneries à propos de ton orgueil blessé et accepte le fait qu'il ait fait une bêtise parce que ce truc avec toi est dépassé. Il a besoin de toi. Va le voir.

Je secouai la tête.

— Ça ne fait qu'une semaine. Je ne sais pas si…

— Si tu étais une femme, il t'aurait déjà traîné jusqu'à la maison. Il aurait fait son truc d'homme des cavernes, en se montrant fort et silencieux et tout serait revenu à la normale. Mais tu es un mec, alors il n'a aucune idée de ce qu'il doit faire.

Je regardai à nouveau par-delà les arbres.

— Je suis allé là-bas et j'ai fait en sorte que tout aille bien et c'est le cas. Il n'a pas vraiment besoin de moi.

— Tu es un idiot, tu sais ça ? Tout le monde sait qu'un *Semel* et une *reah* accouplés deviennent fous s'ils essaient ou restent éloignés l'un de l'autre. Pourquoi es-tu aussi con à ce sujet ?

— Dom…

— C'est un lien physique, aussi bien qu'émotionnel. Cela va t'atteindre à ton tour de tellement de façons différentes si tu ne vas pas voir ton compagnon.

— Je survivrai, dis-je avec désinvolture, ne croyant pas une seule seconde que je devrais – que je pourrais – le faire.

— Mais pas lui et c'est là le problème. Nous le servons tous, pas l'inverse.

Je hochai la tête et lui souris.

— Eh bien, tu as certainement pris ton nouveau rôle de porte-parole de ton *Semel* très à cœur.

Il haussa les épaules.

— Je réalise maintenant que ce que je veux est vraiment très simple.

— Et qu'est-ce que c'est ?

— Je veux juste un compagnon à aimer, un endroit à moi et ne pas avoir peur tout le temps.

Qui aurait pu dire que Domin Thorne et moi-même voulions exactement les mêmes choses ?

— Et je connais depuis un certain temps quelqu'un dont je veux pour occuper cette place de compagnon, ajouta-t-il, tournant sa tête vers Koren qui nous ignorait tous les deux, pendant qu'il parlait au téléphone. Je n'ai jamais voulu être un *Semel*, diriger… Vous devez prendre d'abord soin des autres et je n'aime pas ça.

J'étudiai son profil tandis qu'il regardait Koren.

— Mon père est mort quand j'avais dix ans et je suis resté seul, sans personne. Je savais qu'il détestait Peter Church et donc, j'ai suivi ses traces. La querelle permettait de garder la tribu concentrée. Si nous nous battions, nous n'avions pas besoin de nous concentrer sur quoi que ce soit d'autre. Maintenant, avec Logan, ils voient tous ce qui leur manquait. Ils savent ce que c'est qu'un vrai *Semel*.

Il se retourna pour me regarder.

— Pas une seule de mes panthères ne va lui causer le moindre problème. Tout ce qu'ils veulent, c'est appartenir à une vraie tribu.

Je hochai la tête. Je savais ce que c'était que de vouloir appartenir à quelqu'un.

— Et sachant que leur *Semel* a une *reah*… Comprends-tu à quel point chacun d'entre eux se sent béni ?

— Pas vraiment.

— Parce que tu n'as toujours pas compris à quel point tu es étonnant.

— Dom…

Il leva sa main pour m'arrêter.

— Jin, non seulement tu es une *reah*, mais tu as un pouvoir que je n'ai jamais vu. Ta vitesse est phénoménale et tu ne perds pas ton humanité sous ta forme de panthère. Logan, moi, et tous ceux que je connais – nous sommes des animaux lorsque nous nous transformons en panthère, mais toi… Tu es toujours toi et je n'ai jamais entendu dire que c'était même possible.

Je n'avais aucune idée de ce que j'étais censé dire.

Il prit une grande inspiration.

— Tu dois comprendre que, aussi vrai que je me tiens devant toi, si j'avais pu, j'aurais tué Logan dans la fosse il y a une semaine.

— Pourquoi me…

— Mais aujourd'hui, ce n'est plus le cas, dit-il simplement. Je suis content d'être le *Maahes* de Logan Church, d'être son ambassadeur et de faire tout ce que je peux pour le servir.

— Je te crois.

— Bien.

— Alors pourquoi est-ce que tu t'amuses à tracasser Koren et à le laisser dans le doute ?

— Parce que si Koren ne me fait pas confiance, il ne me laissera pas hors de sa vue, dit-il en souriant sournoisement.

J'avais donc bien deviné la raison de sa motivation.

— Tu pourrais simplement être honnête.

— Où serait le plaisir dans tout cela ?

— Qu'est-ce que Koren veut ?

— Je ne pense pas qu'il le sache lui-même, dit-il en soupirant. Pas encore en tout cas.

— Puis-je te poser une question ?

Il se retourna pour me regarder.

— Quand tu l'as torturé… L'as-tu vraiment fait ?

Son sourire était sournois à nouveau.

— C'était une certaine forme de torture.

Je ne pouvais que deviner ce qui s'était passé.

— Tu sais que tu dois voir Logan pour qu'il te donne une vraie maison.

— Oui, je le sais, convint-il, son sourire devenant soudain chaud et doux. Mais il n'avait aucune idée que ce ne serait pas juste moi.

— Qu'est-ce que tu racontes ?

— Eh bien, tu connais la coutume selon laquelle le *sylvan* et le *sheseru* vivent avec leur *Semel* jusqu'à ce qu'ils soient accouplés et aient leurs propres maisons.

— Ouais, je sais.

— Eh bien, justement ! Où penses-tu que vont vivre mon *sheseru*, Markel et mon *sylvan*, Ivan maintenant ?

Je grognai.

— Avec Logan ?

— Ouais. Ils n'ont nulle part ailleurs où aller. Et tu as nommé Simone, *aset* donc elle doit vivre avec lui également. Crane s'est fait évincer de la maison pour invités parce que Logan s'en est emparé et Russ a également emménagé pour être plus proche de sa famille.

Son sourire était large et ironique.

Son sourire était large et ironique.

— C'est un véritable bordel. Crane a eu une chambre à côté de celle de Delphine et Markel est de l'autre côté.

— Markel a chassé Delphine. Dieu seul sait ce qu'il lui aurait fait cette nuit-là si Crane n'avait pas interféré.

— Ouais, je sais, mais il s'est excusé.

— Il s'est excusé, demandai-je, stupéfait. C'est tout ?

— Bien sûr. Il a dû dire qu'il était désolé un bon million de fois. Il a même versé une larme, se présentant devant elle tout larmoyant et pleurnichant comme une fille et bien sûr, en faisant cela, elle l'a réconforté et bla, bla, bla. Il a merdé mais a quand même obtenu ce qu'il voulait.

— Qu'est-ce qu'il veut ?

— Qu'elle lui pardonne, ce qu'elle a fait.

Il haussa les épaules.

— Maintenant, ils sont copains. Lui et ton pote Crane aussi. C'est comme si nous étions une grande et belle famille tous les onze. Enfin douze, lorsque tu seras là.

— Pourquoi ce sarcasme ?

— Parce qu'une fois que Crane et Markel découvriront qu'ils en pincent tous les deux pour Delphine, cela va être un beau bordel. Tu dois être à la maison avant afin que tu puisses arbitrer toute cette merde.

Je soupirai profondément. Les problèmes familiaux ressemblaient à un véritable paradis.

— Et Peter continue à venir tous les jours pour donner des conseils à Logan sur la façon de gérer sa maison et ça ne va pas durer très longtemps non plus avant que Logan explose.

— Attends ! Je croyais que la famille de Logan était dans la maison pour invités ?

— Ils y dorment.

Il fit la grimace.

— Mais ils vivent dans la maison de Logan.

— Comment peut-il supporter d'avoir tout ce monde autour de lui ?

— Rien de tout cela ne serait arrivé si tu étais là. Mais en ce moment… Il est maussade, en colère et grincheux. Nous le détestons parce qu'il est devenu un véritable emmerdeur. Mais on ne peut pas blâmer le gars, il a

193

besoin de son compagnon. Peux-tu, s'il te plaît, au moins aller le voir ? Il perd l'esprit sans toi.

— Pouvons-nous y aller, s'il vous plaît ? aboya Koren en nous rejoignant, ayant fini sa conversation téléphonique.

— Bien sûr.

Il tira Domin en avant, mais se retourna vers moi et enfonça son doigt dans ma poitrine.

— Ne sois pas un imbécile. Il te suffit de prendre une nuit de repos et d'aller voir ton compagnon. Tu appartiens à cette maison, avec le reste d'entre nous. Si nous devons souffrir, toi aussi.

— Est-ce que Domin a emménagé aussi ?

La question sembla le confondre, c'était écrit sur son visage.

— Bien sûr, pourquoi ?

Je haussai les épaules.

— Aucune raison. C'était juste une question.

Koren hocha la tête avant de me dire d'aller voir Logan une nouvelle fois et de tirer Domin après lui vers la voiture.

— Tu n'as pas besoin de me tirer comme ça ! entendis-je Domin dire de sa voix gutturale et profonde pour éviter de rire. Tu n'as qu'un mot à dire et je te suivrai n'importe où.

— La ferme ! aboya Koren, sans le libérer pour autant.

Je les regardai jusqu'à ce que tout ce que je puisse voir de la voiture fût les feux arrière qui disparaissaient petit à petit. Me retournant pour regarder l'orée des arbres, je vis que Logan allait et venait sans cesse. Il lui faudrait soit attendre, soit s'en aller, mais je ne pouvais pas partir. Je m'esquivai à l'intérieur pour finir ma journée de travail.

À deux heures du matin, après avoir tout fermé et renvoyé tout le monde chez eux, je me déshabillai et me glissai sur le côté du restaurant, déjà sous ma forme de panthère. Je traversai la rue et courus vers la ligne d'arbres. Je le vis tout de suite. Il était à une dizaine de mètres de moi, mais je m'arrêtai, figé, le regardant. Lorsqu'il fit un pas en avant, j'en fis un en arrière. Instantanément, il se laissa tomber au sol, sans bouger. Je fis la même chose. Après de longues minutes, il releva la tête en signe d'invitation silencieuse, l'inclinant, me demandant si j'acceptais de le suivre. Je me levai et il se remit rapidement sur ses pattes, plongea en avant, s'engouffrant dans les buissons.

C'était une belle nuit pour une course et, alors que je le suivais, je ressentis le frisson de la vitesse flamber à travers mon corps. J'étais tellement perdu avec le vent sur mon visage, la sensation de la neige froide qui craquait sous mes pattes et l'odeur de la forêt que lorsque, tout à coup, il surgit près de moi, pinçant mon épaule, je fus surpris. Je virai brusquement à gauche et gravis le versant d'une petite colline. Lorsque j'arrivai en haut et que je vis la grotte, je compris que c'était là qu'il voulait que j'aille. Il m'avait amené dans sa tanière.

La caverne était profonde et tortueuse jusqu'à une salle finale où il y avait un petit feu dans un creux et un monticule de peaux d'animaux, prises sur les bêtes au cours de ses chasses précédentes. C'était chaud, confortable et sec. C'était son endroit secret, celui que seuls son compagnon et lui connaîtraient ou verraient jamais. Comme je me retournais pour lui faire face, je le vis s'avancer lentement vers moi, sur deux jambes, après être revenu à sa forme humaine avant d'entrer dans la grotte. Cet homme était magnifique, absolument délicieux et rien qu'à le regarder, avec sa belle peau dorée sur son corps élégant, je sentis ma résolution faiblir. Il m'avait simplement anéanti.

— Je suis désolé, dit-il doucement, marchant sur les fourrures et s'agenouillant lentement. Tout ce que je voulais faire était te protéger. Je n'avais aucune idée que tu étais un tel combattant capable ou que tu pouvais faire toute ces choses que tu as faites. Je ne te sous-estimerai plus jamais et si tu me dis que tu acceptes de te tenir debout à mes côtés ici, n'importe quand et n'importe où, je te promets que je ne te laisserai jamais de côté.

Je le regardai.

— Cela ne veut pas dire que je vais te permettre d'être blessé parce que je ne peux pas. Je ne suis pas assez fort pour accepter tout ce qui t'arrive.

Je fis un nouveau pas en avant.

— Tu m'as sauvé et en faisant cela, tu nous a tous sauvés. Je suis *Semel-Rê* grâce à toi. Les gens viennent à nous et il y aura des défis, et maintenant que tout le monde sait… Il n'y aura plus aucun moment de répit, je peux te le garantir. Mais, Jin… Je sais que tu as besoin de temps pour réfléchir, mais je ne peux même pas me reposer sans toi et j'ai besoin de repos. J'ai besoin de mon compagnon.

Ses yeux me regardaient, suppliants.

— Reviens à la maison.

Je savais qu'il avait besoin de moi. J'avais besoin de lui aussi, mais tout n'avait pas été dit.

Il se racla la gorge.

— Tu sais, je n'ai jamais vu quelqu'un se transformer aussi vite que toi, mon père non plus. En fait, il est vraiment impressionné de ta puissance et franchement, moi aussi. C'était vraiment quelque chose.

Je continuai à attendre.

— Mon compagnon est vraiment incroyable.

'Incroyable' était agréable à entendre.

— Bébé, dit-il avec chaleur, j'ai besoin de toi. Tu connais toutes les lois, en qui je devrais avoir confiance et ceux en qui je ne devrais pas. Tu es si intelligent et gentil et si… si beau.

Je m'accroupis, le regardant fixement.

— Ici, minou-minou, dit-il avec un sourire moqueur qui devint sexy. Viens ici.

Bon sang, non. Il devait s'expliquer.

— Allez, viens, dit-il en riant. Tu me tues.

J'agitai ma tête comme si je n'étais pas sûr de ce dont il parlait.

Son rire emplit l'espace qui nous entourait.

Merde !

Être amoureux de cet homme était amusant. S'il gardait son sens de l'humour et sa confiance en moi et si je pouvais arrêter d'avoir peur et avoir foi en lui, nous avions effectivement une chance.

— Bon, alors qu'en est-il de ceci : merci, bébé de m'avoir sauvé la vie.

Il était plus chaleureux.

— Et je suis vraiment désolé pour ce que j'ai fait.

Sa voix redevint grave, provenant du fond de sa poitrine, toute trace d'amusement ayant disparu de ses yeux. Il voulait que j'entende ce qu'il avait à me dire, il voulait que je sache que ses paroles étaient réfléchies et avaient une réelle substance.

— S'il te plaît, pardonne-moi. Je ne savais pas quoi faire d'autre. Si j'avais su ce que je sais maintenant, jamais je ne l'aurais fait. Je sais que tu commençais à me faire confiance et j'ai merdé. Je suis tellement désolé, bébé, cela ne se reproduira plus jamais. Je le jure sur ma vie.

Je le regardai.

— Je n'ai jamais eu de compagnon avant. Je ne savais pas, lorsque je t'ai trouvé, que je ressentirais tout ça.

Ses yeux restaient bloqués sur les miens.

— C'était écrasant. Je ne savais pas que ce sentiment de vulnérabilité pouvait me rendre fort en même temps.

196

Je savais ce qu'il voulait dire. C'était si difficile de laisser quelqu'un s'approcher de vous car ainsi, vous lui donniez le pouvoir de vous anéantir s'il le choisissait. C'était terrifiant et exaltant, en même temps.

— Et je sais que je t'ai blessé parce que je ne t'ai pas fait confiance alors que tu savais ce que tu faisais, mais j'avais tellement peur. Je n'ai jamais été aussi effrayé de toute ma vie. Et peut-être que si tu étais allé seul dans la fosse, peut-être que les autres auraient simplement renoncé. Domin m'a dit qu'il n'aurait jamais pu te blesser, pas une *reah*, et Markel et Ivan ont dit la même chose, que blesser une *reah* n'était pas quelque chose que quelqu'un pouvait faire ou même voudrait faire.

Il sourit tout à coup.

— Parce que, tu sais, les *reahs* sont plutôt rares.

Je sentis la chaleur de sa voix glisser vers moi. J'étais tombé amoureux si vite et si fort pour ce bel homme avec son grand cœur.

— Donc, si je t'avais laissé y aller seul, si j'étais resté hors de ton combat, alors il y a de fortes chances qu'il n'y en ait au aucun.

Il soupira profondément.

— Mais ça, je ne le savais pas ça, et toi non plus. Nous pension tous les deux devoir faire face à un combat et tu as fait ce que tu devais faire pour me protéger et j'en ai fait de même. Tu es mon compagnon, mon amour. Je ne pourrais jamais laisser quiconque te faire du mal.

Je le regardai, vis la douce lueur du feu qui scintillait sur sa peau dorée, les flammes qui se reflétaient dans l'ambre de ses yeux, ses mains qui se serraient et se desserraient avec son besoin de les poser sur moi. Il était tout en retenue, malgré ses paroles et son désir.

— S'il te plaît, bébé, s'il te plaît, laisse-moi te montrer à quel point je peux être digne de confiance.

Et je le voulais, plus que tout, mais j'avais tellement peur.

— J'ai peur aussi, dit-il, comme s'il avait lu dans mon esprit. Mais tu dois juste sauter le pas et espérer que tout sera pour le mieux et si tu as foi dans l'amour que tu ressens, l'autre personne le ressentira tout de suite.

Je tremblai de mon besoin d'aller vers lui.

— Jin, dit-il brusquement. Fais-moi confiance. Aie foi en moi. Je t'aime. Je veux de toi.

J'attendis, hésitant, tout ce à quoi j'avais pensé au cours de la semaine passée tourbillonnant dans ma tête.

— Jin.

Il sourit, ses yeux glissants sur moi.

— S'il te plaît, viens ici. Laisse-moi poser mes mains sur toi. Permets-moi de te tenir.

Je me levai, fis un pas en avant, mon arrière-train en l'air, ma queue se balançant d'un côté à l'autre alors que je frottais mon menton sur mes pattes, libérant mes phéromones dans l'air.

— Je ne t'avais pas vu sous ta forme de panthère avant cette nuit.

Il gémit.

— Tu es magnifique.

Je le regardai alors qu'il prenait sa forme animale. Lorsqu'il commença à s'approcher lentement de moi, je fis un bond en arrière avant qu'il puisse me toucher, mais pas trop loin, pas suffisamment pour lui échapper. Il me poussa sur le côté et me jeta sur les fourrures. Instantanément, il fut sur moi et la chaleur qui irradiait de tout son énorme corps arrêta mon réflexe de fuite. Sa bouche était sur mon cou, me tenant au sol et je sentis des frissons de désir le traverser.

Une lourde patte remplaça sa bouche, puis il descendit petit à petit sur mon dos. Je ne bougeai pas et lorsqu'il mordit ma patte arrière, je levai, à nouveau, mon arrière-train en l'air. Le long et lent coup de langue sur mon entrée provoqua un spasme qui se propagea dans mon corps. Il rit et, lorsque je vis la main qui s'enroula autour de mon membre, je savais qu'il s'était transformé dans sa forme intermédiaire. Je fis de même et lorsque sa langue passa entre mes fesses, je sursautai sous lui. Ses griffes plongèrent dans ma peau pour me maintenir alors que sa longue langue d'homme-panthère se glissait à l'intérieur de mon canal, l'explorant, sa rugosité ajoutant à mon plaisir tandis qu'il la faisait tourbillonner pour aller plus profondément à l'intérieur. La main autour de mon membre pompait au même rythme que sa langue et je laissai tomber ma tête sur mes épaules.

— Transforme-toi pour moi, gronda-t-il, se retirant soudain pour me faire basculer sur le dos.

Je levai les yeux et là, encore une fois, se tenait mon bel homme.

— Jin, dit-il se penchant au-dessus de moi, écartant mes jambes pour me prendre dans sa bouche.

Je le vis avaler mon sexe et je ne pus résister à toucher ses cheveux, regardant ma sombre patte griffue glisser à travers les vagues blondes, lui, tellement humain et moi, pas du tout.

Il releva les yeux vers moi.

— Je veux toucher ta peau, je veux la goûter. Change, maintenant.

Je le fis et il bougea rapidement, m'épinglant sous lui, soulevant mes jambes sur ses épaules, étalant la salive et le sperme qui s'échappait de son gland en forme de bulbe avant de s'enfoncer en moi en une poussée dure et brutale. La brûlure était écrasante et je criai alors même que la chaleur torride commençait à s'estomper.

— Mon compagnon, gronda-t-il, courbant son corps sur le mien, s'enfonçant profondément jusqu'à la garde avant de capturer mes lèvres et m'embrasser durement.

— Logan.

Je gémis dans sa bouche lorsqu'il commença, lentement, à pousser dans et hors de moi.

Il tira ma tête en arrière et sa bouche fondit sur ma gorge exposée, la léchant, la mordant et suçant si fort que je savais qu'il allait laisser des marques.

— Tu… rugit-il, et je savais qu'il était quelque part entre l'homme et la bête, … ne pourra jamais me quitter de nouveau. Je te l'interdis. Je ne vais pas t'avertir une seconde fois.

Il avait défendu sa tribu, mais s'était vu refuser le droit de revendiquer son compagnon après. Sa trahison envers moi avait été grande, mais la mienne avait été pire. Ma place était à son côté, même quand il était stupide ou insensé, c'est là où je devais être.

— Pardonne-moi, mon *Semel*, le suppliai-je et je sentis l'impact de mes mots en lui, ma soumission ravivant son désir.

— Tu m'appartiens.

— Oui.

Il tira mes hanches vers lui et me positionna plus bas afin de me pilonner durement, de façon possessive, son énorme sexe glissant facilement dans et hors de moi, si profondément que j'aurais pu jurer pouvoir le sentir jusque dans mon cœur. Je savais que c'était là qu'il voulait être.

— Regarde-moi.

Je relevai les yeux et la silhouette de cet homme me coupa le souffle alors que je regardais le jeu des muscles de ses épaules, de sa poitrine, de son abdomen, admirant sa beauté, les longues lignes montrant sa force et sa puissance. Il me buvait des yeux et je me sentis étourdi.

— Ne me quitte plus jamais, dit-il, m'empalant si fort, si vite que je crus pendant un instant qu'il m'avait coupé en deux avant de sentir le premier battement de mon orgasme monter du plus profond de moi. Jure-le.

— Je le jure.

— Tu seras puni si tu t'enfuies à nouveau.

C'était une promesse, non une menace et lorsque je le tirai vers moi pour l'embrasser, il se pencha en avant, s'enfonçant jusqu'à la garde dans mon corps.

— Logan ! criai-je au lieu de 'stop'.

L'angle était trop parfait, les sensations écrasantes, mélangeant la douleur au plaisir, allant et venant tellement vite que j'étais perdu, noyé, incapable de penser ou de raisonner, ne faisant que ressentir. Sa bouche était sur la mienne, le baiser lent et sensuel, exigeant et minutieux. Sa langue ne ratait rien.

— Je te réclame comme mien, corps et âme ! rugit-il, et c'était l'animal en lui, possessif, dominant, jalonnant sa demande de caresses sur mon membre, léchant sa main avant d'empoigner à nouveau ma verge dure et palpitante.

Il me masturba alors qu'il claquait dans et hors de moi et, excité comme je l'étais, il ne fallut que quelques secondes à mon dos pour se cambrer sous lui et crier son nom à travers mon orgasme aveuglant.

Mes muscles se crispèrent autour de lui, ainsi que tout mon corps qui se tendit et en quelques secondes, mon nom remplit le petit espace tandis qu'il le hurlait à pleins poumons, me remplissant avant de s'écrouler sur moi.

Il était inutile d'essayer de le repousser.

Il se déplaça avec un grognement, un sourire plaqué sur son visage.

— Tu es à moi.

J'essayai d'attraper un peu d'oxygène.

Il roula sur le côté, posant sa tête sur son coude alors qu'il baissait les yeux vers moi.

— Dieu que tu es beau, lui dis-je.

— Non, c'est toi qui es beau.

Mais c'était moi qui avais raison. Cet homme était ciselé à la perfection – avec sa poitrine sculptée, ses pectoraux durs, le profond sillon qui traversait son abdomen – tout était tendu, taillé à la serpe et dur. Je tendis la main et le touchai, savourant la sensation de sa peau chaude et soyeuse sous ma paume, sentant les muscles contractés.

200

— Tu aimes lorsque je te touche.

— Oui, c'est vrai, dit-il en se penchant pour embrasser ma gorge. J'aime tout ce que tu me fais, ainsi que la manière dont tu réagis face à moi. Parfois, j'ai envie de te dévorer et d'autres fois, je veux juste te tenir près de mon cœur.

Je me relevai, le faisant glisser sous moi, ma bouche prenant possession de la sienne, l'embrassant profondément, ma langue s'emmêlant avec la sienne. Je regardai ses yeux fermés et sentis un frisson traverser son grand corps, étonné de ce que mon contact pouvait provoquer. Je me déplaçai lentement et recouvrit mon homme de baisers légers sur chaque centimètre carré de son corps et il bâilla, s'étirant langoureusement, manifestement content. Lorsqu'il en eut assez, il roula sur moi, me plaquant sous lui et je relevai mes jambes, les enroulant autour de sa taille afin qu'il puisse s'installer entre mes cuisses. Cette fois-ci, ce fut doux et lent, nos yeux verrouillés les uns aux autres, la chaleur se transformant en un mouvement sensuel, mon amant cherchant à me séduire au lieu d'être féroce, nos corps se fondant pour n'en faire plus qu'un.

XV

LA NUIT suivante, Logan arriva de bonne heure au restaurant pour venir me chercher. Je le fis entrer et le présentai à tous ceux avec qui je travaillais. Évidemment, mon patron fut l'un des plus excités de le rencontrer.

— Logan, dit Ray en lui serrant fermement la main. Vous êtes une aubaine. Maintenant que Jin a un nouveau partenaire et un excellent travail, pourquoi voudrait-il partir ?

— Je ne sais pas, sourit béatement Logan, sa main glissant dans mes cheveux avant de m'attirer vers lui, me serrant à son côté. Pourquoi le ferait-il ?

— Vous voyez ? déclara Ray, tapant mon épaule libre. Le changement est une bonne chose.

Comment pourrais-je prétendre le contraire ?

— Rentrons à la maison, grogna Logan, me poussant de manière ludique vers la porte d'entrée. J'ai besoin de te mettre au lit.

Nous allâmes à mon nouvel appartement, que j'avais heureusement loué sur une base mensuelle et j'allais lui faire faire le tour du propriétaire lorsqu'il m'arrêta.

— Prends juste tes affaires, gronda-t-il. Je déteste cet endroit. Je veux y aller.

Il détesterait n'importe quel endroit où je vivrais et qui ne serait pas chez lui. Il voulait mes vêtements, mes livres et mon ordinateur portable rangés dans sa maison.

— Tu sais, maintenant que j'ai un bon travail, je vais probablement commencer à acheter une tonne de vêtements, de chaussures et de toutes sortes de merdes.

— Tout ce que tu veux, dit-il, ne me quittant pas des yeux alors que je ramassais mes affaires.

202

Une fois que nous étions repartis, j'avertis Logan qu'il y avait beaucoup de choses dont nous devions parler une fois arrivés à la maison et que j'espérais qu'il n'avait pas d'autres plans.

— Parler de quoi ? se plaignit-il. Nous avons déjà parlé hier soir.

Décidément, il n'en avait aucune idée. Nos vies seraient un délicat mélange de styles de vie et de priorités et il avait sa nouvelle tribu et tout le reste à considérer. Cela allait être un sacré boulot.

— Je t'aime, soupirai-je, incapable de m'empêcher de sourire, me penchant en arrière pour le regarder à travers mes yeux mi-clos. C'est vrai.

— Je sais, grogna-t-il, très content de lui. Tu ne peux pas vivre sans moi. Je suis comme le fromage.

Il me fallut une seconde pour enregistrer son commentaire.

— Je suis désolé, 'fromage' ?

— Bien sûr. 'Plus important que l'air que je respire', c'est surfait. Et essaie de vivre sans fromage.

Cet homme était fou, ce qui s'avérait être tout simplement parfait pour moi.

À la maison, j'étais occupé à ranger mes affaires lorsque Logan entra dans la chambre avec une assiette pleine de sandwiches et deux verres de lait.

— C'est pourquoi ?

— Collation de fin de soirée.

— Eh bien, je te remercie.

Je souris par-dessus mon épaule tandis qu'il s'étendait sur le lit.

— Euh… commença-t-il avant de s'arrêter.

— Quoi ?

Il fit une grimace avant de relever les yeux vers moi.

— Qu'est-ce qui ne va pas ?

— Bon, alors que dirais-tu si je te disais que ton père était en ville ?

Je m'arrêtai de respirer.

— Oh, tu devrais voir tes yeux, dit-il, descendant du lit et traversant la pièce pour venir vers moi.

Ses mains étaient chaudes sur mes bras.

— Est-ce que ça va ?

— Mon père est ici ?

— Techniquement, il est à Reno.

Je le scrutai.

— Mon père l'a appelé, tu te souviens ? Il lui a tout raconté à propos de ton plan de te battre pour moi dans la fosse et c'est tout ce que ton père semble avoir entendu.

— Il a pensé que j'étais mort.

— Non.

Il secoua la tête.

— Je suis sûr qu'il veut juste te voir.

— Il est venu pour ramener mon corps à la maison.

— Mais non, me dit-il sèchement.

— Je le hais.

— Tu ne hais personne. Ce n'est pas en toi.

Je poussai un profond soupir, m'éloignai de lui et me dirigeai vers le lit. Je commençai à sortir la viande de l'intérieur des sandwiches.

— Déplace le plateau avant de renverser le lait.

Je fis comme demandé et posai le plateau sur la table de chevet.

— Je pensai que ton père pourrait te ressembler.

Je secouai la tête.

— Non, je ressemble à ma mère. Mon frère, Kei, ressemble à mon père, sauf ses cheveux, qui sont noirs comme les miens et pas châtain clair.

— Il a les yeux gris aussi ?

— Non, bleus, comme ceux de mon père.

— Ta mère est quoi ? Japonaise ?

Je hochai la tête.

— Comment se sont-ils rencontrés ?

— Ils se sont rencontrés lorsqu'il était dans la Navy et stationné à Tokyo.

— C'est elle qui vous a donné ces prénoms, à toi et à ton frère ? Jin et Kei ne sont pas exactement des prénoms que l'on entend tous les jours.

— Je pense que si, si tu habites au Japon.

— C'est bien ce que je veux dire.

Je laissai échapper un profond soupir.

— As-tu faim ?

— Écoute. Il nous a invité à prendre le petit déjeuner avec lui demain matin. Il veut vraiment te parler et rattraper le temps perdu.

— Il est juste déçu que je ne sois pas mort, dis-je, me relevant du lit, ayant soudain l'impression d'être en cage.

— Jin, me prévint-il.

204

Je me tus.

— Regarde-moi.

Je relevai la tête et mes yeux trouvèrent les siens.

— J'aimerais lui parler. Je semblais vraiment l'intéresser.

— Oh, ça, je suis prêt à le parier.

Je commençai à faire des pas mesurés.

— Tu es l'homme qui s'est accouplé avec l'abomination. Je suis sûr qu'il pense que tu as dû recevoir une mission de Dieu.

Il rit fort et je ne pus retenir mon sourire. Cet homme me faisait simplement fondre.

— Veux-tu que je l'invite ici ? Ou veux-tu aller à l'hôtel pour le voir ?

— Est-il seul ?

— Non, son *Semel* est avec lui.

— Gabriel Pike est ici ?

Il plissa les yeux vers moi.

— Non, je crois qu'il a dit que son nom était Archer.

— Archer Pike ? En es-tu sûr ? Archer est le frère de Gabriel.

— Je suis sûr de bien avoir entendu. Il a dit que son nom était Archer et qu'il était le *Semel* de ton ancienne tribu. Il est venu avec ton père.

— Intéressant. Je me demande ce qui est arrivé à Gabriel, dis-je en regardant Logan.

— Peut-être a-t-il démissionné ?

— Pourquoi quelqu'un ferait-il ça ?

— Je n'en ai aucune idée.

Il bâilla.

— Les raison pour lesquelles les gens font quelque chose me dépassent. Comme pourquoi quelqu'un voudrait-il s'enfuir loin de son compagnon ?

Je levai mes yeux au ciel.

— Allons-nous en reparler à nouveau ?

— Je ne te laisserai jamais me quitter.

Je gémis.

— Je ne veux pas te quitter.

— Mais tu ne peux pas, même si tu l'as déjà fait.

— Pourquoi parlons-nous de cela ?

Il se tut pendant un moment.

— Tu sais, je ne peux toujours pas croire que tu sois venu ici et aies pris soin de moi, même après tout ce qui s'était passé.

— Je t'aime. Pourquoi ne l'aurais-je pas fait ?

Lorsqu'il ne répondit rien pendant plusieurs minutes, je le regardai. Il me fixait.

— Quoi ?

— J'aime ça, tout simplement.

Il se racla la gorge.

— Lorsque tu me dis que tu m'aimes.

Je me dirigeai vers le lit et me penchai vers lui. Il releva la tête pour recevoir un baiser et me souriait lorsque je reculai.

— Je t'aime aussi, Jin.

Nous restâmes silencieux, nous regardant l'un l'autre avant que son expression s'assombrisse.

— Écoute, c'est peut-être trop et trop tôt. Je peux dire à ton père de repartir et nous pourrons lui rendre visite à Chicago à la place.

Je secouai la tête.

— Non, invite-les à venir à la maison demain. De cette façon, si cela devient bizarre, je pourrais juste aller dans une autre pièce.

Il hocha la tête en me regardant.

— Je peux, non ? Ils ne pourront pas me suivre ici ?

— Violer la maison d'un *Semel* est un délit et tu le sais. Tu es à moi. Sans ma permission, personne ne peut te voir.

— Vraiment, grognai-je en laissant échapper un petit rire. Personne ?

— Jin…

— Cela ne vaut pas pour ta mère, dis-je.

Il grogna à son tour.

— Ni tes frères.

— Mon Dieu, tu es énervant.

— Ni Yuri ou Mikhaïl ou…

— As-tu fini ? me coupa-t-il.

Je ris et il leva les mains en signe de défaite. Me commander ou me donner des ordres n'allait jamais arriver et plus tôt il le réaliserait, mieux ce serait.

— As-tu fini de me narguer ?

Je ne lui répondis pas et me dirigeai vers la fenêtre pour regarder la neige tomber. J'étais tellement heureux pour la première fois depuis longtemps et maintenant, mon père, ma famille allaient venir pour tout gâcher. Et si, lorsque Logan aurait passé plus de temps avec mon père, aurait entendu

206

sa diatribe, et s'il commençait à remettre en question son choix me concernant ? Que faire si le nouveau *Semel* réussissait à convaincre Logan qu'il avait fait une erreur ? Que faire si Logan en venait à me voir comme un obstacle plutôt que comme la personne la plus importante de sa vie ? Que faire si tout ce que j'avais maintenant disparaissait ? Je voulais faire partie d'une tribu et maintenant que c'était arrivé, à quel point ma place était-elle acquise dans ma nouvelle vie ? Réellement ?

— À quoi penses-tu si fort ?

— À rien.

Je secouai la tête.

— Menteur.

Je me tus.

— C'est vraiment gentil de sa part d'avoir fait tout ce chemin pour venir te voir et pour s'assurer que tu allais bien.

Je pris une profonde inspiration.

— Ce n'est pas par gentillesse. Il veut quelque chose. Il se fout totalement de moi, je t'assure.

— Ce sont des conneries. C'est gentil de sa part. Dis-le.

— Non.

— Allez, dis-le. C'est gentil.

Je me retournai et le regardai par-dessus mon épaule.

— Non.

— Allez, dit-il en se levant, s'avançant vers moi.

— Non, répétai-je sèchement. Qu'est-ce qui ne va pas avec toi ?

— Tu te comportes comme un gosse. Dis que c'est gentil.

— Non.

— Dis-le.

— Non, répondis-je sèchement.

Il se précipita vers moi et je fis un pas de côté pour l'esquiver.

— Arrête, Logan, je n'ai pas envie de jouer avec toi.

Il se précipita à nouveau vers moi et je traversai rapidement la chambre, mettant le lit entre nous.

— J'ai dit arrête ! criai-je d'un ton exaspéré et je vis ses yeux s'assombrir passant à un or bruni. Alors arrête. Je ne suis pas d'humeur. Ne sois pas un emmerdeur.

Il hocha la tête juste avant de plonger dans le lit pour m'atteindre.

207

— Logan ! criai-je, essayant difficilement de me retenir de sourire. J'ai dit arrête !

Il grimpa sur le lit et lorsque je me déplaçai vers la porte pour mettre plus d'espace entre nous, il me suivit. Il me collait et je tendis la main en l'air avant de pointer mon doigt sur lui.

— Quand je dis arrête, tu arrêtes ! Tu ne m'écoutes jamais.

— Non.

Il sourit soudain, immobile, ses yeux si doux, si chaleureux que mon cœur bondit en le regardant.

— Je t'écoute toujours, te regarde et remarque le moindre petit truc te concernant. Donc, je sais ce dont tu as besoin en ce moment et c'est que je te prouve que tu es à moi. J'ai besoin que tu comprennes que tu es à moi et que j'ai le pouvoir, pas toi.

— Logan…

Mais sa main se leva pour me calmer.

— J'ai besoin que tu comprennes que je suis assez fort pour t'obliger à le faire parce que personne ne t'a protégé depuis très longtemps. Tu as besoin de dépendre de moi, de faire confiance à mon amour et d'être certain que cela ne risque pas de s'arrêter ni de changer. J'ai besoin que tu t'abandonnes à moi et que tu saches que je peux te protéger de tout.

Instinctivement, Logan savait ce dont j'avais besoin, comme s'il pouvait lire dans mon esprit. Et peut-être le pouvait-il. Il était mon compagnon, après tout.

— Alors maintenant… Tu ferais mieux de courir, dit-il d'une voix sensuelle en s'avançant lentement.

Mais le voulais-je ? Pourquoi devrais-je fuir devant lui, incarnation parfaite de mon idéal ?

— Ou tu peux simplement me laisser t'attraper, suggéra-t-il.

Mais là, ce serait beaucoup trop facile. Alors, lorsqu'il se précipita vers moi, je courus dans le salon adjacent à notre chambre, mettant le canapé entre nous deux. Ses yeux étaient plissés et son sourire était ironique… J'étais plus que prêt à le laisser faire ce qu'il voulait de moi. Et même si nous jouions, il avait provoqué un courant d'émotions qui me fit serrer la mâchoire et venir des larmes au coin des yeux. Que serait-il advenu de moi si je n'avais jamais trouvé cet homme qui me comprenait et savait comment mon cerveau très tordu fonctionnait ? Je me mordis la lèvre inférieure pour l'empêcher de trembler.

— Viens ici, dit-il, les jambes écartées, prêt à s'élancer dans un sens ou l'autre, si je décidais de m'enfuir.

— Non. Toi, viens ici, répliquai-je en pliant mon index.

Il posa sa main sur son torse.

— Moi ? Que je vienne vers toi ? C'est toi qui me donne des ordres maintenant ?

— Qu'est-ce que c'est ? demandai-je en reprenant mon souffle, indiquant la porte.

À la seconde où il regarda, je me précipitai d'un bond vers la porte, mais il était sur moi, bien plus rapide sous forme humaine que moi, et m'épingla au mur, me poussant fermement contre lui, me plaquant là. Il me malmenait – ce que j'adorais – et je ne pus étouffer un gémissement de plaisir lorsqu'il poussa son genou entre mes jambes. Il tenait mes poignets au-dessus de ma tête et sa poitrine se pressait contre mon dos. Je tremblais sous lui et il eut un petit rire, très masculin, très satisfait tandis qu'il embrassait le côté de mon cou.

— Je pourrais me libérer si je le voulais, dis-je pour me vanter, mais d'une voix à peine audible.

— Si tu le voulais, dit-il d'une voix rauque contre la coquille de mon oreille, mordant très doucement le lobe. Peut-être.

Mon souffle était déjà haletant alors que je fondais dans ses bras.

— Écoute-moi. Je ne suis pas comme tous ceux qui t'ont eu auparavant. Je ne te laisserai jamais partir. Comprends-tu ?

Sa voix était grave alors qu'il grignotait l'arrière de mon cou, agitant sa langue sur la marque avant qu'il se mette à l'aspirer durement.

Je hochai la tête, aimant ce côté dominant en lui, ce côté qui pourrait me retenir s'il le voulait, n'importe quand. Je savais qu'il n'était pas le genre d'homme qui me retiendrait contre ma volonté. Le cœur de cet homme prédominait sur sa puissance.

— Tous ces mecs qui t'ont baisé, tous ces mecs qui t'ont laissé tomber quand ils ont su qui tu étais, tes parents, ton ancien *Semel* et ton frère… Je ne suis aucune de ces personnes. Je t'appartiens, de tout mon corps et de toute mon âme. Tu comprends ?

— Je comprends.

— Et tu vas me faire confiance pour t'aimer et toujours te protéger.

— Oui.

— Bon, je suis content que ce point soit réglé.

Puis il prit un temps infini pour me faire comprendre son point de vue.

209

— Maintenant, tu vas sentir mon amour, promit-il avant de me morde à nouveau, aspirant avec encore plus de force. Parce que tu as besoins de comprendre que rien ni personne ne changera jamais ce que je ressens pour toi. Tu es mon compagnon, sombre idiot.

Je tremblai dans ses bras, devenant souple alors qu'il déboutonnait mon pantalon et posait sa main sur l'avant. Ma tête était rejetée en arrière, mon dos cambré et il embrassa ma gorge comme il descendait mon caleçon et mon pantalon avant d'écarter mes jambes.

— Dis mon nom.

— Logan.

— À qui appartiens-tu ?

— À toi.

Je fus poussé vers l'avant, me retrouvant allongé sur la causeuse et sa langue, incroyablement longue, incroyablement forte glissa dans mon pli. Je haletai parce la sensation était écrasante. C'était étonnant qu'avant moi Logan ait été hétéro, parce qu'il aimait toutes les mêmes choses que moi et apparemment, le fait que je sois un homme ne le gênait pas du tout.

— Tu es parfait pour moi. Ton corps mince et dur s'adapte parfaitement au mien, comme un gant.

Il devait vraiment pouvoir lire dans mon esprit. Lorsqu'il me rendit haletant et suppliant pour qu'il vienne en moi, il me retourna pour lui faire face, prenant ma verge dans sa gorge en même temps que ses doigts glissaient entre mes fesses. C'était une torture. Ses doigts talentueux tourbillonnaient en moi et mon membre palpitant était enterré dans sa bouche brûlante. J'étais en surcharge sensorielle et soudain, des larmes coulèrent de mes yeux, roulant sur mes joues. Tout cela été trop – son amour, son désir, la foi qu'il attendait de moi, et la soumission qu'il exigeait de moi.

— Que veux-tu ?

— Oh, s'il te plaît, dis-je en gémissant, baise-moi, marque-moi, fais que tout… s'en aille.

— Je t'ai déjà marqué, mais…

Je me retrouvai soudain en travers de la causeuse. J'entendis le couvercle du lubrifiant claquer et me demandai vaguement où il avait pu le cacher.

— Je vais adorer être à l'intérieur de ce petit cul serré qui est le tien.

Je failli jouir sur place, mais la sensation de lui, enfoui au fond de moi le fit une seconde plus tard alors qu'il frappait ma prostate du premier coup.

Aucun autre homme, à part mon compagnon, ne pouvait m'amener à l'orgasme juste avec une promesse de relations sexuelles. Il était trop sexy pour son propre bien.

— Je crois que je vais te faire jouir jusqu'à ce que tu t'évanouisses, dit-il lorsque je m'effondrai entre ses bras et qu'il glissait lentement dans et hors de moi.

Mon Dieu !

— Essayons.

Je ne pouvais pas. Il n'y avait aucun moyen que je puisse avoir un autre orgasme aussi vite.

— Mon doux bébé, gémit-il dans mon cou.

Juste sa voix qui tremblait de nécessité me fit trembler de nouveau alors qu'il poussait en moi aussi profondément qu'il le pouvait. Des gémissements rauques lui échappèrent tandis qu'il tenait mes hanches. C'était si bon, il était si dur et lorsque sa main – recouverte de gel – glissa sur mon membre, il m'ôta la capacité de parler.

— Tu n'as plus besoin de t'inquiéter à nouveau.

J'en doutais mais je ne voulais pas me disputer avec lui.

— Non, mentis-je.

— Tu es mon amour.

— Oui, acquiesçai-je comme il s'enfonçait en moi si fort qu'il me souleva les jambes.

Je criai son nom encore et encore.

— Y a-t-il quelque chose de plus sexy que te faire crier mon nom ?

Je ne pouvais pas répondre. J'en étais réduit à haleter alors qu'il mordait durement mon épaule.

— La réponse est 'oui' parce que quand tu te tortilles sur ma queue pour essayer de la prendre plus profondément en toi pour que je te baise plus fort… ça me tue, dit-il avant de me serrer si fort que je pouvais sentir son cœur battre alors que nous jouissions tous les deux.

Plus tard, lorsque je sortis de la douche, il avait revêtu un pantalon de survêtement et un tee-shirt et était assis sur le bord du lit pour enfiler une paire de chaussettes.

— Tu l'as fait exprès.

Il releva les yeux tout en tirant sur sa deuxième chaussette.

— Qu'est-ce que tu veux dire ?

— Tu sais.

— Je n'ai aucune idée de ce dont tu veux parler.

Je hochai la tête.

— Tu sais, parfois je n'arrive pas à me sentir assez proche de toi. Je voudrais ramper à l'intérieur de ta peau pour y vivre.

Il me sourit.

— Je t'aime aussi, Jin.

— Je suis désolé de t'avoir causé autant de problèmes.

— Ouais, sauver ma peau, c'était pas sympa.

— Tu sais ce que je veux dire.

— Pas de problème, bébé. Tout va bien.

— Vraiment ?

— Oui.

Je hochai la tête.

— Il semble, dit-il doucement, que tu aies toujours quelques craintes à mon sujet.

— Non, je…

— Tu as tellement peur d'être abandonné que tu ne me vois même pas.

— Je te vois.

— Pas vraiment, dit-il en se levant pour venir vers moi, saisissant mes cheveux mouillés avant de se pencher pour m'embrasser profondément et durement. Tu penses toujours que je pourrais cesser de t'aimer.

— Non, dis-je en secouant la tête et en déglutissant difficilement. Ce n'est pas vrai.

— Alors, arrête de t'inquiéter, me pressa-t-il. D'accord ?

— D'accord.

— Regarde-moi.

— C'est ce que je fais.

— Vraiment ?

— Logan, je ne suis pas aveugle. Je peux…

— Regarde-moi dans les yeux.

C'est ce que je fis alors qu'il posait ses mains sur mon visage, se courbait et m'embrassait, faisant courir sa langue à l'intérieur de ma bouche, ne manquant rien, me suçant et dévorant mes lèvres. Je pourrais l'embrasser pendant des heures, ne m'arrêtant que pour reprendre mon souffle, pousser de doux soupirs et des gémissements.

— Logan, dis-je, posant mes mains sur ses avant-bras, le retenant.

— Tu sens bon, gronda-t-il dans ma bouche, ses lèvres ne quittant pas les miennes, m'embrassant à nouveau, plus profondément, ses mains tirant sur la serviette afin que je sois nu devant lui. Tu es tellement beau.

— Logan, tu ne peux pas vouloir…

— J'ai tout le temps envie de toi, bébé, me dit-il en me poussant vers le lit, s'accroupissant entre mes jambes, posant une main sur mon sexe, l'autre sur ma cuisse, jusqu'à ce que je ne puisse plus bouger.

Je jetai un bras sur mes yeux, mais il m'aboya de le regarder.

— Logan, dis-je en tremblant, me tordant sous lui.

— Regarde ma bouche sur toi, Jin. Je sais que tu aimes me regarder.

Comme je relevai les yeux pour le regarder, je vis ses pupilles se dilater, ses lèvres s'entrouvrir et ma verge glisser dans sa bouche. Comment diable pouvais-je être aussi chanceux d'avoir un homme qui ressemblait à quelque dieu nordique doré revenu à la vie avec un cœur qui ne battait que pour moi ?

— Logan.

Ma voix se brisa sur son nom.

Il passa une main sur les muscles de mon ventre avant de suivre le même chemin avec sa bouche et sa langue très talentueuse. Mon dos se cambra sur le lit alors qu'il m'avalait.

— Oh mon Dieu, gémis-je. S'il te plaît, Logan.

— S'il te plaît, Logan, quoi ?

La seule chose que je pouvais dire était son nom encore et encore, dans une litanie sans fin, mais d'après son sourire et la façon dont il m'embrassait, je savais qu'il avait compris le désir que je ne pouvais exprimer.

Mon sexe glissa de sa bouche comme il se relevait et se déplaçait vers la table de chevet. Prenant le tube de lubrifiant dans le tiroir, il retira son jean et s'assit sur le lit. Il enduisit de gel son long membre dur qui s'avançait vers son estomac jusqu'à ce qu'il brille dans la lumière. Lorsqu'il eut terminé, il tourna la tête pour me regarder.

— Viens ici.

Je tremblai en rampant vers lui.

— Chevauche-moi.

C'était une invitation, pas un ordre, et ça, combinée avec la chaleur de son regard, cela me coupa le souffle. Alors que j'enfourchai ses jambes, je le sentis prendre mes fesses dans la coupe de ses mains et je m'abaissai lentement sur lui.

— Tu es tellement étroit et si chaud, souffla-t-il, s'emparant aussitôt de mon membre raide, me caressant alors que je me relevai pour m'abaisser de nouveau, m'empalant moi-même sur sa longue épaisseur.

Je fermai les yeux. Je me sentais trop bien et le regarder dans les yeux aurait été de trop. Lorsque quelques secondes plus tard je me mis à jouir, ma libération fit trembler tout mon corps.

— Regarde-moi.

J'ouvris les yeux et fus surpris lorsqu'il enveloppa ses bras autour de moi, me tenant si serré, le visage enfoui dans mon épaule alors que sa propre apogée inondait mon canal.

— Enveloppe tes jambes autour de moi. Tiens-moi serré.

Et je le fis. Je le tins avec mes bras, mes jambes, la crispation des muscles de mes fesses. Je le serrai contre mon cœur avec tout ce que j'avais et il me serra contre lui, ne voulant pas me libérer.

XVI

MEME APRES si longtemps, j'avais une bonne idée dans mon esprit sur la manière dont ma rencontre avec mon père allait se dérouler. Et alors que logiquement, cela n'avait pas de sens, j'avais toujours espéré, quelque part au plus profond de moi, qu'un jour mon père montrerait son amour pour moi. C'était un besoin humain fondamental, de vouloir l'amour de ses parents. Ce matin, j'avais réalisé que malgré tout le temps qui s'était écoulé, ce désir était encore enraciné en moi. Crane ne comprenait pas du tout.

Assis sur le comptoir pendant que je faisais la vaisselle, il séchait les assiettes après que je les aie rincées.

— Tu…

La voix de Crane s'estompa et lorsque je réalisai qu'il n'allait pas en dire plus, je me retournai vers lui.

— Quoi ?

— C'est juste que… Je ne veux pas te voir souffrir à nouveau, c'est tout. Je veux dire, je sais que personne ne va te battre, mais je ne veux même pas que tu t'inquiètes du fait qu'il vienne ici.

Il était impossible pour moi de ne pas m'en soucier. Même avec toutes mes bravades lorsque j'avais dit à Logan que cet homme n'avait fait le déplacement que pour réclamer mon cadavre… J'espérais que ce ne soit pas vrai, avais prié pour que ce ne soit pas vrai.

— Hé.

Perdu dans mes pensées, je fus surpris de trouver Crane occupé à regarder par la fenêtre au lieu de moi.

— Ils sont là.

— Qui est là ?

— Ton père.

215

Mais il était trop tôt. C'était au moins deux heures avant l'heure fixée avec Logan par téléphone ce matin.

— En es-tu sûr ?

— Euh, ouais, dit-il comme si j'étais stupide, en me regardant. Je sais à quoi ton père ressemble. J'ai grandi près de lui, tout comme toi.

— Je ne veux pas dire que…

— Je vais aller dire bonjour, annonça-t-il, me coupant, glissant du comptoir et atterrissant sur le sol.

Il chiffonna le torchon et me tapa avec, marchant à grands pas vers la porte battante.

— Je veux lui parler avant qu'il te parle.

Je levai les yeux au ciel tout en rinçant plusieurs assiettes.

— Je trouve ça hilarant que toi, de toutes les personnes qui ont essayé de donner des leçons à mon père, pense que Logan va te laisser faire.

— Quoi ?

Crane s'arrêta à la porte et se retourna vers moi.

— Tu traînes avec moi depuis si longtemps que tu as oublié toutes les règles de l'hospitalité, lui dis-je. Aucun d'entre nous ne peut s'approcher de mon père jusqu'à ce que Logan nous appelle.

— Je ne…

— Il s'agit d'un *sylvan* qui voyage avec son *Semel* et qui vont être reçus dans la maison d'un autre *Semel*, expliquai-je à mon ami désemparé. Il y a des règles qui doivent être respectées et toi, comme moi, sommes toujours à deux heures de pouvoir le voir en face à face.

— Mais je croyais que c'était ce que tu voulais ?

— C'est vrai, mais je ne déshonorerai jamais Logan en faisant irruption là-bas avant qu'il m'appelle.

Le sourire de Crane se fit malicieux.

— Eh bien, maintenant, nous voilà respectueux des règles ?

Je lui donnais un petit coup.

— Pas vraiment. Logan n'arrive toujours pas à me faire faire ce qu'il veut. Tu sais, de toutes les personnes…

— Je sais, je sais, gémit Crane. Désolé.

Je fis un nouveau geste de ma main pleine de savon pour lui dire de revenir vers moi.

— C'est juste que je ne veux pas me battre ni être en désaccord avec Logan… seulement toi, sa famille, et les gens qui vivent dans cette maison…

216

Vous êtes les seuls qui peuvent me voir comme ça. En public, en face de la tribu, ils s'attendent à me voir accepter et tenir ma place en tant que *reah* et honorer mon *Semel*.

Il hocha la tête et je remarquai son sourire tremblant, la crispation de sa mâchoire et il dut se frotter rapidement les yeux.

— Seigneur ! Quoi ?

Je souris à mon ami au cœur tendre.

— Rien, c'est juste que de te voir agir en tant que *reah*… Je savais que tu en serais une bonne. Je n'avais tout simplement jamais imaginé que tu en aurais un jour la chance.

Nous restâmes silencieux, nous regardant l'un l'autre.

— Excusez-moi.

Crane et moi nous retournâmes vers la porte où se tenait un homme que je n'avais jamais vu de ma vie. Je sentis mes sourcils se froncer.

— Salut.

Il sourit, se glissant dans la pièce, la main tendue vers l'avant.

— Je suis…

Je le coupai brusquement.

— Vous devez retourner à votre groupe. Vous violez beaucoup de règles…

— Danny ?

Mon père passa la tête dans la pièce, apparemment à la recherche du jeune homme debout en face de moi.

Il était difficile pour mon cerveau d'enregistrer que je voyais mon père pour la première fois depuis si longtemps. Le moment était surréaliste.

— Papa, dis-je avant même que je pense le mot dans ma tête, puisqu'il sortit naturellement de ma bouche.

— Jinnai, dit mon père, utilisant mon prénom japonais complet.

— Bonjour, Monsieur.

— Je suis content que tu ne sois pas mort.

Quelle était la réponse correcte à ça ?

— Je vous remercie, Monsieur, dis-je lavant mes mains avant d'arrêter l'eau et de les essuyer.

Tout cela me sembla durer une éternité.

J'avais l'impression de m'enfoncer dans des sables mouvants alors que je traversais la pièce pour aller vers lui. C'était comme dans un rêve, comme lorsque vous aviez l'impression de courir, mais sans y arriver. Il mit ses mains derrière son dos, une indication pour moi que nous n'allions pas nous serrer la main. Je rabaissai la mienne et la poussai dans la poche de mon jean élimé.

Il plissa les yeux vers moi.

— Est-ce que ton *Semel* te fait porter les cheveux aussi longs ?

Je pris de grandes inspirations.

— Non.

— Est-il stérile ?

Je compris immédiatement dans quel sens où cela allait.

— Non.

— Il est donc capable d'avoir des enfants, alors ?

Huit ans – presque neuf – sans le moindre contact avec cet homme et c'étaient les premiers mots qu'il m'adressait ? En face d'un étranger, en plus ?

— Je suppose que oui.

— Mais cet homme, ce supposé *Semel*, il est prêt à tout abandonner pour toi ?

— Il n'abandonne rien du tout.

— Il abandonne sa lignée… son avenir. C'est ce que j'appelle tout.

Je le regardai et il me fixa également.

— Jin.

Avec beaucoup d'efforts, je ramenai mes yeux de mon père à Crane. Il indiquait l'étranger parmi nous.

— Qui est ce gosse ?

Comme je reportai mon regard vers le jeune homme qui était entré le premier dans la cuisine, je réévaluai ma première impression et devais être d'accord avec l'observation de mon ami. C'était un garçon, pas un homme et si je devais deviner, j'aurais dit qu'il avait peut-être seize ans.

— Je ne vous connais pas, dis-je sèchement.

Il toussa pour couvrir la nervosité que je sentais en lui.

— Je suis votre cousin, Danny. Je vis avec votre famille…

— Peu importe, dis-je doucement, sentant une vive douleur dans mon cœur.

Instantanément, je savais que je regardais mon remplaçant. Mon père avait besoin d'un nouveau moi et en avait trouvé un.

— Apprenez-vous toutes les coutumes tribales et les lois ?

Il avait l'air confus.

— Euh… Oui, en effet.

Je hochai la tête, prenant une rapide inspiration avant de me retourner vers mon père.

— Nous devons y retourner, annonça-t-il. J'étais à la recherche de Danny parce qu'il s'est éloigné. Il ne connaît pas encore toutes les règles concernant l'hospitalité.

Mais mon père aurait dû lui en parler, l'instruire, faire en sorte que le garçon ne l'embarrasse pas. Cela signifiait que mon père avait des arrière-pensées.

— Oui, acceptai-je rapidement, le contournant pour m'éloigner de lui, revenant à l'évier. Vous feriez mieux d'y aller avant que quelqu'un remarque votre absence.

—Bonjour ! cria une voix de la porte qui menait de la cuisine au couloir de l'entrée et Peter Church entra.

—Jin, je… Oh !

Il fut surpris de trouver quelqu'un là, à côté de moi et tandis qu'il souriait lorsqu'il vit Crane, ses sourcils froncés m'indiquèrent que mon père et mon cousin étaient un sujet de préoccupation.

— Bonjour, répondis-je au père de mon compagnon, ramenant son attention sur moi.

— Jin, dit-il lentement, s'avançant dans la pièce, posant un sac de pommes vertes sur le comptoir. C'est pour vous et pour Eva, pour que vous puissiez faire des tartes plus tard. Je suis désolé, qui sont ces gens ?

Il avait l'air irrité.

J'étais tout à coup vraiment heureux de le voir. Je laissai échapper un petit soupir et les présentai.

—C'est mon père et mon cousin Danny, de Chicago.

Il hocha lentement la tête, puis s'approcha plus près de moi, se déplaçant de manière à ce qu'il emplisse mon champ de vision, me servant de bouclier devant les autres.

— Jin, vous savez que leur présence ici sera considérée comme une grave insulte à votre *Semel*. Ils ne devraient pas être en votre présence, sans…

— Non, je sais, dis-je pour l'arrêter. Mon père a suivi Danny ici. Ils allaient tout simplement partir.

— Bien, dit-il en se retournant pour regarder mon père. Ceci est un comportement extrêmement inapproprié, Monsieur, mais comme notre *reah* est votre fils, je suis sûr que mon fils, notre *Semel*, pourra vous pardonner.

L'avertissement était suffisamment clair pour les deux hommes qui se regardèrent l'un l'autre. Mon père hocha finalement la tête alors que Peter tendait la main vers lui, traversant la pièce.

— Je suis Peter Church, le père de Logan. C'est un plaisir de rencontrer l'homme qui a engendré le compagnon de mon fils.

— Mitchell Rayne, dit mon père, lui serrant la main. Puis-je vous demander pourquoi vous avez laissé votre fils prendre un partenaire masculin ? C'est la fin de votre maison.

Peter hocha la tête, libérant sa main de celle de mon père.

— Je dois avouer que j'avais peur, très peur au début et puis, j'ai réalisé que je ne vivais pas au siècle dernier. Je vis dans un monde où existent les substituts et l'adoption et plus important encore, je suis un homme qui a toujours voulu le meilleur pour ses enfants. Mon fils a été béni avec un véritable compagnon, une *reah* et en la trouvant, il est devenu *Semel-Rê*. Je n'ai rencontré, de toute ma vie, que deux autres *Semels* qui avaient trouvé leurs *reahs* et tous les deux ont les plus fortes et plus grandes tribus que j'ai jamais vues. Le *Semel* qui trouve sa *reah* est différent de celui à qui cela n'arrive pas. Je l'avais oublié pendant un bref instant.

— Donc, votre fils est meilleur *Semel* que vous ne l'étiez ?

— Oh oui, absolument !

— Meilleur, simplement parce qu'il a une *reah*.

— Oui.

— Mais votre fils ne sera pas père.

Peter se mit à rire.

— Ce n'est pas à moi de le dire. Personne ne peut savoir ce que le futur réserve.

Mon père hocha la tête.

— Je tiens à rencontrer votre fils.

Ce qui signifiait que Logan n'était pas dans la pièce avant que Danny s'égare et force mon père à le suivre ici, le menant directement à moi.

— Permettez-moi de vous conduire à lui, dit rapidement Peter, écartant les bras, amenant Danny et mon père vers la porte, m'adressant un rapide sourire par-dessus son épaule, sa chaleur rayonnant de tout son être, tout comme son fils.

— Eh bien, c'était amusant, souffla Crane, se dirigeant vers la porte en le suivant.

— Où vas-tu ?

— Si ton père peut oublier les règles les plus élémentaires, alors moi aussi. Je reviens tout de suite.

J'allais le retenir, mais il avait raison. Cette journée devenait de plus en plus bizarre à chaque seconde. Elle prit un nouveau virage pour le pire lorsque mon père réapparut soudain dans la cuisine vide quelques secondes plus tard.

— Eh bien, tu as bien réussi à embrouiller l'esprit du père de ton *Semel* au sujet de ce qui est important, me dit-il sèchement. Comment as-tu réussi à faire ça ?

— Que voulez-vous…

— Jin !

Il ne me traitait pas comme une *reah*, il ne me traitait pas comme le compagnon d'un autre *Semel*. Il me traitait simplement comme si j'étais juste son fils et certainement pas un qu'il aimait beaucoup.

— Réponds-moi !

Cet homme ne changerait jamais. Je pris une grande inspiration et essayai de calmer les battements précipités de mon cœur.

— Comment vont Maman et Kei ?

— Ils vont bien tous les deux. Je leur ai demandé de venir avec moi, mais aucun d'entre eux ne voulaient te voir.

Et une couche de plus pour faire bonne mesure.

— Eh bien, je suis désolé de l'apprendre.

— Vraiment ?

— Oui, soupirai-je et je réalisai enfin que ce que je voulais de ma famille et ce que j'en obtiendrai, étaient deux choses totalement différentes et opposées.

Ma famille biologique ne m'accepterait jamais, ma nouvelle famille était la seule qui comptait. J'étais tellement chanceux d'avoir trouvé Logan, par-dessus tout. Ma vision devint soudain floue et je détournai les yeux afin que mon père ne puisse pas voir mes larmes qui, pour lui, ne signifiaient que de la faiblesse. Je n'avais jamais été émotif de ma vie. C'en était presque drôle.

— Jin !

La voix de mon père devint plus grave alors qu'il s'approchait de moi.

— Pourquoi persistes-tu dans cette perversion ? Tu sais qu'une *reah* mâle n'est pas une bénédiction, mais une abomination et lorsque d'autres demanderont d'où tu viens…

Je ne pus contenir mon halètement, parce que, vraiment, c'était comme s'il m'avait frappé. J'avais eu tellement tort. Il n'avait pas fait ce voyage uniquement dans le but de détruire mes rêves, pour tout me reprendre en essayant de parler à Logan et lui dire qu'il ne pouvait pas m'aimer. Ses intentions étaient beaucoup plus insidieuses. Il était venu de Chicago pour me forcer à être dégoûté de moi-même, pour répandre son venin pour la deuxième fois de ma vie et pour m'engloutir dans la peur et le doute, dans l'espoir que j'allais m'enfuir à nouveau. Il ne voulait pas que son fils gay soit la *reah* d'une tribu. Rien que le fait d'y penser devait le tuer.

— Tu es ignoble, dit-il froidement, sa voix imprégnée de haine. Et tu fais honte à Logan et à sa tribu par ta présence, et à moi, pour être ton père.

Je hochai la tête, frottant mes yeux, essayant d'arrêter mes larmes. Il fallait que je retrouve le contrôle de moi-même, mais c'était difficile. Ressasser quelque chose de vieux était douloureux, mais s'entendre asséner de nouvelles injures était encore plus écrasant. Lorsque la vérité vous prenait dans une embuscade, il était difficile de garder vos repères, surtout avec seulement quelques secondes pour les assimiler.

— Sortez de ma maison, dis-je en m'éloignant de mon père, me sentant tout à coup vide de tout sentiment, comme un immeuble ravagé après un incendie, complètement détruit.

— Ce n'est pas ta maison, ce n'est pas chez toi ! Tu n'as pas de maison, pas de place parmi une tribu de panthères. Tu as été exilé !

La chose au sujet des bâtiments brûlés, c'était qu'ils pouvaient être reconstruits. Et même si mon père et son amour pour moi étaient partis pour toujours, j'étais encore debout et mes fondations étaient fortes.

— Tu ne peux pas penser que Logan t'aime vraiment, cracha mon père à mesure qu'il s'avançait vers moi. C'est simplement le pouvoir d'attraction d'une *reah* qui a travaillé sur ses sens. Lorsqu'il sera rassasié de toi, lorsque le charme sera rompu, il te fera chasser de sa maison et peut-être même te mutiler dans le processus pour l'avoir séduit et détourné de sa vraie nature.

Il était si terre à terre avec ses menaces contre moi. Pourquoi avais-je même espéré son amour ? Mais au fond de moi, je connaissais la réponse. C'était toujours mon père qui crachait sa rage, sa haine et ses mensonges. Les yeux bleus étaient toujours les siens, les cheveux bruns foncés maintenant striés de fils argentés étaient coupés comme ils l'avaient toujours été et son odeur, son après-rasage étaient toujours les mêmes. C'était bien l'homme qui m'avait élevé, même s'il ne me voyait plus du tout comme son fils.

— Lorsque Logan découvrira ce que tu lui auras pris – son nom, son orgueil, sa réputation, sa place dans notre communauté – il te haïra et peut être bien qu'il te tuera.

Je fis un pas en arrière, mais il agrippa mon bras, ses doigts s'enfonçant durement dans mon biceps. Sa prise laisserait des traces.

— Jin, sais-tu où ton père est allé ? demanda Crane alors qu'il entrait dans la cuisine.

— Ouais, dis-je sarcastiquement, prenant un souffle frémissant.

Crane se déplaça rapidement et mon père me libéra, voyant l'expression de haine sur le visage de mon meilleur ami.

— Putain, que se passe-t-il ? rugit Crane, pointant un doigt accusateur vers mon père avant de pivoter pour me faire face. Et toi !

— Moi ?

— Oui, toi ! Que diable fais-tu ici à lui parler comme si ce n'était rien ? Tu ne dois recevoir personne sans ton *sheseru*, Jin. Tu le sais. Tout le monde le sait. Tu dois commencer à agir comme la *reah* que tu es !

Il était vraiment en colère contre moi ?

— Pourquoi es-tu aussi énervé ?

— Parce que tu ne réalises pas à quel point tu es important et tu dois commencer à le faire. Sans toi, rien ne fonctionne !

Et il avait raison. Je devais agir comme celui que j'étais.

L'air de la pièce qui était vicié quelques instants auparavant sembla soudain se vider, comme si Crane apportait avec lui une brise rafraîchissante. Je sentis la tension s'évacuer de moi, s'évaporer. Que c'était bon de se rappeler que j'étais aimé !

— Et vous ! À quoi pensiez-vous en posant vos mains sur notre *reah* ? asséna sèchement Crane à mon père, nous bousculant pour se positionner entre Mitchell Rayne et moi, forçant mon père à reculer. Vous n'êtes qu'un *sylvan*, vous pouvez être puni pour un tel délit.

Mon père ne me voyait que comme de la saleté sous ses chaussures et Crane que simplement comme le fils déshérité du *sheseru* de sa tribu.

— Fais attention à ta manière de me parler, mon garçon.

— Faites attention à la manière dont *vous* me parlez, tonna Crane et je vis mon père reculer d'un pas. Je suis le *beset* d'une *reah* et en tant que tel, je vous ordonne de vous retirer ou je serais forcé d'appeler mon *sheseru*.

— Crane…

223

Mais mon ami s'arrêta juste le temps de faire volte-face vers moi, tournant le dos à mon père.

— Je sais que cela peut te sembler une évidence, mais je veux rester ici et rejoindre ta tribu.

Je fus momentanément étourdi.

— Oh, moi, je pensais… Je veux dire… J'ai toujours supposé que tu le ferais. Je ne veux pas que tu partes ! Jamais ! Tu restes ! Point final !

— D'accord, déclara Crane et son sourire était lumineux.

Parfois, j'oubliais à quel point mon meilleur ami était beau, d'autant plus que je connaissais son cœur.

Se retournant, il fit face à mon père.

— Comme j'ai été chassé par ma tribu, je choisis de trouver refuge dans une autre et je renonce à la place qui était la mienne dans la tribu d'Anuket. Je vais devenir membre de la tribu de Mafdet.

— Crane, soupira mon père, se frottant l'arête du nez comme si mon meilleur ami était juste ennuyeux. Tu ne devrais pas agir imprudemment. Notre nouveau *Semel*, Archer Pike est un *Semel* beaucoup plus fort que Gabriel ne l'a jamais été et sous sa direction, notre tribu va…

— Je renonce à ma place, dit fermement Crane, se tournant sur le côté, posant sa main sur mon épaule, contournant mon père pour me diriger vers la porte.

Il n'allait pas me laisser seul plus longtemps.

— Vous pourrez le dire à mon père lorsque vous le verrez.

— Tu devrais revenir à la maison, dit mon père.

— Jin est ma maison, dit-il. Il l'a toujours été.

— Parce qu'un *Semel* conduit la tribu et qu'une *reah* la renforce, grogna Logan alors qu'il entrait dans la salle, étant manifestement à la porte depuis plusieurs minutes.

Yuri et Mikhaïl se tenaient juste derrière lui. Je n'avais aucune idée de ce qu'ils avaient entendu.

— Toi, dit-il en pointant Crane du doigt, tu es le *beset* de ma *reah* et tu m'appartiens aussi sûrement que lui. J'entendrai ton témoignage et ton serment lors du prochain rassemblement tribal, mais je te considère déjà comme membre de ma tribu, Crane Adams.

Mon meilleur ami hocha la tête et quitta rapidement la salle, m'effleurant dans sa hâte pour ne pas montrer toute l'émotion qu'il ressentait en face de mon père ou de Logan.

— Toi, dit Logan, d'une voix rauque en s'adressant à moi. Viens ici.

Lorsque je fus assez proche, il tendit la main et m'entraîna avec lui dans le couloir, laissant Mikhaïl pour surveiller mon père. Il me tenait fermement contre son torse, posant ses mains sur mon visage, touchant ma peau, son souffle dans mes cheveux.

— Est-ce que tu vas bien ?

Je vis à quel point les yeux de mon compagnon étaient sombres et féroces. Je souris rapidement, léchant mes lèvres pour le distraire. Il était clair qu'il n'était pas content de la diatribe de mon père qu'il avait entendue.

— Tu m'as laissé là-bas exprès, lui dis-je.

— Oui.

Sa voix était pleine d'une douleur évidente.

— Parce que, ainsi, je pouvais prendre mes propres décisions sur ce que je voulais faire.

— Dans les limites du raisonnable, acquiesça-t-il, repoussant mes cheveux de mon visage. Je ne te laisserai jamais partir, mais savoir que tu as pu entendre ses mensonges et ne pas les avoir crus parce que tu avais foi en moi plus qu'en n'importe qui d'autre… Je suis très fier de toi. Rien que de te regarder, cela me rend heureux. Tu n'en as aucune idée.

Je ne pus contenir mon soupir.

— Je t'aime.

— Je sais.

Il hocha la tête avant de m'envelopper dans ses bras et m'écraser durement contre sa poitrine. Et même si cet homme était une montagne de muscles, il était gentil avec moi, tendre, parce que je lui étais précieux, chéri au-dessus de tous les autres, aimé. Entouré de ses bras, tout contre son cœur, j'étais plus en sécurité que je ne le serais jamais.

— T'a-t-il fait mal ? demanda-t-il en me libérant, posant ses mains sur mon visage, soulevant doucement mon menton, vérifiant l'étendue des dommages. Jin ?

Je secouai la tête parce ma gorge était nouée.

— Tu dois geler comme ça, dit-il en frottant ses mains sur mes bras pour essayer de me réchauffer. Va mettre des chaussettes et un pull avant de redescendre. Nous allons t'attendre ici.

— Mais tu ne devrais pas être seul avec…

Il me jeta un regard comme si j'avais perdu l'esprit. Comme si mon père pouvait lui faire plus de mal avec tout ce qu'il venait déjà de dire.

— Va vite te chercher quelque chose à te mettre.

Je hochai la tête et lui souris avant de me mettre à courir. Yuri était au bas de l'escalier lorsque j'y arrivai.

— Que fais-tu ?

— Je m'assure que personne ne te suive à l'étage, dit-il.

— Mais tu devrais rester avec Logan et...

— Le *sheseru* est l'exécuteur du *Semel*, le gardien de la *reah*, récita-t-il, me citant la loi que nous connaissions tous les deux. C'est bien ça, non ?

C'était exactement ça et nous le savions tous les deux. Lorsqu'il me sourit d'un air ironique, je voulus le frapper, mais plutôt que de lui faire mal, c'est moi me serais blessé à la main. Cet homme était aussi dur que de la pierre. Le quittant, je me précipitai à l'étage, attrapai un cardigan à fermeture éclair et une paire de chaussettes épaisses et revins vers Logan aussi vite que je le pus. Ce que je trouvai lorsque j'arrivai, me glaça le sang.

En comptant mon père et Danny, il y avait quatre hommes sur leurs genoux sur le sol carrelé de la cuisine. C'était d'autant plus surprenant pour moi que je n'avais jamais vu mon père s'agenouiller devant personne, à part son propre *Semel*.

— Nous implorons votre pardon, *Semel-Rê*, pour avoir dérangé votre maison et pour avoir eu l'audace de parler à votre compagnon sans autorisation, dit rapidement l'un des deux hommes que je ne connaissais pas. Si j'avais ma propre *reah*, je tuerais tous ceux qui oseraient la toucher et je sais que la vie de mon *sylvan* est entre vos mains pour cette infraction. Je dirai, à sa décharge, que mon *sylvan* est le père de votre de *reah* et que je suis sûr qu'il a agi ainsi parce qu'il était momentanément ravi de pouvoir revoir son fils.

— Les mensonges et la haine qui ont été prononcés me font douter de vos paroles, mais comme je ne vous connais pas, je vais donc supposer que vous parlez avec sincérité.

— Merci, *Semel-Rê*, répondit l'homme en baissant la tête devant Logan.

— Levez-vous, dit Logan, sombrement.

— Acceptez-vous de pardonner mon *sylvan* pour la grave insulte faite à votre *reah* ?

Logan hocha la tête.

— Pour cette seule et unique fois.

L'homme posa sa main sur l'épaule de mon père avant de regarder Logan.

— Puis-je m'adresser à votre *reah* ?

Logan ne fit qu'un petit fléchissement de la tête, mais ce fut suffisant. Lhomme s'avança, me tendant la main.

— Je suis Archer Pike, *Semel* de la tribu d'Anuket et c'est un plaisir de vous rencontrer, Jinnai Rayne.

— C'est juste Jin, le corrigeai-je, prenant sa main, regardant sa mâchoire se crisper, ses narines s'évaser. Seule ma mère m'appelle Jinnai.

Archer Pike était un homme décharné, plutôt grand et son visage n'était pas vraiment beau, même quand il sourit – ou plutôt tenta de le faire – et il dégageait une forte aura glacée, celle d'un prédateur. Ses yeux bleu ardoise, maintenant fixés sur moi, ne détenaient aucune chaleur non plus. Ils avaient plutôt l'air de deux morceaux de glace colorée.

— Je n'avais jamais vu de *reah*. Personne ne m'a dit qu'il y en avait une dans ma propre tribu. Si j'avais été le *Semel* de la tribu lorsque vous vous êtes révélé, je peux vous assurer que le traitement dont vous avez souffert des mains de mon frère, de votre père et des autres n'aurait pas eu lieu.

— Quel traitement ? demanda Yuri derrière moi et parce qu'il m'avait fait sursauter, j'essayai instinctivement de libérer ma main de l'emprise d'Archer.

Mais il resserra son étreinte et je ne pouvais pas bouger.

— Mon *sylvan* m'a expliqué au cours du vol pour venir ici que son fils avait été battu et laissé nu sur le bas-côté d'une route par mon frère et toute la tribu.

Je fis une grimace intérieurement. J'aurais préféré que Logan n'entende jamais cette partie de l'information. Pourquoi les gens ressentaient-ils toujours le besoin de partager ?

— Vous avez battu votre propre fils ? grogna Yuri, élevant la voix comme il s'avançait vers mon père, posant sa main sur ma poitrine lorsqu'il passa devant moi.

Il me repoussa doucement en arrière, me libérant complètement de l'emprise d'Archer, me collant contre le torse de Logan.

— L'avez-vous battu jusqu'à ce qu'il saigne ? Était-il conscient lorsque vous l'avez abandonné ?

Les bras de Logan s'enroulèrent autour de moi alors qu'il me tirait contre lui, frottant sa joue mal rasée contre la mienne, puis se penchant pour embrasser le creux de mon cou.

— Ils t'ont battu ?

J'ouvris la bouche pour dire quelque chose, mais mon père attira sur lui toute l'attention dans l'instant suivant.

— Il est impur, cracha mon père. Il est une perversion et votre tribu va souffrir si vous en faites votre *reah* ! Votre *Semel* n'est pas béni, il est maudit par un amour qui est malsain, tordu et perverti. Les gens vont fuir en masse la tribu de Mafdet.

— En fait, ils *viennent* en masse, sale bâtard ignorant, ricana Mikhaïl, allégeant l'atmosphère, en s'avançant. Être une *reah* annule tout le reste. Homme, femme, cela n'a pas d'importance de quel sexe est une *reah*. Elles sont des bénédictions et notre *Semel* est *Semel-Rê* grâce à votre fils. Il a trouvé son compagnon et votre *Semel* est plus faible parce que ce n'est pas son cas. Une paire accouplée conduit les tribus les plus puissantes et vous le savez, tout comme moi.

Mon père n'avait plus d'argument. Il n'avait plus rien. Les faits étaient indiscutables. J'étais une *reah*, Logan un *Semel* et nous étions une paire accouplée. C'était vraiment un miracle que nous nous soyons trouvés l'un l'autre et je devais commencer à agir comme tel.

— Je suis la *reah*, dis-je comme Logan serrait mes épaules et se mettait à côté de moi pour faire face aux autres. Je suis le compagnon du *Semel* de ma tribu.

Tous les yeux se tournèrent vers moi alors que je les dévisageais un par un. Logan gémit doucement.

— Est-ce que tu as fini par l'assimiler ? demanda-t-il en fronçant les sourcils.

— Quasiment, oui.

Je lui rendis son sourire, pas du tout impressionné par son froncement de sourcils.

Il leva les yeux au ciel avant de se retourner pour regarder mon père.

— Vous, Monsieur, êtes l'abomination. Un père aime son fils, peu importe le reste. C'est *Maat*.

Mitchell Rayne voulut parler pour sa défense, mais Logan leva la main, ne laissant aucune place à la discussion. Le temps de parole de mon père était terminé.

— Quant à vous, *Semel*…

Les yeux dorés de Logan se posèrent sur Archer Pike.

— Prenez votre *sylvan* et partez. Ne revenez pas sans invitation. Je ne veux aucune relation avec la famille ou l'ancienne tribu de mon compagnon pour ceux qui ont été aveugles du cadeau qu'il est.

— *Semel-Rê...* commença Archer.

— Et ne cherchez pas à vous faire des alliés dans l'espoir de me faire du mal ou de porter préjudice à ma *reah*. J'ai envoyé mon *Maahes* parler à Ethan Locke à New York et s'il accepte mon *aset*, Simone, alors lui et moi nouerons une alliance. Et Martin Soto de Miami est un ami très proche. Je vous préviens parce que si vous lui suggérez une alliance pour riposter contre moi... Eh bien, c'est quelqu'un de très dangereux et ses idées sur la torture sont quelque peu désuètes.

Je vis Archer pâlir.

— Justin Cho est le *Semel* de l'une des plus grandes tribus que je connaisse, plus de deux cents membres et il vit à San Francisco. Si vous voulez lui parler, s'il vous plaît, transmettez-lui mes salutations. Nous sommes amis depuis plus de quinze ans. Il vient ici chaque été.

— J'ai compris ce que vous me dites, répondit Archer.

— Je vis sur cette montagne, dans ce petit coin perdu et ne dérange personne, mais ne faites pas l'erreur de me prendre pour un homme sans amis ou sans connexions, ni ressources. Si vous ou votre *sylvan* prenez contact avec mon compagnon sans ma permission, je vous tuerai. Et si je ne peux pas, j'enverrai mon *sheseru* à ma place.

Tous les yeux se posèrent sur Yuri et je le vis comme ils le faisaient : il était effrayant. Immense, costaud, musclé et effrayant. Encore plus grand que Logan et avait en lui la capacité de séparer ce qui devait être fait de ce qu'il était. La culpabilité n'était pas présente dans cet homme, pas plus que la pitié.

— Ai-je été assez clair ?

— Oui, répondit doucement Archer, avec respect.

— Vous ne pouvez pas... commença mon père.

— Cet homme est mon compagnon ! explosa Logan en hurlant, sa fureur débordant enfin. Jin Rayne est la *reah* de la tribu de Mafdet ! Je vais le présenter à tout le monde, à chaque *Semel* lors de la Fête de la Vallée où nous serons tous réunis au Caire dans six mois.

Il désigna Archer.

— Vous serez là-bas, comme tous les autres *Semels* et lorsque vous présenterez votre *yareah*, j'applaudirai. Lorsque je présenterai ma *reah*, vous entendrez la différence. Le son sera assourdissant. Il y aura des centaines de

Semels là-bas, Archer et je peux vous promettre que je serai le seul là-bas avec une *reah* à ses côtés. Peut-être que vous ne comprenez pas à quel point les *reahs* sont rares en ce moment, mais là-bas vous le ferez. Vous le ferez certainement.

— Encore une fois, Logan, je m'excuse. Mon *sylvan* et moi ne voulions pas manquer de respect à vous ni à votre maison. Il y a des circonstances atténuantes en jeu cependant et je vous remercie de votre patience dans cette affaire.

Archer rampait pratiquement.

Logan hocha sèchement la tête.

— Et maintenant, ma patience est à bout. Lorsque vous et votre *sylvan* nous verrez ma *reah* et moi à la Fête, vous garderez vos distances.

— Oui, dit faiblement Archer.

— Maintenant, partez. Chacun d'entre vous, sortez de mes terres. Mon *sheseru* vous escortera jusqu'à vos voitures. Mikhaïl, merci de les escorter jusqu'à l'aéroport, appelle Christophe et assure-toi qu'il sache que tu traverseras son territoire sur mes ordres.

— Oui, mon *Semel.*

— Je voudrais parler à mon fils, dit mon père à Logan, d'une voix tendue. Avec votre permission, bien entendu.

— Non, refusa catégoriquement Logan, d'un ton glacial et dur.

Il leur tourna délibérément le dos à tous, se retournant vers moi, m'empêchant ainsi d'être vu par n'importe qui à part lui et ses yeux dorés à couper le souffle. Il montra la porte de la cuisine.

— Je veux te parler maintenant.

Je me retournai et sortis de la pièce sans dire un mot, atteignant l'escalier et montant à l'étage, prenant les marches deux par deux.

Lorsque j'arrivai dans la chambre de Logan – la mienne également maintenant – je réalisai à quel point je l'aimais et soupirai profondément. C'était un sanctuaire, loin du reste du monde. J'aimais tout à propos de ma nouvelle maison, spécialement l'homme qui l'habitait.

— Il t'a battu ? cria Logan derrière moi et j'entendis la porte de la chambre claquer.

Je me tournai vers lui en souriant et dévisageai mon compagnon de la tête aux pieds.

— Jin ? demanda-t-il en croisant les bras sur son torse.

Mon compagnon attendait des réponses, mais j'avais du mal à me concentrer. Tout tourbillonnait dans ma tête. J'avais voulu appartenir à une tribu à nouveau après que la mienne m'ait abandonné et maintenant c'était chose faite. Entre la patience et l'amour de Logan, l'acceptation de ma nouvelle famille et de mes amis, après avoir refermé la blessure que mon père avait causé et l'avoir vu pour l'homme néfaste qu'il était réellement, c'était comme si j'étais une page vierge, comme si on avait effacé mon ardoise. J'avais l'impression de pouvoir voler.

— Dis-moi tout ce qui s'est passé.

Mais c'était il y avait une éternité, cela n'avait plus d'importance. Je n'étais plus un adolescent peureux. J'avais grandi grâce un compagnon qui m'aimait et une tribu qui voulait de moi… de moi ! Ils me voulaient !

— Qui s'en soucie ?

Je lui souris, lui faisant signe de s'approcher.

— Pas la peine de te mettre en colère. Viens et embrasse-moi.

— Non, je veux parler d'abord.

— Je te propose un marché alors, le taquinai-je. Tu enlèves ta chemise et nous allons parler.

— Jin, je ne…

Je levai la main pour le couper.

— La chemise en premier, la discussion ensuite.

Son soupir était fort et irrité, mais il retira sa chemise, la mit en boule et la jeta sur la chaise à côté de la fenêtre.

— Mieux, lui dis-je en plongeant sur le lit, roulant sur mon dos, faisant un ange avec mes bras sur les couvertures.

— Que fais-tu ?

— Je ne sais pas, lui dis-je, laissant échapper un profond soupir de contentement avant de le regarder. Mais tu as encore trop de vêtements sur toi. Tu devrais retirer tes chaussures.

— Ce n'est pas un strip-tease. Je veux savoir ce…

— Chaussures ! le coupai-je.

Il grogna, mais retira ses baskets, puis arracha ses chaussettes.

— Heureux ?

— Presque.

Je lui souris, aimant le fait qu'il se promène dans la chambre en jean, sans rien d'autre. Le regarder était un pur plaisir, toute cette peau dorée, son torse dur et ses muscles qui ondulaient à chaque mouvement.

— Maintenant, viens t'allonger.

Il dit quelque chose que je ne compris pas.

— Qu'as-tu dit ? lui demandai-je.

— J'ai dit, tu n'es qu'un gosse.

— C'est tout ?

Je retirai mon chandail avant de défaire le bouton de mon jean.

— Non.

Il se racla la gorge, les yeux fixés sur moi.

— Tu es magnifique aussi.

— Si je suis si beau, pourquoi ne viendrais-tu pas te coucher avec moi ?

Il toussa une fois.

— Parce que je veux savoir ce qu'ils t'ont fait.

— Mais je ne veux pas vivre dans le passé, lui assurai-je, le suivant alors qu'il marchait dans la chambre.

— Non ?

— Non.

— Alors quoi ? demanda-t-il. En as-tu fini avec toutes tes insécurités maintenant ?

— Quoi ?

— Tu m'as bien entendu. En as-tu fini de jouer les martyrs, avec ton 'pauvre de moi' et autres conneries ?

Je le regardai, soutenant son regard doré. Il y avait une lueur d'espièglerie dans ses yeux, le début d'un sourire qui pourrait m'anéantir.

— Eh bien ?

— Oui, dis-je avec conviction et je sentis le bonheur m'envahir.

J'aurais pu éclater même.

— Je sais qui je suis et je sais qui j'aime et je sais à qui j'appartiens.

— Enfin ! grommela-t-il en s'avançant vers le lit, se laissant tomber dessus.

Je le vis ramper vers moi, mais lorsque je m'approchai de lui, il saisit mon bras et me retourna sur le ventre.

— Que fais-tu ?

Ses lèvres se posèrent sur le bas de mon dos.

— Tout le monde est encore en bas, Logan.

— Non, ils n'y sont plus, mais même si c'était le cas, je m'en foutrais, m'assura-t-il, embrassant, mordant, léchant ma colonne vertébrale entre mes omoplates, chaque contact plus léger qu'une plume et torride en même temps. Je peux réclamer mon compagnon quand je le veux.

Son ton possessif provoqua une vague de chaleur qui se répandit dans tout mon corps.

— Et maintenant, je ressens le besoin de marquer ce qui est à moi, dit-il en me positionnant gentiment sur mes mains et mes genoux.

— Oh oui ! murmurai-je, aimant la sensation de ses mains comme il caressait mon dos et ensuite mes côtés jusqu'à mes hanches.

Mon jean fut promptement abaissé sur mes genoux et chacune de mes jambes lentement levées pour qu'il puisse le retirer. Ses doigts effleurèrent mon sexe, envoyant des vrilles de plaisir palpitantes à travers mon corps.

— Te marquer, souffla-t-il, se déplaçant derrière moi, poussant l'arrière de ma tête pour que je la laisse tomber en avant.

— Oui, réussis-je à peine à sortir, mon corps endolori par mon besoin de lui. S'il te plaît, marque-moi.

— Je vais le faire.

Sa voix était comme une caresse lisse sur ma peau surchauffée.

— Mon compagnon. Regarde comme tu es beau. Tu es irrésistible pour moi.

— Ce qui est une chance car personne n'a voulu de moi à part toi, Logan. Tu es le seul qui m'aies réclamé, qui m'aime et m'a donné son cœur.

— Parce que tu es à moi.

Il soupira et son souffle chaud me fit frissonner alors qu'il embrassait de nouveau ma colonne vertébrale.

— Ma *reah*, mon compagnon… Je ne t'ai pas donné mon cœur… Tu *es* mon cœur.

Dieu que j'aimais cet homme !

— Logan, s'il te plaît… Pose tes mains sur moi.

Il s'installa rapidement ; un doigt enduit de salive glissa entre mes fesses et entra profondément en moi, ses dents s'enfonçant dans ma nuque en même temps.

Je ne pouvais plus respirer. C'était trop bon.

— Oh, il aime ça, dit-il, ajoutant un autre doigt, poussant et tirant lentement, sensuellement, léchant l'arrière de mon cou. Regarde-toi, tu es déjà prêt pour moi… par anticipation.

C'était une torture d'attendre qu'il soit à l'intérieur de moi et je le lui dis.

Il mordit mes fesses et je frissonnais en même temps que je sentis son membre se présenter à mon ouverture. J'essayai de me pencher en arrière, contre lui, mais il me retenait toujours avec ses mains sur mes hanches, me faisant gémir alors qu'il me pénétrait en un long et lent mouvement, afin que je puisse sentir chaque centimètre de lui, comme il me comblait.

— Seigneur, bébé ! La façon dont ton cul m'avale et me retient... Il te suffit de t'ouvrir et de me prendre et tu es tellement chaud à l'intérieur... Si brûlant.

Je sentis la brûlure comme il me tendait, me faisant trembler, des spasmes contractant mes muscles à chaque poussée, me pénétrant à chaque fois plus profondément.

— Logan !

Il recula, juste une fraction de seconde puis se poussa à l'intérieur, violemment et rapidement. Je criai alors qu'il me baisait en même temps que sa forte main caressait mon membre, m'envoyant tout près de l'orgasme.

— J'aime te baiser, être à l'intérieur de toi, avoir ma queue dans ton petit cul serré, enfoncée jusqu'à la garde, et sentir la tienne s'agiter dans ma main. Et plus que tout, j'aime t'entendre crier mon nom... Je ne me lasserai jamais d'entendre ça.

Alors je criai pour lui car il clouait ma prostate avec ses martèlements tout en me masturbant en même temps.

— Mais je suis le seul qui sera à l'intérieur de toi, à te pilonner encore et encore, tout comme je le fais maintenant.

Il me réclamait. J'étais sa possession et je ne désirais rien d'autre. Mon dos se cambra et les muscles de mes fesses se resserrèrent autour de lui alors que je jouissais. Le cri de Logan vint quelques secondes plus tard, ayant lui aussi trouvé sa libération. Ses bras s'enroulèrent autour de moi tandis qu'il s'effondrait, me plaquant sur le lit, sous lui, m'empalant complètement sur son membre.

— Tu n'appartiens qu'à moi et ce ne sera que moi et pour toujours. Personne ne pourra jamais te tenir comme ça.

J'étais en état d'apesanteur et même si je pouvais à peine respirer, ça ne comptait pas. Je voulais cet homme, corps et âme. Je serais content de le garder en moi aussi longtemps qu'il le voudrait.

— Tu es à moi.

— Oui, soupirai-je profondément heureux, mon corps repu, mon esprit libre, mon âme apaisée. Je suis ton compagnon. Je t'appartiens.

Son grognement très masculin et satisfait me fit savoir qu'il était tout aussi content que je l'étais.

MARY CALMES vit à Lexington, dans l'État du Kentucky, avec son époux et ses deux enfants.

Elle aime toutes les saisons, sauf l'été. Elle a fait ses études à l'Université du Pacifique, à Stockton, en Californie, où elle a obtenu une licence de littérature anglaise. Vu qu'il s'agit de littérature, et non de grammaire, ne lui demandez pas de vous décortiquer un texte, elle ne le fera pas. Elle aime écrire, et s'absorbe complètement dans son travail lorsqu'elle commence un livre. Elle est même capable de décrire l'odeur corporelle de ses personnages. Elle achète de nombreux ouvrages, et apprécie les colloques où elle peut rencontrer ses fans.